Roland Kübler

Die Reisen des Märchenerzählers

Die Mondsteinmärchen
Der Märchenring
Lichtauge

Knaur

Besuchen Sie uns im Internet:
www.knaur.de

Vollständige Taschenbuchausgabe November 2002
Droemersche Verlagsanstalt Th. Knaur Nachf., München
Die drei Einzelbände erschienen bereits unter den Bandnummern 61668, 61669 und 61670.

Umschlaggestaltung: ZERO Werbeagentur, München
Illustrationen: Manfred Häusler
Satz: Ventura Publisher im Verlag
Druck und Bindung: Clausen & Bosse, Leck
Printed in Germany
ISBN 3-426-62314-5

2 4 5 3 1

INHALT

Die Mondsteinmärchen

Der Märchenring

Für alle,
die noch um die Macht
der Märchen wissen

Die Mondstein-märchen

DER MÄRCHENSTAND

Der Wächter kniff die Augen zu schmalen Schlitzen zusammen und starrte angestrengt den nahen Hügel empor. Obwohl die tief stehende Abendsonne das Land in ein blendendes, flammendes Rot tauchte, gab es keinen Zweifel: Jemand kam auf die Stadt zugeritten.
Ein staubiger Weg wand sich wie ein dünnes, graues Band den karstigen Hügel hinab zur Stadt am Meer, und der Reiter, neben dessen Pferd der Wächter noch eine Gestalt ausmachen konnte, schien keine Eile zu haben. Immer wieder verharrten die näher Kommenden, so, als wären sie sehr, sehr müde.
Nur kurz überlegte der Wächter, ob er die Ankunft der Fremden melden sollte. Doch welche Gefahr konnten schon zwei erschöpfte Fremdlinge der wohlhabenden Stadt am Meer bringen? Auf der von Sonne und Wind ausgelaugten Straße am Hügel beugte sich Oyano, der alte Märchenerzähler, ein wenig aus dem Sattel. »Ist sie nicht wunderschön, Gwen?«, flüsterte er heiser und kaum vernehmbar. »Habe ich dir zu viel versprochen?« Er lächelte, in Erinnerungen versunken. »Die Stadt am Meer. Hier wurde ich geboren. Hier habe ich meine Märchen erzählt, lange Jahre. Hier will ich die letzten Jahre meines Lebens in Ruhe und Frieden verbringen.«

Er schnalzte leise mit der Zunge, und sein Pferd trottete weiter. Gwen lief neben Oyano her und blickte immer wieder zu dem gebrechlichen Märchenerzähler auf. »Wie lange ist es her«, wollte sie schließlich wissen, »seit du die Stadt verlassen hast?«

»Länger als du an Jahren zählst«, bekam sie Auskunft und war es zufrieden.

Als die beiden das Stadttor erreicht hatten, schaute Oyano verwundert um sich. Sie standen vor trutzigen Befestigungsanlagen!

»Wer seid ihr, und was wollt ihr hier?«, riss ihn die barsche Stimme des Wächters aus seinem Erstaunen.

Oyano neigte höflich grüßend den Kopf, während das Mädchen an seiner Seite sprach: »Mein Name ist Gwen. Ich bin die Schülerin des Märchenerzählers. Er heißt Oyano und hat in dieser Stadt gelebt.«

Überrascht starrte der Soldat den alten Mann an. »Oyano«, murmelte er schließlich, als müsse er weit zurück in der Vergangenheit graben. »Ja, vor vielen Jahren gab es hier einen Märchenerzähler dieses Namens.«

Doch dann rammte er seine Lanze in die Erde und befahl: »Zeigt mir eure Papiere!«

Wieder antwortete Gwen: »Ich sagte dir doch, wer wir sind. Wir besitzen keine Papiere. Weshalb auch? Jedermann, der des Schreibens kundig ist, kann darauf festhalten, was immer ihm beliebt. Wäre ein kleines Stück Papier glaubwürdiger als meine Auskunft?«

Unsicher sah der Wächter das Mädchen an. Niemals

zuvor hatte er solch eine Antwort erhalten. Und doch! Es gab schließlich Vorschriften. »Ich muss wissen, ob Ihr die Wahrheit sprecht!«, fuhr er Gwen unwirsch an. »Weshalb sagst du nichts?« Er deutete auf Oyano. »Hast du vielleicht die Sprache verloren?«

Oyano nickte bestürzt. Gwen erklärte: »Er hat schon so viel gesagt in seinem Leben. Seine Stimme ist müde und brüchig vom vielen Erzählen. Es schmerzt ihn, wenn er sprechen muss.«

Der Blick des Wächters streifte das Mädchen, das so selbstsicher vor ihm stand und keinerlei Ehrfurcht vor seiner Uniform und den blinkenden Waffen zeigte. Nochmals betrachtete er den alten Mann auf dem Pferd, das müde den Kopf hängen ließ.

»Geht weiter!«, bestimmte er schließlich und versuchte dabei herrisch dreinzublicken. »Aber meldet euch morgen in aller Frühe bei der Wache auf dem Marktplatz. Es könnte sonst sein, dass ihr ins Gefängnis geworfen werdet.«

Fassungslos schüttelte Oyano den Kopf, als Gwen das Pferd am Zügel nahm und durch das Tor führte.

Zur Abendstunde erreichten die beiden den Marktplatz. Geschäftiges Treiben herrschte, wohin sie auch sahen. Lautstark wurden Waren angepriesen, feilschten Händler und Käufer miteinander. Es roch nach Kaffee und Tee, Gebratenem und Gesottenem, nach vielerlei Gewürzen und mancherlei süßer Leckerei. Niemand beachtete den Alten und das halbwüchsige Mädchen. Die staubigen, oftmals ausgebesserten Um-

hänge verrieten, dass mit diesen beiden keine Geschäfte zu machen waren.
Schließlich erreichten Oyano und das Mädchen ein schmales, windschiefes Häuschen mit verschlossenen Fensterläden. Unter dem weit vorspringenden Dach entdeckte Gwen ein steingemauertes Podest. Buntgewebte, von Sonne und Wind verblichene Teppiche waren davor zusammengeknotet. Oyanos Augen leuchteten. »Wir sind da«, flüsterte er. »Dies ist mein Haus und das war mein Märchenstand.«
Er zog die Teppiche ein wenig zur Seite und stieg drei ausgetretene Stufen empor. Aus einer der zahlreichen Taschen seines Umhangs zog er einen Schlüssel und öffnete die hölzerne Tür, in die seltsame Zeichen und Muster geschnitzt waren. Langsam ging der Märchenerzähler durch die beiden Kammern des Hauses, blieb hier kurze Zeit versonnen stehen und strich dort sacht über eine kunstvoll ziselierte Teekanne oder einen verzierten Kerzenständer. »Öffne die Teppiche«, bedeutete er Gwen. »Ich werde uns Tee kochen, und dann schauen wir uns das Treiben auf dem Markt noch ein wenig an.«
Während Oyano ein Feuer im Herd entfachte, rollte Gwen die Teppiche vor dem Podest hoch und band sie sorgfältig fest. Sie rückte einen Tisch herbei und stellte zwei alte, bequeme Stühle dazu. Als der Märchenerzähler sich schließlich zu ihr gesellte, war es fast dunkel. Überall in den Marktständen brannten zahllose Öllampen. Oyano setzte sich, entzündete eine kleine Kerze und sah sich um.

Immer noch drängten sich viele Menschen auf dem Platz. Kaum einer hob den Blick, um zu ihnen emporzusehen. Die wenigen jedoch, die bemerkten, dass die Teppiche des lange verschlossenen Märchenstandes hochgerollt waren und jemand den verwaisten Platz eingenommen hatte, kamen neugierig näher. Schließlich trat ein Mann, geradeso alt und gebeugt wie Oyano, näher. »Ich wusste, dass du eines Tages wieder kommen würdest«, grüßte er herzlich.
Mit einem Lächeln erwiderte Oyano den Gruß.
»Es ist tatsächlich der alte Märchenerzähler«, murmelten die Menschen, und die Nachricht verbreitete sich in Windeseile über den ganzen Markt.
»Erzähl uns eine Geschichte!«, baten einige.
Doch Oyano schüttelte müde den Kopf und gab Gwen ein Handzeichen. »Oyanos Stimme ist schwach geworden mit den Jahren«, erklärte das Mädchen. »Er kann nur noch leise und mühsam sprechen. Nicht, um wieder Märchen zu erzählen, ist er in seine Heimatstadt zurückgekehrt. Er will nur den Abend seines Lebens in vertrauter Umgebung verbringen.«
»Aber jetzt ist die Zeit, wo wir deine Märchen wirklich brauchen, Oyano!«, rief ein Mann laut aus der Menge. Einige drehten mit missbilligendem Blick den Kopf, um den Rufer ausfindig zu machen. Andere aber nickten zustimmend. Neugierig sah Gwen ihren Lehrmeister an. Dieser saß wie versteinert; wohl waren seine Augen geöffnet, doch sein Blick ging ins Leere. Nach einiger Zeit winkte er Gwen zu sich. Das Mädchen neigte den

Kopf und lauschte den leisen Worten Oyanos. Dann richtete sie sich auf. »Er hat keine Märchen für euch«, erklärte sie der Menge. »Zu viel Zeit ist verstrichen, lange wohnte er nicht hier. Zu vieles hat sich verändert in der Stadt.«

Ein enttäuschtes Gemurmel kam aus der Menge. Doch Oyano, der alte Märchenerzähler, schwieg. Mit der Zeit zerstreuten sich die Menschen. Der kühle Wind der Nacht strich flüsternd durch die engen Gassen und über den Marktplatz. Mehrmals wollte Gwen ihren Lehrmeister etwas fragen, doch Scheu hinderte sie, ihn anzusprechen. So sagte auch sie kein Wort, schaute ziellos über den Platz und fiel schließlich in einen unruhigen Schlaf.

Als das Mädchen fröstelnd erwachte, saß Oyano nicht mehr neben ihr. Es war immer noch finstere Nacht. War der Märchenerzähler in seine Kammer gegangen, ohne sie zu wecken? Zögernd tastete sich Gwen zur Tür. Sie hörte Stimmen. Oyano sprach leise mit jemandem. Gwen wagte nicht zu stören. Geduldig wartete sie, bis sich der Fremde verabschiedet hatte. Erst dann klopfte sie vorsichtig an die Tür zu Oyanos Kammer. Traurig saß der alte Märchenerzähler auf den weichen Teppichen. »So vieles hat sich verändert in meiner Stadt«, flüsterte er.

»Weshalb bist du damals fortgegangen?«, wollte Gwen wissen. Oyano sprach fast tonlos: »Ich musste mit ansehen, wie sich fast alle Menschen hier nur noch um ihre Geschäfte kümmerten. Feilschen und Handeln, Kaufen

und Verkaufen wurde ihr einziges Lebensziel. Und von mir, von mir wollten sie am Abend mit Geschichten unterhalten werden!« Oyano stieß das Wort ›Geschichten‹ bitter und abfällig hervor. »Ja, sie wollten, dass ich ihnen kurzweilige und unterhaltsame Geschichten erzähle. Irgendetwas, worin sie sich verlieren konnten. Meine Märchen aber, die ich erzählte, damit sich Menschen darin finden, wollten sie nicht mehr hören. Deshalb bin ich gegangen, damals. Meine wenigen Freunde, die mir geblieben waren, kannten meine Prophezeiung – dass die Stadt am Meer umso ärmer wird, je mehr Reichtum ihre Bewohner anhäufen.«

Erschöpft lehnte sich Oyano zurück. Wortlos bat er Gwen um ein Glas Tee. »Seit einigen Jahren«, fuhr er fort, nachdem er getrunken hatte, »gibt es einen König in dieser Stadt. Er hat sich selbst dazu ernannt, und niemand wagt, ihm zu widersprechen, denn seine Soldaten sind gefürchtet. Und nun ruft dieser König zum Krieg gegen die Nachbarstadt auf. Er versucht den Menschen einzureden, die größte Gefahr für ihren Wohlstand ginge von der Stadt auf den Klippen aus. Es bleibt nur ein Weg, lässt der König verkünden, um weiterhin in Sicherheit und Reichtum zu leben: Die Stadt auf den Klippen muss erobert werden.«

Müde lachte Oyano auf. »Morgen, Gwen«, flüsterte er, »morgen werden wir beide ein Märchen erzählen. Keine Geschichte, sondern ein wirkliches Märchen. Geh nun und ruhe dich aus. Ich brauche das ferne Zirpen der Zikaden, das lautlose Gleiten der Nachtvögel und den stillen Atem der Nacht. So werden Märchen geboren. In einer Nacht wie dieser.«

Oyano erhob sich und ging langsam und gebückt hinaus. Dort setzte er sich an den kleinen Tisch des Standes, stützte den Kopf in beide Hände und schaute hinauf in den Nachthimmel, wo ein fast vollendeter Mond das Firmament beherrschte.

So fand das Mädchen den alten Märchenerzähler am frühen Morgen, als sie, noch bevor die Sonne aufgegangen war, nach ihm sehen wollte. Schweigend bereitete sie Tee, stellte die Kanne neben Oyano und ließ ihn allein.

Erst, als sich der Marktplatz langsam mit dem beginnenden Leben des neuen Tages füllte, von überall her Stimmen die Stille störten, die Händler und Kaufleute ihre Stände öffneten, zog sich Oyano zurück, um zu schlafen.

Zur Abenddämmerung kam der alte Märchenerzähler wieder aus seiner Kammer. »Bereite den Stand vor!«, bat er und setzte sich, um zu essen. Als Gwen die Teppiche hochgerollt und zusammengebunden hatte, trat Oyano neben sie und sah hinaus auf den Marktplatz. »Du wirst mir nachher die Kraft deiner jungen Stimme leihen müssen, Gwen«, sagte er.

»Ich verstehe nicht?«, stammelte das Mädchen aufgeregt. »Ich werde dir das Märchen zuflüstern«, erklärte Oyano, »und du wirst es so laut erzählen, dass jeder auf dem Marktplatz es hören kann.«

»Aber …«, wollte da Gwen einwerfen, doch Oyano

brachte sie mit einer abwehrenden Handbewegung zum Verstummen.

Und wie Oyano es gesagt hatte, so geschah es. Als die Menschen am Abend wieder vor den Stand kamen und erneut um ein Märchen baten …

DIE KRONE DER WELT

In den jungen Jahren dieser Welt lagen zwei Königreiche an einem breiten Strom, der behäbig auf das ferne Meer zutrieb. Im Land der aufgehenden Sonne regierte König Urs mit strenger Hand und hartem Herz. Jenseits des Flusses, dort, wo die Sonne am Abend unterging, herrschte König Aars. In Strenge und Unnachgiebigkeit stand er König Urs nicht nach. Die beiden waren schon seit langem erbitterte Feinde. Und an den Ufern des Stroms lagerten ihre Kriegsheere und warteten darauf, endlich ihre Waffen sprechen lassen zu können.

Die Minister beider Reiche predigten Hass und Feindschaft, und die Lehrer säten Gewalt schon in die Herzen der Kinder. Wer in den Dienst des Königs treten wollte, musste wortreich seine Abscheu vor dem feindlichen Reich und die bedingungslose Liebe zum eigenen König beweisen. Fiel im Land der aufgehenden Sonne in einem Jahr die Ernte schlecht aus, war dies natürlich die Schuld des verhassten Reiches jenseits des breiten Stroms. Das konnten die Gelehrten überzeugend beweisen. Kamen im Land des Königs Aars zu wenig Kinder auf die Welt, lag dies an den Zauberkundigen des Kö-

nigs Urs. Diese hatten, wie leicht zu belegen war, den Mond verhext, um so die Frauen unfruchtbar zu machen und die Heereskraft zu schwächen.
Vielen Menschen, in beiden Königreichen, kamen diese Erklärungen zwar oftmals seltsam vor, und so recht wollten sie daran nicht glauben. Sie hüteten sich jedoch, dies vor Fremden zu sagen. Die Spitzel der Herrscher konnten überall sein, und wen sie einmal in ihrer Gewalt hatten, den ließen sie nicht mehr los. Hinter vorgehaltener Hand erzählte man sich erschreckende Dinge von Folter und gewaltsamem Tod.
So bestimmten der Hass auf das andere Reich und die Furcht vor der unerbittlichen Macht des eigenen Königs das Leben der Menschen auf beiden Seiten des großen Stromes.
Die Familie Arkan unterschied sich nicht von vielen anderen Familien im Lande der untergehenden Sonne. Der Vater unterrichtete in der Hauptstadt junge Bedienstete des Königs. Dabei musste er sich immer sehr genau überlegen, was er sagen durfte und worüber er besser schwieg.
Seine Frau sorgte für die Tochter Erina, den Sohn Antol und für die Großmutter. Erina und Antol waren der ganze Stolz ihrer Eltern – gerade so, wie alle Kinder immer der ganze Stolz ihrer Eltern sind. Abends, wenn die einbrechende Nacht den Tag in die wärmende Decke der Hoffnung auf einen besseren Morgen hüllt, saßen die Eltern oft

noch am Tisch. Einmal beklagte sich der Mann, dass er die Zustände nicht mehr lange schweigend hinnehmen könne. Da nahm die Frau seine Hand und erzählte, dass Schergen des Königs den fast erwachsenen Sohn der Nachbarsfamilie abgeholt hätten – niemand wisse weshalb und wo er jetzt sei. Die Großmutter schüttelte im Zimmer der Kinder Antols Kopfkissen auf, zupfte das Betttuch Erinas zurecht und ließ sich gerne überreden, ein Märchen oder eine alte Sage zu erzählen. Die beiden Kinder wollten immer wieder die Geschichte von der Krone der Welt hören. Obwohl es bei Strafe verboten war, dieses angebliche Lügenmärchen zu verbreiten, erfüllte die Großmutter den Kindern gerne den Wunsch. Sie setzte sich in ihren alten Ohrensessel, legte eine dicke Decke über die Beine, nahm die zerkratzte Brille ab, schloss die Augen, und erst wenn Erina und Antol ganz still waren, begann sie:

»Bevor eure Mutter und euer Vater mit ihrem ersten Schrei die Welt begrüßten, war die Erde noch nicht aufgeteilt in zwei Königreiche. Eine gütige Kaiserin regierte das Land mit Weisheit und Umsicht. Keinen Menschen achtete sie gering, und alle hörten auf ihren Rat, so wie auch sie auf den Rat der Menschen hörte. Die Könige Urs und Aars sind ihre Söhne. Damals spielten und zankten sie miteinander, wie Geschwister es eben tun. Die Kaiserin besaß eine kostbare und wertvolle Krone, die schon so alt wie die Erde selbst war. Man nannte sie die Krone der Welt. Daran leuchtete der Diamant der Weisheit, funkelte das Juwel des Verstehens, schimmerte sanft die Perle der Demut. Diese drei gaben der Kaiserin die Kraft, das Land zu regieren. In wessen Auge auch immer sich Diamant, Juwel und Perle widerspiegelten, ihre Kraft wirkte in seinem Herzen.

Als die Kaiserin fühlte, dass ihre Tage auf dieser Welt zu Ende gehen sollten, traf sie sich mit ihren Söhnen Urs und Aars auf einer kleinen Insel, mitten in dem großen Fluss. Sie teilte ihr Reich, und die beiden Brüder versicherten der Mutter, das Erbe zu behüten und zu bewahren. Die Kaiserin wünschte auf der Insel begraben zu werden. Die Krone der Welt sollte ihr Grabmal krönen, damit alle Menschen sie sehen und ihre Kraft mit sich nehmen könnten. Als die Brüder versicherten, alles so auszuführen, schloss die Kaiserin zufrieden die Augen, und ihre Seele machte sich auf, neue und unbekannte Wege zu gehen.

Urs und Aars trugen ihre Mutter zu Grabe und setzten ihr ein Grabmal. Um die Krone jedoch entbrannte ein wilder Kampf. Keiner der beiden wollte sie auf der Insel zurücklassen. Zu sehr fürchteten sie die Kraft von Diamant, Juwel und Perle. Während des Kampfes geschah es aber, dass die Krone weggeschleudert wurde und in den flachen See am Fuße des Grabmals fiel. Kaum war sie im Wasser eingetaucht, da brodelte, zischte und dampfte es. Giftgrüne Schwaden stiegen empor und hüllten die kämpfenden Brüder ein. Erschrocken ließen diese voneinander ab und hasteten zurück zu ihren Rittern und Lanzenträgern, die sie mit auf die Insel gebracht hatten.

»Wer mir die Krone aus dem Teich holt«, spornten sie ihre Männer an, »wird fürstlich belohnt.«

Einige wagemutige Ritter zogen sofort los. Sobald sie jedoch in das flache Wasser gewatet waren, umhüllte sie der giftige Nebel, der durch die Gier und den Neid der Brüder entstanden war, und sie kamen elend um.

»Ich werde mir die Krone schon holen!«, brüllte Urs seinem Bruder zu.

»Wenn du kommst, werde ich sie schon längst haben!«, schrie dieser zurück.

Daraufhin zogen sich die Brüder mit ihren Männern in ihre Lager zurück. Ruhelos verbrachten Urs und Aars die Nacht. Endlich graute der Morgen. Seltsames war geschehen: Ein tiefer Graben hatte über Nacht das Grabmal und den giftig brodelnden See umschlossen. Als sie mit ihren Männern am Rand des Grabens standen, sahen sie, dass auf dem Grund grauschwarzer, stinkender Schlamm große Blasen warf.

Wieder versprachen die Söhne der Kaiserin ihren Rittern und Lanzenträgern reiche Belohnung, wenn sie ihnen die Krone brächten. Die Männer fällten Bäume und legten diese über den Graben. Alle Brücken brachen jedoch wie von Zauberhand geknickt entzwei, sobald sich einer der Männer darauf wagte. Schließlich riefen Urs und Aars ihre Männer zurück.

Wütend schleuderten sie sich Beschimpfungen und Flüche zu. Insgeheim hatte jedoch schon die gnadenlose Faust der Furcht ihre Herzen umklammert. Ängstlich verkrochen sie sich in dieser Nacht in ihren Zelten. Zu viel Unerklärliches war geschehen.

Am nächsten Morgen entdeckten sie voller Entsetzen, dass sich um Grabmal, Teich und Graben ein großer Erdwall wölbte. Schwertscharfe Pflanzen ragten da und dort daraus hervor. Wieder forderten die beiden jungen Könige ihre Männer auf, die Krone zu holen. Einige besonders treue Helden – solche, die das Nachdenken schon lange verlernt hatten – stiegen in ihre schwersten Stiefel. Sobald sie jedoch mit schweren Tritten den Wall betraten, schossen die Pflanzenspitzen in die Höhe und durchbohrten die Ritter.

Die Brüder Aars und Urs erhoben ihre Fäuste gegeneinander. Wut und Hass ließen die langen gemeinsamen Jahre verblassen. Sie zogen ihre Schwerter und schlugen, schäumend wie tollwütige Hunde, aufeinander ein. Mit wüstem Gebrüll taten ihnen es ihre Ritter und Lanzenträger nach. Gras und Blumen wurden niedergetreten, Blut tränkte die Erde. Erst die Nacht trennte die Kämpfer. Erschöpft schliefen sie ein, mit dem festen Vorsatz, den Gegner am Morgen zu besiegen. Aber es wurde nicht hell am nächsten Tag. Düstere Wolken verhängten den Himmel und drückten sich dicht an die Erde. Blitze zuckten durch tosende Wolkenstürme und ein eisiger Wind rüttelte an den Zelten. Im gespenstischen Schein der Blitze erkannten die Könige und ihre Männer, dass während der Nacht um Grabmal und Teich, um Graben und Wall eine hohe schwarze Mauer entstanden war. Und als das Unwetter nachließ, hörten die Männer hinter dem Tor der Schrecken erregenden Mauer hasserfüllte Stimmen zischeln, geifern und schreien. Vom Grauen gepackt jagten die Männer der Könige Urs und Aars von der Insel der Kaiserin in ihre Königreiche zurück.

Seit jenem Tag«, so schloss die Großmutter ihre Erzählung, »war niemand mehr auf der kleinen Insel im Fluss. Alle haben sie Angst vor den magischen Kräften der alten Kaiserin.«

Die Großmutter zog Antol und Erina die Decke bis zur Nasenspitze, strich ihnen übers Haar und blies die Kerze aus. Als sie schon fast aus dem Zimmer war, rief ihr Antol nach: »Ist das nun ein Märchen, Großmutter, oder ist es wirklich wahr?«

»Wenn es ein dummes Märchen wäre, weshalb sollte König Aars bei Strafe verbieten, diese Geschichte zu erzählen?«

Damit schloss sie die Tür und überließ Antol und Erina ihren Träumen. Und diese Träume waren voller Hoffnung auf ein Land, in dem der Diamant der Weisheit, das Juwel des Verstehens und die Perle der Demut wieder die Kraft hatten, die Herzen der Menschen zu verändern.

Antol und Erina gefiel es nicht im Reich der untergehenden Sonne. So viel wollten sie wissen, und oftmals bekamen sie ausweichende oder erschreckende Antworten. Fragten sie beispielsweise, ob die Kinder jenseits des großen Stroms auch kleine Rüstungen bekämen, antworteten die Erwachsenen: »Jedes Kind bekommt zu seinem fünften Geburtstag ein Kaninchen geschenkt und ein Schwert. Und wenn es das Kaninchen nicht sofort tötet, kommt das Kind in ein großes Gefängnis. Dort muss es lernen, wie man am besten Kaninchen tötet.«

Erina und Antol schauderte es, wenn sie solche oder ähnliche Geschichten hörten. Zum Glück gab es aber die Großmutter, die ihnen versicherte, dass jenseits des großen Flusses die Kinder genauso in den Betten liegen und von ihren Großmüttern Märchen und wahre Geschichten erzählt bekommen, die sonst schon längst vergessen wären.

Je älter die beiden Kinder wurden, umso weniger trauten sie den Worten der Erwachsenen. Eines Tages wurde es Gesetz, alle Kinder nach ihrem siebten Geburtstag in große Heime zu bringen, wo

sie zu treuen Untertanen König Aars' und zu erbitterten Feinden des bösen Königs Urs erzogen werden sollten. Da beschlossen Erina und Antol zu fliehen.
In der Dunkelheit einer Neumondnacht schlichen sie wie Diebe aus ihrem Elternhaus. Nicht einmal von ihrer Großmutter hatten sie sich verabschiedet. Sie hatten beschlossen, die Insel der alten Kaiserin zu suchen. Die Gefahren, die dort drohten, ängstigten zwar beide, aber sie wussten auch, dass kein Erwachsener sie dort vermuten würde.
Erina und Antol mieden alle Straßen und wanderten nur in der Dunkelheit. Und jede Nacht trafen sie auf andere Kinder, die ebenfalls von zu Hause weggelaufen waren. Kinder, die auch zu jener sagenumwobenen Insel der alten Kaiserin wollten. Bald suchte man im ganzen Land fieberhaft nach den verschwundenen Kindern. Natürlich wurden die Feinde jenseits des großen Flusses beschuldigt, die Kinder geraubt zu haben. König Aars stellte ein gewaltiges Heer auf, eine Streitmacht, wie sie das Land noch nicht gesehen hatte. Aber auch im Reich des Königs Urs verschwanden Kinder. Niemand konnte sich erklären, weshalb. Die Feinde jenseits des großen Stroms mussten dahinter stecken, und so ließ auch König Urs zum Krieg rüsten. Die Strategen planten Schlachten, und die Priester flehten um die Gunst ihrer Götter. Die Magier schauten in die Bäuche geschlachteter

Hühner, um den richtigen Zeitpunkt für den Krieg zu bestimmen.
Die Kinder wussten von alledem nichts. Sie gingen ihren langen Weg, und jede Nacht schlossen sich ihnen weitere Gefährten an. Endlich standen sie am breiten Fluss. Eine halb verrottete Brücke spannte ihren Bogen vom Ufer bis zur Insel. Nirgendwo konnten die Kinder eine Wache entdecken. Aus welchem Grund sollte die Insel auch bewacht werden? Kein Erwachsener würde sich auf die Insel wagen, um von dort das andere Land zu erreichen. Behutsam betrat ein Kind nach dem anderen die schwankende Brücke und ging vorsichtig zur Insel hinüber. Wohlbehalten langten sie dort an. Die Nacht war groß und dunkel, und die Insel lag düster im Fluss.
Die Kinder lauschten in die Dunkelheit. Von der Mitte der Insel konnte man ein leises Gezischel, ein böses Flüstern hören. Das mussten die Stimmen hinter der Mauer des Hasses sein. Die Hände der Kinder suchten sich. Erst als jedes Kind die warme Hand eines anderen spürte, gingen sie langsam weiter. Die Stimmen wurden lauter, das Geflüster Furcht erregend. Plötzlich standen sie vor einer gewaltigen Mauer, und sie war so hoch und schwarz, dass sie sogar die sternenlose Nacht verschluckte. Hinter den dicken Steinen geiferte und brüllte, tobte und kreischte es. Die Kinder zitterten vor Angst, rückten eng zusammen und hiel-

ten sich schließlich die Ohren zu. Aber die Stimmen waren zu mächtig, zu laut, zu böse. Schließlich begann ein kleines Mädchen mit dünner, zittriger Stimme zu singen. Immer mehr Kinder stimmten ein, und sie sangen so laut, dass sie die schrecklichen Stimmen hinter der Mauer übertönten. Als sie aufhörten, konnten sie weit entfernt auch ein Lied hören.

»Dort müssen ebenfalls Kinder sein«, sagte Antol. Und Erina rief: »Wir gehen zu ihnen. Sicher haben auch sie Angst und fürchten sich. Gemeinsam können wir doch viel lauter singen.«

Die Kinder hasteten an der unheimlichen Mauer entlang. Die Stimmen dahinter waren Furcht erregende Begleiter auf ihrem Weg. Aber als sie wieder sangen, schienen die Stimmen leiser zu werden. Noch bevor die Stimmen wiederkehrten, standen sie den anderen Kinder gegenüber.

»Wir sind auf der Flucht vor König Urs«, erklärten die fremden Kinder und erzählten ihre Geschichte. Sie unterschied sich kaum von den Erlebnissen der Kinder um Antol und Erina. Sogar das Gräuelmärchen vom Kaninchen und dem Schwert kannten sie. Während sie sich gegenseitig von ihren Erlebnissen berichteten, gingen die Kinder weiter. Die Stimmen waren immer noch da, vielleicht ein wenig leiser, wenn die Kinder miteinander sprachen und sich an den Händen hielten, vielleicht nicht mehr gar so böse und gefährlich. Schließlich kamen sie an ein mächtiges schwarzes Tor. Es war verschlossen, einen Riegel oder ein Schloss konnte man nirgendwo entdecken. Ratlos und schweigend standen sie davor. Und dann kamen die Stimmen des Hasses wieder: böse und gemein, schrill und drohend. Hilflos begannen die Kinder wieder zu singen. Erst sangen die Kinder aus dem Reiche des Königs Aars ihre Lieder, und die anderen hörten zu. Daraufhin sangen die Kinder aus dem Reiche des Königs Urs ihre Lieder. Als sie begannen, sich gegenseitig ihre schönsten Lieder zu lehren, verstummten die Stimmen hinter der schwarzen Mauer. Und als sie zum ersten Mal ein Lied gemeinsam sangen, schwang das gewaltige Tor geräuschlos auf und gab den Kindern den Weg frei.

Im Licht eines freundlichen Mondes erkannten die Kinder den Wall der Furcht; die schwertscharfen Pflanzenspitzen schimmerten tödlich. Die Kinder, müde und froh, dass die schrecklichen Stimmen verstummt waren, legten sich ins Gras, wärmten einander und schliefen einen ruhigen Schlaf mit Träumen voller Lieder.

Als sich die ersten Sonnenstrahlen vorwitzig unter ihre Lider stahlen, wischten sie sich den Schlaf aus den Augen und schüttelten den Tau aus den Haaren. »Wie sollen wir den Wall bezwingen?«, fragten sie sich. Überall waren darauf noch die Spuren schwerer Stiefel zu sehen; einige verrostete Rüstungen hingen noch an den Spitzen der geheimnisvollen Pflanzen.

»Das werden wir nie schaffen«, murmelte ein in zerrissene Lumpen gehüllter Junge, der nicht einmal Schuhe trug. Trotzdem betrat er vorsichtig den Wall und hielt prüfend seinen nackten Fuß über die messerscharfe Spitze einer Pflanze.

»Sie ist verschwunden!«, rief er erstaunt den anderen Kinder zu. »Kommt her! Kommt alle her und schaut euch das an! Die Spitze ist einfach verschwunden, als ich meinen Fuß darüber hielt!«

Aufgeregt liefen alle zu dem Jungen. Der versuchte es bei einer anderen Pflanze nochmals. Wieder zog sich die scharfe Spitze blitzschnell in die Erde des Walls zurück.

»Wir können über den Wall steigen!« Die Kinder tanzten jubelnd durch das noch taufeuchte Gras. »Schnell, zieht eure Schuhe aus! Die Pflanzen durchbohren uns nicht!«

Barfuß und ohne die Erde zu verletzen gingen die Kinder über den gefährlichen Wall, und keines kam dabei zu Schaden. Noch bevor sie mit ihrem nackten Fuß den dunklen Boden berührten, gaben die geheimnisvollen Pflanzen den Weg frei. Aufatmend versammelten sie sich hinter dem Wall am tiefen Graben des Stolzes. Dahinter ragte das Grabmal der Kaiserin auf. Auch den Teich konnten sie schon sehen. Die giftigen Nebel der Gier und des Neids lagen immer noch gefährlich über ihm.

»Alle Ritter sind hinabgestürzt, als sie versuchten, ihn zu überqueren«, murmelte Erina. »Wir dürfen keine Brücken darüber bauen. Wir müssen hinunterklettern und auf der anderen Seite wieder hinauf.«

»Aber wie sollen wir da hinunterkommen?« Ein kleiner Junge sah furchtsam in den Graben hinab. »Er ist so tief, und es stinkt!«

Erina lachte und sah in die Runde der Kinder: »Wir müssen eine Kette bilden und uns an den Händen halten. So kommen wir hinunter. Auf der anderen Seite muss einer dem anderen auf die Schultern steigen. So kommen wir wieder hinauf. Und gibt es hier wirklich jemanden, der sich ausgerechnet vor ein wenig Schlamm fürchtet?«

»Nein! Nein!«, schrien alle begeistert.

So wie Erina es vorgeschlagen hatte, kletterten die Kinder in den tiefen Graben hinab. Eines vertraute auf die Hände des anderen. Unten wühlten sie sich durch den tiefen Schlamm, und auf der anderen Seite kletterten sie einander auf die Schultern. Die Letzten wurden mit vereinten Kräften aus dem Graben gezogen.

Dass sie nun alle ziemlich verdreckt und schlammbedeckt waren, kümmerte keinen. Im Gegenteil! Die Kinder hatten ihren Spaß daran und zogen die wildesten Grimassen, um sich gegenseitig mit ihren verschmierten Gesichtern zu erschrecken.

Schließlich versammelten sie sich um den Teich, in dem die Krone der alten Kaiserin liegen sollte. Giftgrün wallte der Nebel über dem Wasser.
»Was sollen wir jetzt tun?«, wollte schließlich Antol von einem älteren Mädchen aus dem Land der aufgehenden Sonne wissen.
»Ich weiß auch nicht«, erwiderte diese mutlos und starrte in das flache Wasser.
»Was wollen wir eigentlich mit der Krone anfangen, wenn wir sie haben?«. krähte plötzlich die Stimme eines Jungen. »Ich möchte sie mit nach Hause nehmen. Meine Eltern werden Augen machen!«
»Das will ich auch!«, schrie ein anderes Kind, und plötzlich brüllten alle durcheinander, und jedes Kind wollte die Krone für sich. Aber sie beruhigten sich schnell wieder, denn das Wasser des Sees begann plötzlich Wellen zu schlagen. Die Nebel kreisten in einem gefährlichen Tanz, und es war, als ob die Schwaden dichter würden.
»Das dürft ihr nicht sagen!« rief Antol erschrocken und wich zurück. »Dies sind die Nebel der Gier und des Neides. Wir müssen etwas anderes mit der Krone tun!«
Die Nebel beruhigten sich wieder ein wenig.
Die Kinder setzten sich ratlos auf die Erde und starrten in die Luft oder auf den See.
»Meine Großmutter hat erzählt, die Kaiserin hätte gewünscht, dass die Krone auf dem Grabmal

ihren Platz haben soll, damit alle Menschen den Schein von Diamant, Juwel und Perle sehen können.«

Antol sah fragend in die schweigende Runde der Kinder.

»Ja, so wollen wir es machen«, sagten alle. Und über dem See wurden die giftigen Nebel dünner und dünner, vereinigten sich mit dem Wind und verloren sich schließlich am klaren Mittagshimmel. Das Wasser lag still unter der Sonne, und mitten im See glänzte die Krone der Kaiserin.

»Komm, wir wollen sie holen«, sagte das Mädchen aus dem Land der aufgehenden Sonne zu Antol und nahm ihn bei der Hand. Gemeinsam wateten sie in das flache Wasser und holten die Krone heraus. Als die beiden sie auf das Grabmal der Kaiserin legten, klatschten alle Kinder begeistert in die Hände, sprangen vor Freude in die Luft und schlugen Purzelbäume. Der Diamant der Weisheit, das Juwel des Verstehens und die sanfte Perle der Demut fingen das Licht der Sonne ein und begannen zu leuchten.

Mit einem gewaltigen Donnerschlag verschwand der Graben des Stolzes, der Wall der Furcht und die Mauer des Hasses. Als ob niemand jemals die warme, sonnendurchflutete Stille der kleinen Insel gestört hätte, lag diese inmitten des breiten Stroms, der sich behäbig seinem fernen Ziel zuwälzte.

Die Kinder blieben noch einige Tage auf der Insel. Dann brachen sie in ihre Heimat auf.
Die Eltern waren überglücklich, ihre Kinder wieder zu haben. Freudentränen in den Augen, erzählten sie: »Vor einigen Tagen, kurz bevor die große Schlacht stattfinden sollte, gab es hier im Land ein gewaltiges Unwetter. Häuser sind zusammengebrochen, Mauern geborsten. Der Fluss ist über die Ufer getreten. Die Erde hat gezittert und gebebt. Viele Menschen sind auf die Straße gelaufen, weil sie dachten, das Ende der Welt sei gekommen. Laut flehten sie die alten Geister um Beistand an. Niemals, so klagten sie sich an, seien sie mit der Herrschaft des Königs einverstanden gewesen. Aber das Unwetter ging vorüber, und die Erde blieb bestehen. Niemandem geschah ein Leid. In der Hauptstadt jedoch wuchsen über Nacht unüberwindbare schwarze Mauern um den Palast, um die Kultstätten der Priester und die Schulen. Dahinter sind grässliche, hasserfüllte Stimmen zu hören. Niemand kann sie lange ertragen. Diese Stimmen berichten über einen Wall, der hinter der Mauer sei. Ein Wall, den niemand überwinde, der nicht die Furcht aus seinem Herzen gebannt hätte. Und dahinter sei ein tiefer Graben, über den keine Brücke gebaut werden könne. Ein Graben, in den jeder falle, der voller Stolz sei. Die Könige, ihre Minister, die Gelehrten, die Priester – alle sind sie dort eingeschlossen.

Nun berichteten die Kinder von ihren Erlebnissen. Die Erwachsenen waren stolz auf sie und froh, der hartherzigen Hand ihrer Könige entronnen zu sein. Insgeheim jedoch schämten sie sich, weil sie selbst nicht gewagt hatten, den Weg zu der Insel der Kaiserin zu gehen.

Über den breiten Strom bauten sie viele Brücken. Und an keiner gab es Wachposten. Immer wieder besuchten Kinder und Erwachsene die Insel der Kaiserin und sonnten sich im Licht der Krone.

Die Herrscher und ihr Hofstaat blieben gefangen in ihren Palästen und Häusern. Die Kinder riefen ihnen zwar oft zu, dass es einen Weg gäbe, den Graben des Stolzes, den Wall der Furcht und die Mauer des Hasses zu überwinden. Aber soviel man weiß, hat noch keiner der Eingeschlossenen einen Weg aus seinem Gefängnis gefunden.

DER MONDSTEIN

Tiefe Stille lag über dem Platz, als Gwen die letzten Sätze des Märchenerzählers wiederholt hatte. Oyano saß mit geschlossenen Augen und trank von seinem erkalteten Tee. Nach und nach erhoben sich die Zuhörer und gingen langsam zu ihren Häusern. Oyano wusste, dass er mit dem Märchen einen winzigen Keimling in die Herzen der Menschen gepflanzt hatte. Ob daraus eine starke Pflanze werden würde, lag nicht in seiner Macht.

Der Marktplatz war nun fast leer. Gwen sah jedoch, wie sich einige Gestalten in die Schatten der Häuser drückten und zum Stand herüberspähten. Das Mädchen berührte Oyanos Arm, um ihn darauf hinzuweisen. Dieser hielt die Augen weiterhin geschlossen, nickte jedoch leicht mit dem Kopf. »Ich habe sie schon vor einiger Zeit bemerkt«, flüsterte er. »Es scheint, als ob wir nicht allen hier willkommen sind.«

Voller Besorgnis behielt Gwen die schemenhaften Gestalten im Auge. »Leg dich schlafen«, riss sie die leise Stimme Oyanos aus ihren Ängsten. »Ich bleibe noch ein wenig hier sitzen. Wenigstens die Stille der Nacht scheint sich in meiner Heimatstadt nicht verändert zu haben.«

Der alte Märchenerzähler saß so unbeweglich, dass

man denken konnte, er sei friedlich eingeschlafen. Aus den Schatten der Häuser lösten sich zwei, drei Gestalten und kamen langsam näher. Es waren Soldaten des Königs. Aufmerksam musterten sie den Stand und Oyano. Sie tuschelten leise. Geräuschlos verschwanden sie in einer der engen Gassen. Der Märchenerzähler erhob sich und schaute ihnen nachdenklich hinterher. Dann rollte er die Teppiche herunter und ging in seine Kammer.

Einmal erwachte Gwen in dieser Nacht und glaubte ruhelose Schritte zu hören. Auf und ab. Auf und ab. Doch sie war viel zu müde, um sich Gedanken darüber zu machen, was ihren Lehrmeister wohl nicht schlafen ließ.

Am frühen Morgen wurde das Mädchen durch Trommelwirbel aus dem Schlaf gerissen. Laute, befehlsgewohnte Stimmen schallten über den Platz. Gwen stürzte aus ihrer Kammer. Oyano stand schon vorne am Stand. Das Mädchen drängte sich neben ihn und starrte hinaus. Zwischen berittenen Soldaten und Lanzenträgern zu Fuß standen viele Menschen.

»Wer von euch seinen Namen hier noch nicht eingetragen hat, kann dies jetzt tun!«, ertönte eine herrische Stimme. Der Mann hielt eine Pergamentrolle empor. »Wir brauchen alle waffenfähigen Männer, um den kriegerischen Umtrieben der Stadt auf den Klippen Einhalt zu gebieten!«

Gwen drückte sich enger an Oyano. Sie fürchtete sich vor diesem Mann und seiner lauten, kalten Stimme.

»Unsere Kundschafter berichten, dass wir täglich mit einem Angriff auf unsere Stadt zu rechnen haben. Wenn wir ihnen nicht zuvorkommen, wird unsere Stadt bald nur ein rauchender Trümmerhaufen sein. Eure Töchter werden verschleppt, eure Frauen geschändet und eure Söhne ermordet. Es liegt an euch, dieses Unheil abzuwenden!«

»Was geht hier vor, Oyano?«, wollte Gwen wissen.

»Der König will die Nachbarstadt erobern«, gab der Märchenerzähler leise zurück.

»Aber dieser Mann sagt doch gerade das Gegenteil!«

Oyano lachte bitter auf. »Wie sollte er sonst die Menschen davon überzeugen, eine Stadt zu überfallen, mit der seit langer Zeit gute Nachbarschaft gehalten wurde?«

»Aber weshalb …?«, wollte Gwen fragen, doch Oyano unterbrach sie.

»Weil er krank ist!«, sagte er unwirsch und sah hinüber zu den Soldaten. Dann legte er Gwen die Hand auf die Schulter und murmelte: »Er hat Angst, jemand könnte ihm etwas wegnehmen. Er glaubt, die Stadt und alles, was darin ist, sei sein. Er will nicht wahrhaben, dass niemand ihm etwas nehmen kann, da ihm ja nichts gehört.«

Der Soldat mit der Pergamentrolle schaute inzwischen böse zu ihnen herüber. »Das ist dein Werk, alter Mann«, brüllte er aufgebracht. »Niemand will sich heute unserem siegreichen Verteidigungsheer anschließen. Wir werden dich dafür zur Rechenschaft ziehen!«

Wütend gab er den anderen Soldaten ein Zeichen, und die uniformierten Männer zogen mit donnernden Schritten ab.
»Wir werden sehen, junger Mann«, flüsterte Oyano. Dann wandte er sich ab und ließ die Teppiche vor den Stand fallen. Er warf sich seinen alten, mit vielen Flicken ausgebesserten Umhang über. »Bleib du hier«, bedeutete er Gwen. »Ich habe noch Besorgungen zu machen und will mich mit einigen alten Freunden treffen. Ich werde rechtzeitig wieder zurück sein. Glaub' mir, heute Abend werden viele Menschen auf ein Märchen warten.«
Als Oyano am Nachmittag über den Platz zurückkam, sah er schon von weitem, dass etwas geschehen sein musste. Eine Menschenmenge hatte sich vor seinem Stand versammelt. Die bunt gewebten, verblichenen Teppiche hingen zerfetzt vor dem Stand. Die Tür zum Haus war eingeschlagen. Die kleinen Dinge, an denen das Herz des Märchenerzählers hing, waren überall verstreut. Alte Bücher lagen zerrissen auf dem Boden, seine Teekanne war in Scherben gegangen, Muscheln aus fremden Ländern lagen achtlos im Staub. Wie in einem bösen Traum ging Oyano durch die beiden verwüsteten Kammern seines Hauses. »Gwen«, murmelte er immer und immer wieder. »Gwen.« Doch er fand sie nicht.
Als er wieder auf die Straße kam, hatte er Tränen in den Augen. Aber sein vom Alter gekrümmter Rücken schien sich mit jedem Atemzug aufzurichten. Und hin-

ter den Tränen konnten die schweigenden Menschen einen entschlossenen Blick erkennen.

»Kommt am Abend«, flüsterte er. Alle auf dem weiten Platz konnten dieses Flüstern hören. »Die Zeit ist reif, den Märchen Leben einzuhauchen!«

Ohne ein weiteres Wort ging er ins Haus zurück. Dort kümmerte er sich weder um die zerfledderten Bücher, noch um die verstreuten Muscheln oder die Scherben der Teekanne. Er setzte sich auf die weichen Teppiche, schloss die Augen und nestelte unter seinem Umhang an einem Halsband. Schließlich hatte er den Knoten gelöst. Oyano hielt einen seltsam geformten Stein in Händen, der an einer kunstvoll geflochtenen Lederkordel hing und gerade in die Hand des Märchenerzählers passte. Unzählige winzige Kristalle waren im matt glänzenden Schwarz des tropfenförmigen Steins eingeschlossen und glänzten wie Sterne im unendlichen All.

»Nun muss ich dich also doch nochmals zum Leben erwecken, mein treuer Begleiter«, murmelte Oyano und drückte den Stein gegen seine Stirn. So saß er Stunde um Stunde, wiegte sich sanft zu einem leisen Singsang, während draußen auch dieser Tag, gerade so, als sei nichts geschehen, der Nacht entgegenstrebte.

Als die Händler ihre Stände schlossen, war der Platz vor dem Märchenstand schon voll wartender Menschen. Die Entführung des Mädchens hatte sich im Nu in der ganzen Stadt herumgesprochen. Alle warteten gespannt, was geschehen würde.

Die zerfetzten Teppiche bewegten sich sacht im kühlen

Abendwind, der die flimmernde Sonnenhitze des Tages vergessen ließ. Geduldig saßen die Menschen auf dem weiten Platz im Staub. Einige Soldaten tauchten auf und verbargen sich in dunklen Hauseingängen oder Nebengassen. Als Oyano endlich erschien, war es Nacht geworden. Der alte Märchenerzähler setzte sich an den kleinen Tisch. Sein Blick ging über die gespannt wartenden Menschen auf dem Platz, dann dorthin, wo das Schloss hinter hohen Mauern stand. Er hob die linke Hand an die Stirn, so, als wolle er all diejenigen grüßen, welche sich dort in Sicherheit wähnten. Niemand auf dem Marktplatz konnte erkennen, dass Oyano, verborgen in der Hand, den Mondstein an seine Stirn führte und mit geschlossenen Augen tonlos einige Sätze in der alten, geheimen Sprache der Märchenerzähler sagte.

»Lasst euch dies eine Warnung sein«, murmelte er. Dann wandte er sich wieder der Menge auf dem Platz zu. Er hielt den Mondstein fest umschlossen, als er leise zu erzählen begann. Der Wind schien seine Worte in jeden Winkel des großen Platzes zu tragen, denn jeder, auch die Soldaten, hörten sie klar und deutlich.

»Keine Macht der Welt«, begann Oyano und sah hinüber zu den Uniformierten, »kann einen Märchenerzähler daran hindern, denjenigen zu erzählen, die ihm zuhören wollen. Und so werde auch ich erzählen, solange es notwendig ist und meine Stimme noch ein Ohr findet, das nicht verschlossen ist.«

Es war so still geworden, dass in der Ferne das Rauschen

der Wellen zu hören war. Oyano griff nach einer Flasche Wein und schenkte sich ein. In einem Zug trank er den Becher leer. »Heute haben Unbekannte meine Schülerin Gwen entführt. Vielleicht glaubten sie, mich dadurch abhalten zu können, jetzt wieder hier zu sitzen.« Seine Stimme wurde ein wenig lauter, und alle, welche ihn aus früheren Zeiten kannten, bemerkten, dass plötzlich ein drohender Ton mitschwang. »Einem Märchenerzähler nicht zu glauben, ist jedermanns gutes Recht. Aber mich, Oyano, einen Meister der unsterblichen Gilde der Märchenerzähler zu bedrohen, das kann nur wagen, wer die Macht der Märchen nicht kennt.«

Oyanos Augen sprühten vor Leben und Kraft, nochmals hob er die linke Hand mit dem Mondstein an seine Stirn und starrte zum Schloss hinüber.

Der Mond stand bereits hoch und nahezu rund über dem Marktplatz. Oyano lächelte ihm zu. Dann begann er …

… und während Oyano sein Märchen den vielen Menschen auf dem Marktplatz erzählte, ereignete sich im Schloss des Königs Unheimliches …

DER DRACHE DES SCHRECKENS

Das Land war grau geworden. Düster und schwer drückten die Wolken auf die einst fruchtbare Erde. Die Menschen huschten wie gesichtslose Schatten durch die meist ausgestorbenen Straßen. Fest verschlossen waren die Stadttore. Fremde, die um Einlass und Quartier baten, wurden abgewiesen. Das war nicht immer so gewesen. Hier und in allen Städten des Landes hatten einst Handel und Künste in Blüte gestanden. Die Stadttore waren auch nachts weit geöffnet, und der Schlüssel der Stadt hatte seinen Platz auf einem großen Stein mitten auf dem Marktplatz. Jeder hätte ihn sich nehmen können. Die Menschen waren glücklich in heiterer Erwartung eines jeden neuen Morgens. Bis zu jenem unglückseligen Tag, an dem die Ritter der Angst in dieses glückliche Land eingefallen waren. Heute weiß niemand mehr, wie sie ihren Weg dorthin gefunden haben. Eines Nachts waren sie plötzlich da. Plündernd zogen sie durch die Stadt. Auf dem Marktplatz entzündeten sie ein großes Feuer, und alle Menschen der Stadt wurden auf den Platz getrieben. Die Ritter nahmen sich den Schlüssel zum Stadttor und verkündeten: »Jedes Jahr werden wir wieder hierher kommen. Ihr werdet uns gebührend empfangen und mit allem versorgen, was wir benötigen. Vor allem aber habt ihr zehn junge Männer mit Waffen, Rüstungen und Pferden bereitzustellen. Sie werden mit uns kommen. Falls ihr diese Forderung nicht erfüllt, lassen wir den Drachen des Schreckens los und hetzen ihn auf eure Stadt. Wisst: Sein giftiger Atem und sein Feuer würden sie zerstören!«

Daraufhin verschlossen die Ritter der Angst die Stadttore und zogen weiter. Die Menschen flüchteten in ihre Häuser und hofften, dies alles möge nur ein böser Traum sein. Das Leben auf den Straßen und Plätzen erstarb, nur noch in der Dämmerung schlichen einige Gestalten grußlos durch die Straßen. Die Ritter der Angst hatten wirklich ganze Arbeit geleistet: Die Menschen waren ohne Hoffnung, und mit der Hoffnung stirbt auch die Liebe und das Vertrauen zu sich selbst und anderen.

Jedes Jahr kamen die Ritter der Angst wieder in die Stadt und nahmen zehn junge bewaffnete Männer mit sich. Niemand wusste, wohin sie gebracht wurden. Kein Mensch wagte darüber zu reden.

Viele Jahre gingen so ins Land. Da trafen sich in einem versteckten Winkel bei der Stadtmauer drei junge Männer.

»Wir werden als Nächste dran sein«, flüsterten sie einander zu. »Die Ritter der Angst sind auf dem Weg hierher. Unsere Väter lassen schon Rüstungen anfertigen, und nachts weinen sich unsere Mütter die Augen aus. Am Tag bevor die Ritter der Angst in die Stadt kommen, wollen wir Rüstungen, Waffen und Pferde nehmen und aus der Stadt fliehen.«

So, wie sie es geplant hatten, geschah es. Am Abend, das Heer der Ritter der Angst ließ schon die Erde zittern, der Staub der vielen Pferde verdunkelte den Horizont, stahlen sich die drei Männer aus ihren Elternhäusern. Bei der Stadtmauer trafen sie sich. Durch einen von Büschen und Efeu überwucherten Mauerspalt gelangten sie nach draußen. Sie konnten noch sehen, wie die Ritter der Angst in die Stadt einzogen und hörten, wie sie durch die Straßen preschten.

Am nächsten Morgen verließen die Ritter die Stadt. Zehn junge Männer ritten mit hängenden Köpfen hinter ihnen her.

»Wir wollen ihnen heimlich folgen«, beschlossen die drei jungen Männer in ihrem Versteck. »Vielleicht gehen sie zum Drachen des Schreckens. Wenn wir ihn töten, ist das Land wieder frei.«

Vorsichtig und mit großem Abstand blieben sie dem Heer bei seinem Ritt durch das Land auf der Spur. Immer wieder mussten sie mit ansehen, wie die Ritter der Angst nachts in eine Stadt eindrangen und mit weiteren gerüsteten Männern am nächsten Tag davonzogen.

Schließlich führte sie ihr Weg auf einen gewaltigen

Berg zu, der den diesigen Horizont beherrschte. Tagelang änderte sich die Richtung des Heeres um keinen Zoll. Doch eines Abends stellten die Verfolger fest, dass die Ritter der Angst um ein kleines Waldstück offenbar einen großen Bogen geschlagen hatten. Da die Sonne bereits untergegangen war, beschlossen die drei Männer, im Schutze dieses Wäldchens zu übernachten. Als die Nacht das Land und den Himmel in ihre dunkle Hand genommen hatte, sahen sie, ganz in der Nähe, Licht durch die Bäume schimmern. Behutsam gingen die drei Männer darauf zu. Verborgen unter dem dichten Dach einiger Erlen stand da eine kleine Hütte, deren Fenster warm erleuchtet waren. Als sie, die Lanzen fest in den Händen, durch eines der Fenster schauten, sahen sie eine junge Frau, fast noch ein Mädchen, lesend an einem Tisch sitzen. Die Angst der drei Männer verflog wie der Morgennebel, wenn die Kraft der Sommersonne ihn durchdringt. Sie klopften an die Tür, und das Mädchen empfing sie freundlich. Als sie jedoch mit ihren Rüstungen, den Schwertern, Lanzen und Schilden in das Haus gehen wollten, versperrte sie ihnen den Weg.

»Niemals sah ich in meinem Haus eine Waffe«, sprach sie, »und so soll es auch bleiben.«

Nach kurzem Zögern legten die drei Männer ihre Rüstungen und Waffen vor dem Haus ab und traten ein. Das Mädchen bat sie an den Tisch, reichte

ihnen kühles Wasser, würziges Brot und eine heiße Suppe.
»Ihr seht niedergeschlagen aus«, sagte sie dann. »Was bedrückt euch, wer hat euch das Lachen genommen?«
Die Männer erzählten dem Mädchen von ihrer Stadt, den Rittern der Angst und ihrem Vorhaben, den Drachen des Schreckens zu suchen, um ihn zu besiegen.
»Vielleicht kann ich euch helfen«, erwiderte das Mädchen und musterte die drei Männer aufmerksam. »Aber dazu brauche ich ein wenig Zeit. Morgen früh werden wir weitersehen.«
Die drei jungen Männer schliefen in einer kleinen Kammer tief und traumlos. Gestärkt und voller Mut erwachten sie und bestürmten das Mädchen, zu sagen, wie es ihnen denn helfen wolle.
»Ich will euch einen Tausch vorschlagen«, erwiderte diese lächelnd. »Den Drachen des Schreckens kenne ich gut. Ich weiß, wie ihr ihn überwinden könnt.«
Erregt sprangen die drei Männer auf: »Gutes Mädchen, schnell sagt uns, wie wir es anstellen können!«
»Es sind zwei Dinge, die ihr erfüllen müsst«, bekamen sie Auskunft. »Ich werde euch dieses Kästchen mitgeben. Wenn ihr mutlos und ohne Hoffnung seid, dann öffnet es. Vorher nicht. Ich kann euch dieses Kästchen jedoch nur geben, wenn ihr

mir dafür eure Lanzen gebt. Die zweite Bedingung ist: Ihr müsst zu meiner älteren Schwester reiten, die drei Tagesritte von hier am See der warmen Quellen wohnt.«

Die drei Männer waren nicht sehr begeistert. Wie sollten sie ohne ihre langen Lanzen den Drachen des Schreckens besiegen können, und wie sollten sie ihn finden, wenn sie der Spur des Heeres nicht weiter folgten? Unentschlossen standen sie in der kleinen Hütte und sahen sich an. Schließlich sagte das Mädchen: »Meine Schwester kennt den Drachen des Schreckens auch. Ihr werdet dort weitere Hilfe erhalten.«

Als die Männer dies hörten, beschlossen sie, den Worten des Mädchens zu vertrauen und gaben ihre Lanzen her. Kaum berührte sie das Mädchen, schmolzen die scharfen, gehämmerten Spitzen und tropften auf die Erde. Die Schäfte zersplitterten und brachen. Verwundert schauten die Männer zu. Sie wagten jedoch nicht, irgendwelche Fragen zu stellen. Das Mädchen gab den Männern ein kunstvoll verziertes Kästchen, beschrieb ihnen nochmals den Weg, umarmte jeden von ihnen und winkte ihnen lange nach.

Drei Tage ritten die Männer und entfernten sich dabei mehr und mehr vom Heer der Ritter der Angst.

Am Abend des dritten Tages erreichten sie endlich, müde und erschöpft, einen See, dessen Wasser wunderbar warm war. Ohne Mühe fanden sie das Haus, das ihnen beschrieben worden war. Davor saß eine junge Frau, die ein Lied summte und sich die Haare bürstete. Als sie die Männer sah, erhob sie sich und ging ihnen entgegen.

»Willkommen, ihr Fremden!«, rief sie ihnen zu. »Nehmt euren Pferden die Decken ab und lasst sie trinken. Und euch selbst erfrischt im See.«

Nur zu gerne gehorchten die Männer der jungen Frau. Einladend schimmerte das warme Wasser des Sees. Nach dem Bad fühlten sie sich so kräftig wie niemals zuvor in ihrem Leben. Voller Tatendrang wollten sie ihre Rüstungen wieder anlegen. Die junge Frau kam jedoch lachend aus dem Haus. »Wenn ihr etwas zu essen haben wollt, dann müsst ihr eure Rüstungen schon hier liegen lassen, und die Waffen lasst bitte vor der Tür. Solange ich hier wohne, soll kein Kriegswerkzeug in diesen Räumen lärmen.«

Die drei Männer waren zwar ein wenig missmutig, aber sie hatten auch Hunger. So traten sie ohne Rüstung und Waffen ins Haus und setzten sich an den Tisch.

»Ihr wurdet von meiner Schwester geschickt, nicht wahr?«

»Woher weißt du das?« Die drei waren erstaunt, denn sie hatten noch nicht gesagt, woher sie kamen.

»Ich habe ihr Kästchen am Sattel eines eurer

Pferde gesehen«, erwiderte die Frau. »Was wollt ihr von mir?«
Die Männer berichteten wieder von ihrer Stadt, den Rittern der Angst und ihrem Plan, den Drachen des Schreckens zu töten. Die junge Frau hörte aufmerksam zu. Schließlich meinte sie: »Ich kenne den Drachen gut. Früher habe ich mit ihm gespielt, und wir waren gute Freunde. Aber seit er von den Rittern der Angst gefangen worden ist, habe ich ihn nicht mehr gesehen.«
Die drei Männer zuckten zusammen. Diese Frau wollte mit dem Drachen des Schreckens gespielt haben? Sie sehnten sich nach ihren Schwertern. Das geschmiedete Eisen und die kühle Härte des Schwertgriffs wären eine Beruhigung gewesen. Aber die junge Frau lachte sie an und ihre Ängste verflogen.
»Ich werde euch helfen. Doch ich brauche Zeit, um meine Vorbereitungen zu treffen. Legt euch hin, ruht euch aus bis morgen früh, dann werden wir weitersehen.«
Daraufhin verließ sie das Haus und ging am Ufer des Sees entlang. Die drei Männer schliefen bis in den frühen Mittag. Als sie erwachten, wurden sie von der Frau wieder in den See geschickt und stiegen wie am vergangenen Abend erfrischt daraus hervor.
Im Haus empfing sie die junge Frau: »Ich kann euch weiterhelfen, aber es gibt zwei Dinge, die ihr

erfüllen müsst. Unsere älteste Schwester wohnt drei Tagesritte von hier am Rande einer Schlucht. Ihr müsst sie besuchen, denn dort werdet ihr wichtige Ratschläge bekommen. Als Zweites müsst ihr eure Rüstungen hier lassen. Dafür gebe ich euch ein Kästchen mit. Wenn ihr nicht mehr ein noch aus wisst, dann öffnet es. Esst von den Blättern, die darin liegen, und ihr werdet hören, wie euer Herz zu euch spricht.«

Lange zögerten die Männer und besprachen sich ausführlich. Schließlich meinte einer von ihnen: »Vielleicht sind unsere Rüstungen beim Kampf gegen den Drachen nur hinderlich. Ohne sie sind wir viel schneller und wendiger. Ich glaube, die Frau weiß schon, was sie uns rät. Schließlich kennt sie den Drachen.«

Die Männer gaben der jungen Frau die Rüstungen, die sie sogleich in den See warf. Danach reichte sie ihnen das Kästchen und beschrieb ihnen nochmals den Weg.

Ohne ihre schweren Rüstungen kamen die drei Männer schnell voran. Trotzdem brauchten sie drei Tage, bis sie an den Rand der gewaltigen Schlucht kamen, wo das Haus der ältesten Schwester stehen sollte. Der Weg wurde immer enger und gefährlicher. Die Männer mussten von ihren Pferden absteigen und sie vorsichtig hinter sich am Halfter führen. Steil stürzte der Abgrund neben dem schmalen Pfad in die Tiefe, und wenn die

Pferde Steine lostraten, dauerte es lange, bis aus der dunklen Tiefe der Aufprall zu hören war.
»Hoffentlich hat diese Schwester nicht nochmals eine Schwester«, murmelte einer der Männer und blickte vorsichtig in die Schlucht hinunter.
Am Abend sahen sie endlich ein kleines Haus. Es schmiegte sich an den Berg, und die drei schüttelten verwundert die Köpfe: »Wie kann man nur hier ein Haus bauen? Ein Steinschlag genügt, und das ganze Haus wird in die Tiefe gerissen.« Auf einem kleinen, in den Felsen gehauenen Platz, konnten sie ihre Pferde anbinden.
Als sie vorsichtig an die Holztür klopften, hörten sie eine Frauenstimme: »Wer immer es ist, er möge hereinkommen, wenn er Frieden in seinem Herzen trägt.«
Die Männer sahen sich betreten an. Dann legten sie ihre Schilde und Schwerter ab und öffneten die Tür. In der Mitte des Raumes saß eine alte Frau.
»Seid mir willkommen, Fremde, was führt euch zu mir?«
Die drei Männer berichteten der Frau, wie deren Schwestern zuvor.
»Ja«, sagte die alte Frau, »ich glaube, ich kann euch helfen. Doch zuvor ruht euch aus. Morgen früh werden wir weitersehen.«
Es geschah, wie die alte Frau es wünschte. Nach dem Essen bereiteten sich die Männer ihr Lager in einem Zimmer des Hauses. Obwohl unter ihnen

die Schlucht in dunkle Tiefen stürzte, schliefen sie gut und erwachten am Morgen voller Mut. Die alte Frau erwartete sie schon.

»Wenn ihr heute weiterzieht, folgt der Schlucht. Der Weg ist nicht leicht zu gehen. Achtet auf jeden Schritt, sonst stürzt ihr in die Tiefe. Am Ende der Schlucht werdet ihr wieder den großen Berg sehen. Dort wird der Drache von den Rittern der Angst gefangen gehalten. Ich gebe euch dieses Kästchen mit. Es wird euch helfen, den Drachen zu überwinden.«

Die Männer bedankten sich. Das Kästchen wog schwer in ihren Händen. Dann traten sie vor die Hütte und suchten nach den Schwertern. Doch sie fanden nur noch ihre Schilde.

»Wo sind unsere Schwerter?«, riefen die drei entsetzt. »Ohne sie sind wir völlig hilflos!«

Die alte Frau trat zu ihnen: »Ich habe sie genommen, denn sonst hätte ich euch dieses Kästchen nicht geben können. Glaubt mir, eure Schwerter hätten nichts genutzt gegen den Drachen. Wenn ihr ihm aber gegenübersteht und nicht mehr weiterwisst, dann öffnet dieses Kästchen.«

Niedergeschlagen standen die drei Männer vor der Frau. Endlich hob einer den Kopf und sah sie an: »Wer seid Ihr, alte Frau? Und wer sind Eure Schwestern?«

»Habt ihr sie nicht danach gefragt? Das wundert mich. Die Ritter der Angst müssen schon sehr mächtig geworden sein, wenn ihr nicht einmal mehr wagt, fremde Menschen nach dem Namen zu fragen.« Die alte Frau schüttelte besorgt den Kopf. »So wisst also, meine jüngste Schwester ist die Fee der Hoffnung. Sie ist noch fast ein Kind. Aber ihre Kraft wächst von Tag zu Tag. Ihre ältere Schwester ist die Fee der Liebe. Manchmal ist sie sehr enttäuscht und weiß nicht, wie es weitergehen soll. Aber sie gibt nicht auf, und sie hat Recht, denn zu verlieren hat sie nichts. Und ich, die ich meine beiden Schwestern behütet und umsorgt habe, während sie größer wurden, ich bin die Fee des Vertrauens. Manche meinen, meine Kraft sei schon erloschen, weil ich so alt bin, aber glaubt mir, meine Kraft wird niemals schwinden. Sie ist so beständig wie die Welt. Deshalb geht jetzt und lasst euch nicht beirren. Denkt an unsere Worte und euch wird nichts Böses widerfahren.«

Die drei Männer gehorchten der alten Frau. Wie von ihr angekündigt, war der Weg durch die Schlucht gefährlich. Manchmal wollten sie nicht weitergehen, aus Angst, in die Tiefe zu stürzen. Aber in ihren Herzen trugen sie die Erinnerung an die drei Schwestern; das gab ihnen Kraft, Mut und Zuversicht. Sie überwanden die Schlucht und sahen nun den hohen Berg vor sich. Drei Tage ritten sie darauf zu. Als sie am Fuß des Berges anlangten, konnten sie dessen Gipfel nicht mehr erkennen. Er war irgendwo weit über ihnen in dunklen, bedroh-

lichen Wolken. Ratlos suchten die drei einen Weg zwischen den großen Felsen und dem losen Geröll. Aber nirgendwo fanden sie einen gangbaren Pfad. »Was sollen wir jetzt tun? Es gibt keinen Weg hinauf zum Gipfel. Wir werden uns verirren oder abstürzen!«, meinte einer von ihnen mutlos.
»Lasst uns das erste Kästchen öffnen«, sagte darauf der zweite. Die Männer öffneten das Kästchen, welches ihnen die Fee der Hoffnung mitgegeben hatte. Daraus schwebte ein blaues Licht, das strahlend leuchtete. Es schien ein wenig zu warten, dann entfernte es sich langsam. »Das Licht zeigt uns einen Weg. Schnell, wir wollen ihm folgen.«
Weil aber das dritte Kästchen so schwer war, mussten es zwei Männer gemeinsam tragen, und der dritte brauchte beide Hände, um das andere Kästchen mit sich zu nehmen. So kam es, dass sie am Fuße des Berges auch noch ihre Schilde zurücklassen mussten. Ohne Waffen und ohne Schutz folgten die Männer dem blauen Licht den Berg hinauf. Bald wurden auch sie von den dunklen Wolken eingehüllt. Der Weg war lang und mühevoll, die Luft roch nach Moder, Tod und Verwesung. Schließlich stand das Licht still. Als die Männer näher kamen, sahen sie, dass sie den Gipfel des Berges erreicht hatten. Das Licht schwebte höher und erleuchtete einen weiten Platz.
Dort lag der Drache des Schreckens. Sein gewaltiger, schuppenbesetzter Kopf lag auf den Vorder-

pranken, die mit fürchterlichen Krallen bewehrt waren. Die mächtigen Schwingen hatte er zusammengefaltet, die Augen geschlossen. Er schlief. Vor dem Drachen, auf dem felsigen Platz, sahen die drei Männer Kampfesspuren. An den Steinen klebte getrocknetes Blut. Ringsum verstreut lagen Schwerter und Schilde, Rüstungen und Lanzen, Gerippe und Knochen.

»Ich habe Angst«, flüsterte einer der Männer – und das blaue Licht leuchtete ein wenig stärker.

»Ich auch«, sagte der zweite, und wieder schien das Licht zu wachsen.

»Mir geht es genauso.« Die Stimme des dritten Mannes war völlig tonlos. Doch jetzt strahlte das blaue Licht in vollem Glanz. Und das war gut so, denn die Sonne gelangte nicht an diesen düsteren, wolkenverhangenen Ort.

Der Drache blinzelte und bewegte sich unruhig. Dann hob er seinen Kopf. Die drei Männer wichen zurück.

»Er öffnet die Augen«, stieß einer atemlos zwischen blutleeren Lippen hervor.

Der Drache blickte sie an, sah ihnen direkt in die Augen. Sein Blick war traurig, und als er sein mächtiges Haupt schüttelte, schien es, als wolle er den Schlaf vertreiben oder eine böse Erinnerung. Als er sich erhob, sahen die drei Männer, dass er auf unzähligen Schlüsseln gelegen hatte.

»Die Stadtschlüssel«, murmelte einer der Männer.

»Hier sind die Stadtschlüssel versteckt. Wir müssen sie zurückbringen!«
Und dann entdeckten die drei Männer die Ketten, die den Drachen hier auf dem Berggipfel festhielten. Dicke, starke Eisenketten mit schweren Schlössern versehen, lagen ihm um Hals und Beine. Der Drache konnte sich zwar bewegen, fliehen jedoch konnte er nicht. Er begann seine mächtigen Schwingen zu entfalten. Hilflos schlug er damit durch die Luft. Es rauschte wie bei einem Herbststurm im dichten Wald. Fauchend und drohend öffnete er sein Maul und bewegte sich ein wenig auf die drei Männer zu. Sie konnten den heißen Atem auf ihren Gesichtern spüren und wichen, so weit es ging, zurück.
»Schnell«, rief einer der Männer, »wir öffnen das zweite Kästchen.« Hastig entnahmen sie dem zweiten Kästchen die Blätter, welche ihnen die Fee der Liebe mitgegeben hatte, und aßen sie. Zunächst schien sich nichts verändert zu haben. Unbezwingbar und gewaltig wirkte der Drache noch immer, er zerrte so gewaltig an seinen Ketten, dass sie zitterten. Als die Männer schon glaubten, die Fee der Liebe hätte sie beschwindelt und ihre Macht sei eben doch zu schwach, hörten sie plötzlich eine sanfte Stimme: »Fremde, hört mich an. Bitte, hört doch. Ich will euch nichts tun. Hört ihr mich denn nicht?«
Verwundert blickten sich die drei Männer um. Es

war niemand da, die seltsame Stimme klang auch nicht in ihren Ohren. Sie schien direkt in ihren Herzen zu sprechen.

»Hier!«, sprach die sanfte Stimme weiter. »Ich bin es, der zu euch spricht. Könnt ihr mich wirklich hören? Könnt ihr mich verstehen?«

»Es ist der Drache!« Die Männer schauderte es. »Der Drache des Schreckens spricht zu uns.«

»Ich bin kein Drache des Schreckens.« Wieder hörten sie die Stimme in ihren Herzen, und jetzt sahen sie auch, wie sich die lange, raue Zunge des Drachen bewegte. »Ich bin ein Drache der Lüfte, ein Drache der Freude und des Spiels. Die Ritter der Angst nahmen mich gefangen und ketteten mich hier fest. Sie fürchten sich vor mir, denn wenn ich frei bin, haben sie keine Macht. Ich kann sie aus dem Land vertreiben. Da sie selbst nicht stark genug sind, mich zu vernichten, bringen sie jedes Jahr eine Unzahl junger Männer, die mit mir kämpfen müssen. Ihr seid die Ersten, die nicht von den Rittern der Angst hierher gebracht wurden. Ihr seid die Ersten, die ohne Waffen kommen. Und ihr seid die Ersten, zu denen ich sprechen kann. Bitte, macht mich los und lasst mich wieder fliegen. Ein Drache der Freude verkümmert, wenn er angekettet ist.«

Unsicher standen die drei Männer dem Drachen gegenüber. Die Blätter der Fee der Liebe hatten zwar ihre Herzen geöffnet, aber sie zögerten, ob sie

den Worten des Drachens Glauben schenken konnten.
Da erinnerten sie sich an das letzte Kästchen und öffneten es. Darin lagen ihre drei Schwerter, doch deren scharfe Klingen waren umgeschmiedet. Aus jedem Schwert hatte die Fee des Vertrauens einen großen Schlüssel geformt. Da verstanden die drei Männer: Sie nahmen die Schlüssel, die früher einmal ihre Schwerter gewesen waren, und traten zu dem Drachen. Dieser zerrte vor Aufregung und Freude an den dicken Ketten, als jeder der Männer eines der großen Schlösser öffnete. Dann entfaltete er seine gewaltigen Schwingen und ließ diese einige Male, als müsse er erst wieder ihre Kraft prüfen, die Luft zerteilen. Mit den gelenkigen Vorderpranken nahm er vorsichtig alle Stadtschlüssel an sich: »Ich werde sie zurückbringen«, hörten die Männer wieder die Stimme in ihren Herzen, »habt Dank für eure Liebe und euer Vertrauen. Niemals wieder werden die Ritter der Angst dieses Land heimsuchen.«
Dann schwang er sich vom Gipfel des Berges empor, und mit jedem seiner mächtigen Flügelschläge wischte er die dichten Wolken ein wenig mehr zur Seite.
Das blaue Licht der Hoffnung erlosch langsam, und an seiner Stelle brach die Sonne eines neuen Tages durch den letzten Rest der düsteren Wolkenschleier.

DIE VERURTEILUNG

Kein Mensch im Schloss fand in dieser Nacht Schlaf. Gespenstisch rumorte es in den Gemächern. Ein Heer schwer gerüsteter Krieger zog, in nimmermüder waffenklirrender Formation, Stunde um Stunde durch die prunkvollen Säle. Im Thronsaal lag ein fauchender und Feuer speiender Drache. Voller Angst brüllte der König nach seiner Leibwache. Doch niemand kam zu ihm. Keiner wagte im Schloss umherzugehen. Zu groß war die Angst vor den unheimlichen Erscheinungen, die in dieser Nacht das Schloss heimsuchten. Erst mit der Morgendämmerung verschwanden die nächtlichen Erscheinungen.

Schweißüberströmt und totenbleich lag der König in seinem großen, weichen Bett.

»Wache!«, schrie er jetzt wieder.

Endlich hörte er polternde Schritte. Die Tür seines Schlafgemaches wurde aufgerissen, und Männer stürzten herein, blanke Schwerter in den Händen.

»Holt mir das Mädchen aus dem Kerker und bringt sie in den Thronsaal!«, befahl der König.

Gefesselt wie ein gefährlicher Feind wurde Gwen vorgeführt. »Heute Nacht noch sollst du auf dem Marktplatz vor aller Augen hingerichtet werden!«, fuhr sie der König an.

Erschrocken zuckte das Mädchen zusammen.
»Wir wissen wohl, dass du eine Hexe bist. In der vergangenen Nacht hast du die bösen Mächte angerufen, damit sie kommen, um dich zu befreien. Aber es ist ihnen nicht gelungen!« Hämisch lachte er auf. »Bringt sie wieder in den Kerker und lasst sie nicht aus den Augen!«, befahl er seinen Wachen.
Die Nachricht von der bevorstehenden Hinrichtung verbreitete sich schneller, als der Wind den Sand in die Lüfte wirbeln kann. Auch Oyano erfuhr davon, denn die Menschen bestürmten ihn, zum König zu gehen und um Gnade für sie zu bitten. Doch der Märchenerzähler zog sich, nachdem er die Nachricht erhalten hatte, wortlos in sein Haus zurück.
Am späten Nachmittag jedoch, das bunte Treiben auf dem Marktplatz war noch in vollem Gange, die Händler feilschten und schwatzten geschäftig, rollte Oyano die Teppiche hoch, rückte seinen Tisch auf den Stand, setzte sich und goss Wein aus einer Karaffe in einen Becher. Nach und nach verstummte das Reden.
Es war eine ungewöhnliche Zeit für einen Märchenerzähler. Die Sonne war noch nicht hinter dem Horizont verschwunden. Als alle in erwartungsvoller Stille verharrten, begann Oyano zu sprechen.
»Es ist ein langes Märchen, das ich heute erzählen will. Und ich muss rechtzeitig damit fertig sein, denn der König dieser Stadt will heute Nacht auf diesem Platz seine Macht für alle sichtbar machen.« Er leerte seinen Becher.

»Lasst eure Geschäfte ruhen«, forderte er die Menschen auf. »All dies, was euch jetzt gerade wichtig erscheint, könnt ihr auch noch morgen tun. Doch mein Märchen, und alles was weiter geschieht, kann sich nur heute ereignen.«

Schweigend gehorchten die Menschen. Die Händler verschlossen ihre Stände, Frauen und Männer stellten ihre Körbe neben sich in den Staub, Kinder kuschelten sich in die Arme ihrer Eltern. Alle setzten sich so nahe wie möglich an den Stand des Märchenerzählers, während streunende Hunde nach Essensresten schnüffelten.

Oyano goss sich seinen Becher nochmals voll, hob den Mondstein in seiner linken Hand an die Stirn und verharrte so einige Zeit. Und während im Schloss der Henker sein Schwert sorgfältig schärfte, der König im Thronsaal ruhelos hin- und herschritt, Gwen in starken Ketten im Kerker lag und keinen Augenblick unbeobachtet blieb, stieg langsam ein leuchtender Mond über den Horizont und Oyano begann zu erzählen …

DIE BLÜTE DES LEBENS

Dalan, der Abenteurer, war viel in der Welt herumgekommen. Die Hufe seines Pferdes hatten die schwere Erde des Westens in die Luft geworfen und waren im heißen Sand des Ostlandes versunken. Über die Steppe waren die beiden geflogen, und mit wütenden Schlägen hatten sie den Takt des Kampfliedes auf manchen Felsboden getrommelt. Vor nichts und niemandem hatte Dalan Angst gehabt, bis zu jenem Tag …

Nach einem langen, staubigen Tagesritt war er kurz nach Einbruch der Dunkelheit zu einer kleinen Hütte gekommen. Einladend kräuselte sich Rauch aus einem verwitterten Schornstein. Irgendwo blökte ein Schaf. Ein Käuzchen schwebte lautlos aus dem Geäst einer Fichte und verschwand in den Schatten der Nacht.

Ohne Argwohn trat Dalan in die Hütte und bat um ein Nachtlager und ein wenig Essen. Der alte Mann, der geschäftig sein Feuer in Gang hielt, bot ihm beides. Ohne zu ahnen, dass der Alte Lutrowa war, ein machtgieriger Magier, nahm er dessen Gastfreundschaft dankbar an.

Dalan schlief schlecht in dieser Nacht. Im Kamin barsten die Holzscheite, und es hallte in der kleinen Hütte wie Kampfgetöse. Er träumte von Feuer speienden Drachen, die ihn in die Enge trieben, von vielköpfigen Schlangen, die ihn zu erwürgen versuchten, von Geiern, die mit blutverschmierten Schnäbeln nach ihm hackten. Schweißüberströmt schlug er die Augen auf.

»Böse Träume«, versuchte er sich zu beruhigen, »nur böse Träume.« Aber als Dalan sich aufrichten wollte, stellte er fest, dass er kein Glied zu rühren vermochte. Nur die Augen gehorchten noch seinem Willen.

Dann hörte Dalan schlurfende Schritte und ein düsterer Schatten wanderte über die Wand. Verzweifelt versuchte er, sein Messer zu erreichen. Aber so sehr er sich auch mühte, sein Körper gehorchte ihm nicht.

»Du brauchst dich nicht anzustrengen! Meinen Bann kannst du nicht brechen! Keiner weiß ein Mittel gegen meinen Zaubertrank«, kicherte Lutrowa. »Noch wirkungsvoller jedoch ist dieser Gürtel. Solange du ihn trägst, wirst du tun, was ich dir befehle.«

Dalan wollte schreien, fluchen, bitten. Doch auch die Sprache versagte sich ihm.

Lutrowa band Dalan den dicken Ledergürtel mit schwerem Metallverschluss um.

»Jetzt steh auf!«

Dalan gehorchte willenlos und folgte dem Magier in die Nacht. Ein kalter Wind wirbelte das Laub

umher, und dünner Nebel klammerte sich an die müde herabhängenden Zweige der Bäume.
»Was für ein Glück, dass du heute zu mir gekommen bist. Die Nacht ist schwarz und der Mond hat noch nicht die Kraft gefunden, wieder zu wachsen! Nur in einer solchen Nacht wird sich mir das Tor zum Verborgenen Land öffnen!«
Dalan erbleichte. Jeder wusste, dass das Verborgene Land ein Ort ohne Wiederkehr war. Nur Eingeweihte – Hexen und Zauberer, Weise und Magier – wussten mehr darüber.
»Ich will eine Blüte aus dem See des Lebens. Und du wirst sie mir bringen!« Lutrowas Augen glitzerten Dalan gierig und böse an. »Danach werde ich dich freigeben.«
Die Haare auf Dalans Armen sträubten sich, und eiskalte Schauer jagten über seinen Rücken. An einer hohen Felsmauer blieb der Magier stehen. »Hinter dieser Wand beginnt der Weg ins Verborgene Land. Zieh diese Stiefel an! Sie werden dir den rechten Weg weisen. Du wirst vielen Gefahren begegnen, darum nimm diesen Speer. Ich habe ihm geheime Kräfte verliehen.«
Lutrowa drehte sich um und berührte mit Stirn und Händen die Felswand. Wie gerne hätte Dalan den Speer gegen den Magier geschleudert! Doch er konnte seinen Arm nicht bewegen.
Lutrowa murmelte Beschwörungen in einer rau und dunkel klingenden Sprache. Plötzlich zerriss

ein greller roter Blitz die Nacht. Der Himmel schien zu brennen und krachend öffnete sich die Felswand.

»Schnell, komm!«, schrie Lutrowa. Mit kräftigen Stößen trieb er Dalan in die Finsternis einer Höhle. »Wenn du die Blüte des Lebens in Händen hältst, rufe mich. Ich werde dich zurückholen!«

Dann schloss sich die Felswand mit ohrenbetäubendem Lärm. Dalan stand in der feuchtkalten Dunkelheit und umklammerte fest den Speer. Langsam gewöhnten sich seine Augen an die Finsternis, und er nahm gespenstische Schatten und Umrisse wahr.

Die Stiefel des Magiers begannen zu kneifen und zu drücken, sodass sich Dalan ihrem Willen überließ und losging. Lange Zeit führten ihn die schweren Stiefel durch das verwirrende Labyrinth der Höhlengänge. Weit vor sich bemerkte er ein kleines flackerndes Licht. Der Höhlengang weitete sich. Zu Dalans Füßen kauerte eine in Decken gehüllte Gestalt. Vor ihr war ein seltsames Rad, das an einem schweren Metallgestänge hing. Mit flinken Fingern bewegte die in sich versunkene Gestalt das Rad einmal in die eine und dann wieder in die andere Richtung.

Als Dalan in den Schein einer Kerze trat, sah die Gestalt auf, und Dalan blickte in ein Gesicht, in das die Jahre unzählige Furchen eingegraben hatten. Saß da ein Mann? War es eine Frau? Aufmerksam

und mit einem fast spöttischen Funkeln in den Augen wurde er gemustert. Die Hände unterbrachen dabei nicht ihre emsige Beschäftigung.
»Du wirfst einen schlechten Schatten«, murmelte die Gestalt schließlich. »Diese Stiefel sind zu schwer, in deinem Speer lauert der Tod, und dein Gürtel lässt sich nicht lösen.«
Der Speer Lutrowas begann in Dalans Hand zu zucken. »Wer bist du, und was machst du da?«
»Dies ist das Rad des Schicksals«, erwiderte die Gestalt. »Ich sorge dafür, dass es in Bewegung bleibt.«
Dalan schauderte, der Speer zog und zerrte. »Mein Schicksal wirst du nicht lenken!«, schrie Dalan, und die Macht des Speers überschwemmte ihn wie eine gewaltige Meereswoge. Mit aller Kraft warf er den Speer. Aber noch bevor dieser sein Ziel durchbohren konnte, stieg Nebel auf – Funken sprühend prallte der Speer gegen den Felsen.
Als Dalan den Speer wieder in Händen hielt und sich davonmachen wollte, bemerkte er, dass vor dem Rad wie zuvor die ihm bekannte Gestalt saß.
»Hast du wirklich geglaubt, den Wächter des Schicksalsrades töten zu können? Du, der sich gegen ein Schicksal wehrt, das er überhaupt nicht kennt?«
»Ich bin mein eigener Herr!«, stammelte Dalan. »Ich werde mein Schicksal selbst bestimmen, sobald dieser Fluch nicht mehr auf mir lastet!«

»Du Tor«, sagte die Gestalt liebevoll. »Weißt du denn, was du da redest?«
»Natürlich!« Dalans Gesicht war wutgerötet. »Ich bin stark, und ich weiß, was ich will!«
Die Gestalt verzog den Mund zu einem milden, faltigen Lächeln. »Die Wahrheiten von heute, junger Mann, sind die Irrtümer von morgen. Vielleicht wirst du das noch lernen.«
Wieder warf Dalan den Speer, obwohl er es doch gar nicht wollte.
Aber wie zuvor verschwand die Gestalt in einem dichten Nebel.
Dalan überlief es kalt. Niemals hatte er jemanden ohne Not angegriffen.
Er atmete tief und wurde langsam ruhiger. Der Nebel am Schicksalsrad verzog sich.
Erleichtert sah Dalan, dass die Gestalt wieder am Rad kauerte und es emsig in Bewegung hielt.
»Es ist gut, junger Mann,« sagte sie. »Geh und suche die Wahrheiten von morgen. Aber achte darauf, dass der Bann des Magiers nicht dein Herz erreicht.«
Dalan wandte sich beschämt ab und ging weiter in die Höhle hinein. Die Stiefel wiesen ihm den Weg. Nach einiger Zeit wurde der Gang heller, er weitete sich zu einem großen Raum, der von einer Säule gleißenden Lichtes erleuchtet wurde. Verschwommene Schemen tanzten darin. Dalan stand still, obwohl ihn die Stiefel vorwärts drängen woll-

ten. Da löste sich aus der Lichtsäule eine Frau und kam auf ihn zu.

»Ein fremder Wanderer in der Höhle«, grüßte sie und musterte ihn. »Du trägst den Gürtel Lutrowas und auch seine schweren Stiefel. Hat er eingesehen, dass eine Waffe hier sinnlos ist?«

»Ich habe den Speer beim Rad des Schicksals zurückgelassen.« Obwohl Dalan alles recht seltsam vorkam, spürte er keine Furcht.

»Das war klug von dir, Fremder.« Die Frau sah ihm ins Gesicht und Dalan erschrak – ihre Augen waren pupillenlos, groß und tiefblau leuchtete allein die Iris.

»Hab keine Angst«, sagte die Frau. »Es sind nicht die Augen, die sehen. Oft hindern sie daran, wirklich zu erkennen.«

»Was machst du hier in der Höhle«, stammelte Dalan und blickte zu Boden.

»Ich weise den herrenlosen Seelen ihren Weg und beschütze sie vor den Seelenräubern.«

Dalan versuchte die verschwommenen Figuren in der Lichtsäule zu erkennen.

»Wenn ein Mensch keinen Frieden mit sich selbst, seinem Leben und Sterben geschlossen hat«, fuhr die Frau fort, »irrt seine Seele zwischen der Welt und der Unendlichkeit hin und her. Meine Aufgabe ist es, ihnen einen Weg zu weisen, den sie in ihrem Leben nicht gehen konnten.«

»Auch ich kann meinen Weg nicht gehen«, sagte

Dalan. »Lutrowa hat mich mit einem Bann belegt. Ich muss ihm eine Blüte aus dem See des Lebens bringen.«

»Er hat es also noch nicht aufgegeben«, murmelte die Frau düster. »Er hat dir wohl versprochen, dich freizulassen, wenn du ihm die Blüte bringst?«

»Genauso ist es«, staunte Dalan. »Woher weißt du das?«

»Du bist nicht der Erste, der hier im Auftrag des alten Magiers vorbeikommt. Die meisten von ihnen sind in der Höhle umgekommen. Andere haben den Ausgang gefunden. Doch keiner hat Lutrowa bis jetzt eine Blüte aus dem See des Lebens gebracht.«

Dalan unterbrach die Frau: »Weshalb? Hat niemand den See des Lebens gefunden?«

Obwohl die Frau ihre Augen geschlossen hatte, fühlte Dalan ihren Blick: »Das Verborgene Land ist nicht ohne Gefahren, und wer zum See des Lebens findet, muss eine große Prüfung bestehen.«

»Welche Gefahren? Welche Prüfung?« Dalan fasste die Frau an der Schulter. »Sagt es mir!«

Mit einer leichten Bewegung schüttelte die Frau Dalans Hand ab. »Was würde es dir nützen, Fremder? Du musst diesen Weg gehen, und wenn es dir bestimmt ist, wirst du dein Ziel erreichen! Die Stiefel des Magiers werden dich führen. Doch sie können dir auch gefährlich werden.« Die Frau verschwand in der blendend hellen Lichtsäule.

Dalan ließ sich von den Stiefeln weiterführen in einen der unzähligen Gänge hinein.
Nicht lange, und die Luft begann modrig und schal zu riechen. Es war, als hätte die Hand des Todes diesen Teil der Höhle gestreift. Das fahle Dämmerlicht malte grausige Schatten an die schwarz schimmernden Felswände.
Plötzlich zuckte Dalan zusammen. Er starrte in die Dunkelheit, aus der sich etwas geräuschlos auf ihn zu bewegte. Sein Herzschlag setzte aus und fing danach mit rasender Geschwindigkeit wieder an zu schlagen. »Die Schattenwölfe sind hinter mir her!«, stieß er zwischen zusammengepressten Zähnen hervor.
Dalan, der Abenteurer, wusste aus alten Legenden, dass die Schattenwölfe eine Spur, die sie einmal gewittert hatten, niemals wieder verloren. Gegen sie half keine Waffe – sie hetzten ihre Opfer durch eine lautlose Jagd in den Tod. Dalan lief so schnell er konnte, doch das Rudel der Schattenwölfe rückte in großen Sätzen näher. Lange würde er nicht mehr durchhalten können. Er strauchelte. Schrie. Und stürzte hart auf den Stein. Hilflos suchte er seinen Kopf mit den Armen zu schützen. Jeden Moment mussten die Schattenwölfe über ihn herfallen und ihre Reißzähne in seinen Leib schlagen. Er hielt den Atem an. Doch nichts geschah.
Vorsichtig richtete er sich ein wenig auf. Kaum drei Armeslängen entfernt saßen die Schattenwölfe und

starrten ihn an. Ihre schemenhaften Körper zitterten leicht. Fast unmerklich kroch Dalan ein Stück weiter. Die Wölfe kauerten sich zusammen und beobachteten ihn. Dalan stand auf und ging – die Wölfe im Auge behaltend – einige Schritte. Das Rudel erhob sich. Mit einem Ruck drehte sich Dalan um und rannte los. Bald waren die Schattenwölfe wieder dicht hinter ihm. Dalan lief langsamer. Die geifernden Wölfe kamen nicht näher.
Als Dalan vor sich einen Lichtschein sah, atmete er erleichtert auf. Schattenwölfe scheuen das Licht, so viel wusste Dalan. Ein kühler Lufthauch ließ ihn zurückschrecken. Zögernd tastete er sich weiter, bis er bemerkte, dass der Höhlengang abrupt abbrach. Lockend winkte ihm das warme Licht von der anderen Seite des Spaltes. Entsetzt schüttelte sich Dalan. Wäre er in schnellem Lauf vor den Schattenwölfen geflüchtet, dann läge er jetzt zerschmettert irgendwo auf dem Grund dieser Höhle. Die Wölfe lauerten dicht hinter ihm, kamen aber nicht näher. Entschlossen ging Dalan einen Schritt auf sie zu. Unruhig bewegten sie die mächtigen Köpfe.
Dalan ging weiter. Die Schattenwölfe drückten sich aneinander. Dann drehten sie sich langsam um und schlichen, die Körper flach an den Höhlenboden gedrückt, davon. Als Dalan ihnen mit festen Schritten nachsetzte, flohen die Schattenwölfe in die Dunkelheit des Ganges.

Noch immer pochte Dalans Blut in den Schläfen. Die Stiefel wiesen ihm wieder die Richtung, doch je länger sie ihn durch die dämmerigen Höhlengänge führten, umso mutloser wurde er.
Als er schon fast die Hoffnung verloren hatte, jemals wieder unter einem weiten, klaren Himmel Atem holen zu können, hörte er ein schauriges Stöhnen. Ohne zu zögern ging Dalan darauf zu und stand bald vor einem an einen Felsen geketteten alten Mann, über dessen Kopf ein schwerer Tropfstein hing. Dieser ritzte schon die Schädeldecke des Mannes. Nicht mehr lange und der ständig wachsende Stein würde den Schädel des Alten eindrücken.
Mit müden Augen sah das erbarmungswürdige Opfer zu Dalan auf: »Hilf mir, Fremder!«, flüsterte er. »Hilf mir, es bleibt nicht mehr viel Zeit.«
Entschlossen wollte Dalan nach einem schweren Stein greifen, um damit die schweren Ketten zu zertrümmern. Aber noch bevor er sich bücken konnte, begann es in den Stiefeln höllisch zu kneifen. Nur wenn Dalan den Angeschmiedeten verließ, begann der Druck der Stiefel nachzulassen. Mit einem wütenden Schrei versuchte Dalan die Stiefel auszuziehen. Doch so sehr er sich auch mühte, sie saßen so fest, dass Dalan fürchtete, seine Knochen würden brechen. Sobald der Druck jedoch nachgelassen hatte, warf er sich zu Boden. Mit seinem Messer schlitzte er die Stiefel auf und

warf sie weit von sich. Dann lief er zu dem Mann unterm Tropfstein zurück.
Der Stein, den Dalan gegen die Ketten schmetterte, war schwer und fest. Daher brauchte er all seine Kraft, um die dicken Ketten zu sprengen.
Als er den inzwischen Ohnmächtigen vorsichtig auf die Erde legte, tat sich ein mannsgroßer Spalt in der Höhlenwand auf. Neugierig stieg er über die Steine, schaute durch die Öffnung, doch Dalan sah nichts als undurchdringliches Dunkel.
Bevor er enttäuscht wieder zurücktrat, hob er seinen Blick – über ihm funkelte der grenzenlose Sternenhimmel. Dalan hatte einen Ausgang aus der Höhle gefunden.
Vorsichtig bettete er den leblosen Körper des alten Mannes auf seine Arme und verließ die Höhle. Die ganze Nacht wachte Dalan neben ihm und sah in den Himmel. Die Sterne leuchteten, glänzten und wanderten ohne Eile in den beginnenden Tag. Erfrischend kühler Tau legte sich auf Dalans Haut, und der Alte neben ihm atmete jetzt tief und ruhig.
Die ersten Sonnenstrahlen gaben der Erde Farbe, das weiche Licht der Dämmerung verwischte alle Gegensätze. Wie auf sanften Katzenpfoten berührte der Morgen einen Baum, der nicht weit entfernt stand, strich über eine Wiese, sprang über einen Bach und eilte weiter zu einem lichten Wald.
Als die nahende Sonne den Horizont in ein helles Freudenfeuer tauchte, erwachte der Mann.

»Du hast es ja doch noch geschafft, die Stiefel auszuziehen.« Seine Stimme klang fest und freundlich.

»Ja«, erwiderte Dalan, »aber woher weißt du, dass ich das musste, um dich zu befreien?«

»Du bist nicht der Erste, der in das Verborgene Land geschickt wurde. Nicht sehr viele aber haben den Weg aus der Höhle gefunden.«

»Aber Lutrowa sagte mir doch, die Stiefel würden mir den rechten Weg zeigen!«

»Wenn es keinen Ausgang gibt«, erwiderte der Alte, während er sich aufrichtete, »können auch Zauberstiefel keinen finden. So stirbt, wer in der Höhle bleibt, an Erschöpfung oder zu Tode gehetzt von den Schattenwölfen.«

»Auch mich haben sie gejagt.« Dalan schauderte bei der Erinnerung. »Weshalb sind sie vor mir geflüchtet?«

»Die Schattenwölfe sind das Gesicht deiner Angst, Fremder. Sie können dich nur hetzen und jagen. Niemals anfallen und beißen. Wenn du sie ansiehst und auf sie zugehst, sind sie machtlos. So, wie viele Ängste klein werden, wenn du ihnen ins Gesicht schaust.«

»Wer bist du?«, fragte Dalan leise.

»Ich bewache das Tor ins Verborgene Land.«

»Aber wer hat dich an den Felsen geschmiedet und zu diesem grauenvollen Tod verurteilt?«

»Ich selbst«, lächelte der Mann. »Nur wer Platz

für ein wenig Mitleid in seinem Herzen bewahrt hat, soll den Eingang ins Verborgene Land finden.«
»Nun bin ich zwar hier, aber ich trage noch immer den Gürtel Lutrowas und kann ihn nicht lösen.« Traurig betrachtete Dalan den Gürtel und dessen schweren Verschluss.
»Ich kann ihn dir auch nicht abnehmen«, sagte der Mann. »Aber solange du hier im Verborgenen Land bist, kann dir der Fluch Lutrowas nichts anhaben.«
»Weshalb will Lutrowa eine Blüte aus dem See des Lebens?«
»Auch er wird alt, der Magier«, erklärte der Mann. »Seine Macht schwindet. Er glaubt, eine Blüte aus dem See des Lebens gibt ihm neue Kraft.«
»Ich will nur frei sein von diesem Bann und meine eigenen Wege gehen können«, murmelte Dalan.
»Hast du heute Nacht die Sterne gesehen?« Der alte Mann sah Dalan in die Augen. »Auch sie gehen ihre eigenen Wege und doch, von ihrer vorbestimmten Bahn weichen sie nicht ab. Folge dem Fluss dort unten. Es ist nicht sehr weit bis zum See des Lebens. Aber sei vorsichtig. Die Wege im Verborgenen Land sind nicht ungefährlich.«
Er umarmte Dalan und verschwand durch den Spalt in der Felswand.
Dalan lief hinunter zum Fluss, trank daraus und fühlte sich herrlich erfrischt. Dann begleitete er

den Fluss auf seinem Weg. Die Sonne stand schon hoch, als er einen dichten Wald erreichte. Der Fluss schlängelte sich um die großen Wurzeln uralter Baumriesen und verschwand dann zwischen dichtem Gestrüpp und dornig verwachsenen Büschen.

Die engen Pfade im Unterholz kreuzten und schlängelten sich, sodass Dalan Mühe hatte, sich zu orientieren. Schon bald hörte er das beständige Rauschen des Flusses nicht mehr. Verzweifelt suchte Dalan eine Lücke in der seltsamen Pflanzenmauer und entdeckte schließlich einen Durchlass, der ihn wieder zum Fluss zu führen versprach. Rechts und links von ihm ragten die dichten Gebüschmauern hoch. Als er an einem schmalen Seitenpfad vorbeieilen wollte, sah er ein seltsames Glimmen und Schimmern, das ihn zurückhielt. Überall lagen Edelsteine halb in der Erde verborgen! Dalan begann den Boden zu durchwühlen und sich die Taschen zu füllen. So reich war er noch niemals zuvor gewesen.

Der Pfad der Edelsteine hatte ihn tief in den dichten Wald gelockt. Er wusste nicht mehr, wo er abgebogen war. Dalans Taschen waren zwar prall gefüllt, aber sein Blick irrte hilflos und leer umher.

Als der Tag begann, diesen Teil der Welt zu verlassen, hörte Dalan in der Dämmerung plötzlich eine Stimme. »Ein Wanderer hat seinen Weg zu uns gefunden. Wir wollen ihn bei uns aufnehmen und ihn

beschützen in der dunklen Nacht. Wo ist er nur, wir können ihn nicht sehen. Hat er den Pfad unserer schönen Edelsteine schon verlassen?«
So einladend und angenehm die Stimme auch klang, Dalan fröstelte es doch. Im Halbdunkel der beginnenden Nacht konnte er nicht mehr viel sehen. Die Stimme kam näher, sie sprach freundlich und sanft vor sich hin. Mit einem Mal erkannte Dalan im letzten Licht des sterbenden Tages, dass eine monströse Schnecke auf ihn zuglibberte. Grau glänzte schleimiges Fleisch zwischen dem mauergleich verwachsenen Gebüsch.
Dalan griff in seine Tasche, holte eine ganze Hand voll Edelsteine hervor und schleuderte sie dem Untier entgegen. Dann rannte er davon. Hinter ihm sabberte und fauchte es im Gebüsch. Immer wieder warf Dalan mit seinen Edelsteinen nach hinten. Erst als es so dunkel geworden war, dass er einige Male in Dornenbüsche gerannt war, blieb er stehen und lauschte. Er war dem Ungeheuer entkommen. Aber wie sollte er bei stockdunkler Nacht den Weg zum Fluss zurückfinden? Wer konnte schon sagen, was sich noch in diesem Irrgarten herumtrieb?
Plötzlich strauchelte er. Nur mit Mühe konnte er sein Gleichgewicht bewahren. Vorsichtig tastete er nach unten und zuckte zurück. Er hatte einen menschlichen Arm berührt! Starr blieb Dalan stehen, das Messer zum Stoß bereit. Doch der Körper

vor ihm war kalt und starr. Die Erde um ihn herum war übersät mit Edelsteinen. Es schien, als ob jemand jeden Knochen des Toten zerbrochen und all seine Lebenskraft ausgesaugt hatte.
Die ganze Nacht irrte Dalan auf den engen Pfaden. Kein Stern vermochte mit seinem Leuchten den Grund dieses Irrgartens zu erreichen. Dalan schienen Ewigkeiten vergangen zu sein, als die Dunkelheit schließlich zögernd einer zarten Dämmerung wich. Am Morgen entdeckte er einen zweiten Toten. Auch dessen Körper war zerschunden und wie leer gesaugt, die Taschen gefüllt mit Gold.
Als Dalan das nächste Mal einen Pfad sah, in dessen Erde Edelsteine glänzten, wählte er den Weg, der in die entgegengesetzte Richtung führte. Und so hielt er es auch weiterhin. Mit der Zeit wurde der Pfad, den er ging, breiter und schließlich kam Dalan an den Rand des Waldes. Vor ihm breitete sich ein fruchtbares Tal aus. Der Fluss glänzte in der Mittagssonne, und Dalan konnte nicht weit entfernt ein kleines Dorf sehen. Erleichtert ging er auf die Häuser zu.
Die Kornfelder wogten unter einem strahlend blauen Himmel, und die Äste der Bäume bogen sich unter der Last der Früchte.
Als Dalan dem Dorf näher kam, wurde er von einigen Menschen bemerkt. Singend liefen sie auf ihn zu, begrüßten ihn und führten ihn in ihrer Mitte ins Dorf. Dort reichten sie Essen und Trinken, lä-

chelten ihm zu und tanzten. Dalan lehnte sich erschöpft zurück. »Ihr feiert wohl ein großes Fest?«, fragte er.
»Wir feiern, dass nach langer Zeit wieder einmal jemand dem Irrgarten der Verlockungen entkommen ist«, entgegnete der Mann und lächelte ihm freundlich zu.
»Gibt es viele hier, die diesen Weg auch gegangen sind?«, wollte Dalan wissen.
Eine Frau mischte sich ein: »Wir alle hier sind dem Labyrinth entkommen. Jeder auf seine Art. Hier können wir endlich frei und glücklich leben.«
Leise sagte Dalan: »Solange ich diesen Gürtel hier nicht lösen kann, bin ich nicht frei.«
Die junge Frau unterbrach ihn: »Mach kein so trauriges Gesicht. Was kümmert dich der Fluch, der hier nicht wirkt. Du wirst ihn schnell vergessen. Auch ich wurde mit einem Bann belegt. Trotzdem lebe ich jetzt sorglos hier im Dorf.«
»Wie könnte ich jemals das Gefühl haben, wirklich frei zu sein, wenn ich einen Gürtel trage, den ich mir nicht umband und den ich nicht zu lösen vermag?«
»Dalan! Mach kein so trauriges Gesicht. Wir mögen das nicht. Wir wollen glücklich sein, und daran wird uns niemand hindern!« Die junge Frau war sichtlich aufgebracht, dennoch lächelte sie noch immer.
»Ich werde mir nicht vorschreiben lassen, wann ich

traurig sein darf und wann nicht!« Dalan wurde zornig.
»Lächle, Dalan!«, zischte der Mann neben ihm. »Lächle, oder es geschieht ein Unglück!«
Schon blieben einige Tanzende tuschelnd stehen und deuteten auf ihn.
Wütend stand Dalan auf: »Wie kann ich glücklich sein, solange mich dieser Gürtel drückt?«, brüllte er den Mann an.
Erschrocken drehten sich alle Dorfbewohner ihm zu. Die Musik verstummte. »Und ihr? Ja, ihr alle hier? Wie könnt ihr denn fröhlich lachen und spürt doch bei jedem Atemzug, dass da noch etwas ist, was euch beengt? Euer Lachen ist falsch! Euer Glück ein dummes Spiel! Ihr habt grinsende Totenmasken über die Traurigkeit gezogen und redet euch ein, das sei Glück. Ihr redet von Freiheit und seid nicht einmal so frei, weinen zu können!«
Auf dem Platz zischelten die Menschen böse und gefährlich durch ihre lachend gebleckten Zähne.
Dalan sah die Menge an. Dann rannte er davon, verfolgt von den Dorfbewohnern, deren Gesichter hassverzerrte, aber grinsende Masken waren. Kurz hinter dem schützenden Rund der Häuser blieben sie jedoch stehen. Manche schüttelten die Fäuste, andere kreischten Drohungen. Doch bald kehrten sie singend und tanzend in das Dorf zurück.
Dalan ging langsam weiter in das Tal hinein. Als die Sonne sich dunkler färbte, suchte er sich am

Stamm eines verwitterten Baumes einen moosgepolsterten Platz. Er wachte erst wieder auf, als die Schatten der Nacht lange schon verschwunden waren.

Den ganzen Tag wanderte Dalan am Fluss entlang. Am Abend schäumte der Fluss über einen felsigen Abhang und verschwand. Im letzten Licht des Tages konnte Dalan einen weiten, tiefen Talkessel vor sich sehen. Der Fluss stürzte viele Speerwürfe tief über den Felsabbruch hinunter. Sein Wasser zerstob in der Luft, und in der Gischt schimmerten und glänzten alle Farben dieser Welt. Am Fuße des Abgrundes sammelte sich das Wasser wieder, um ruhig und breit zur Mitte des Talkessels zu fließen. Dort mündete es in einen tiefblauen, stillen See.

Die letzten Strahlen der Sonne erloschen. Dalan blieb nichts anderes übrig, als sich zwischen den Felsen einen Schlafplatz zu suchen.

Er erwachte durch ein lautes Getöse. Erschrocken fuhr er hoch. Kampfgeschrei und Waffenlärm zerstörten die Stille der Nacht. Dalan tastete sich vorsichtig an den Rand des Abgrundes. Unten im Talkessel, rund um den See des Lebens, der im Abendschein so friedlich ausgesehen hatte, tobte ein wilder, verbissener Kampf.

Zwei gewaltige Heere standen sich gegenüber. Die Krieger der einen Seite trugen blitzende schwarze Rüstungen und Waffen. Sie saßen auf vor Kampfeslust dampfenden Rappen. Die Waffen des ande-

ren Heers glänzten weiß wie der neue Mond, die Rüstungen verstrahlten den Glanz der Sterne; ihre Schimmel waren makellos weiß wie unberührter Schnee an einem hellen Wintermorgen.
Die Erde zitterte. Fassungslos starrte Dalan hinunter in den Talkessel. Noch nie hatte er ein solches Gemetzel gesehen. Wie tollwütige Hunde zerfleischten sich die schwarzen und weißen Krieger. Mit der Zeit lichtete sich das Schlachtfeld. Die Reihen der Kämpfer wurden dünner. Schließlich sprengten nur noch wenige um den See. Verwundert stellte Dalan fest, dass keine Toten und Verletzten zu sehen waren. Die wenigen Überlebenden hieben aufeinander ein und versuchten sich zu zerstückeln. Doch außer den kämpfenden Reitern gab es keinerlei Spuren der grausamen Kämpfe. Gerade schwang ein weißer Krieger sein Schwert und trennte mit einem gewaltigen Schlag den Kopf seines schwarzen Gegners vom Leib. Dalan sah, wie der schwarze Krieger nach vorne zu fallen begann – und sich auflöste wie Frühnebel in der Sommersonne. Und dann, Dalan traute kaum seinen Augen, verschwand genauso schnell der weiße Reiter ins Nichts. Auch den beiden letzten Kämpfern erging es so.
Es war wieder still im weiten Rund des Felsentales. Im dunklen See spiegelten sich die Sterne. Nichts schien hier geschehen zu sein oder geschehen zu können.

Am Horizont zeigten sich die ersten tastenden Strahlen des neuen Tages. Der dunkle Nachthimmel verblasste. Noch immer lag Dalan auf dem Bauch am Rande des Abgrundes und starrte hinunter. Auch als es heller wurde, konnte er keine Spuren eines Kampfes entdecken. Seufzend drehte er sich auf den Rücken und starrte in den Himmel. Er musste geträumt haben.

Als er sich aufrichten wollte, zuckte seine Hand blitzschnell zum Messer: Ein Mann schaute auf ihn herab. »Erkennst du mich nicht wieder, fremder Wanderer?«, sagte die Gestalt und lächelte freundlich.

»Doch, doch«, erwiderte Dalan und fuhr sich mit der Hand verwirrt über die Augen. Vor ihm stand der alte Mann, den er in der Höhle von seinen Ketten befreit hatte.

»Du hast nicht geträumt«, fuhr dieser fort. »Solange du hier bist, kannst du jede Nacht den Kampf zwischen dem Heer des Lichts und den Kriegern der Dunkelheit sehen. Du bist am Ziel deines Weges, und doch liegt der schwerste Teil noch vor dir. Dort unten liegt der See des Lebens und darin findest du die Blüte, nach der du suchst. Aber es führt kein Pfad in dieses Tal.«

Niedergeschlagen schüttelte Dalan den Kopf. »Es muss eine Möglichkeit geben, zum See zu gelangen.«

»Ich sagte, es führt kein Pfad hinab«, antwortete

der Alte. »Und doch gibt es einen Weg, zum See zu kommen.«

Hastig erhob sich Dalan. »Wie? Sag es mir!«

»Folge dem Weg des Flusses. Er erreicht sein Ziel!«

Erschrocken sah Dalan in das über den Abgrund wirbelnde Wasser. »Ich soll mich da hinunterstürzen? Aber woher weiß ich, ob das Wasser tief genug ist, meinen Sturz aufzufangen? Vielleicht gibt es Felsen, und ich werde zerschmettert!«

»Es gibt keine andere Möglichkeit«, sagte der Alte. »Ich bin hier, um dir zu zeigen, wie du den See erreichen kannst.«

»Aber weshalb willst du mir helfen, und wie kannst du mir überhaupt helfen?« Dalan sah den Mann ungläubig an.

»Aus welchem Grund hast du mir in der Höhle geholfen? Und hast du dort gefragt, ob ein loser Stein eine geschmiedete Kette brechen kann?«

Dalan schwieg. Lange blickte er in die schäumenden Flusswirbel, sah ihnen nach, wie sie brodelnd über den scharfkantigen Felsabsturz tosten. Dann fragte er den Alten: »Was muss ich tun?«

»Du musst dich leicht machen, wenn du den Weg des Flusses gehen willst«, gab dieser zur Antwort.

»Wie soll das gehen?«, fragte Dalan ungläubig.

»Vergiss, was war; vergiss, wer du bist; vergiss, wer du sein willst. Vergiss deinen unbeholfenen Körper. Du musst zum Fluss werden, der zerstäubt im schnellen Fall und doch wieder zusammenfindet, wenn ihn die Erde auffängt.«

Dalan saß lange Tage am Fluss und versuchte zu fühlen wie das schäumende Wasser. Aber er hatte wenig Hoffnung, dass ihm dies jemals gelingen würde. Nachts lagen der Alte und Dalan nahe der schroffen Felskante und sahen dem erbitterten Kampf des Lichtheeres gegen die Krieger der Dunkelheit zu. Dalan fragte den Mann oft nach der Bedeutung des Kampfes. Aber so wortgewaltig der Alte den ganzen Tag zu ihm reden konnte, so schweigsam war er während der Nächte. Nur einmal hatte er wie nebenbei bemerkt: »Das sind keine gewöhnlichen Kämpfer!«

»Als ob ich das nicht schon längst bemerkt hätte«, knurrte Dalan. »Sobald einer gesiegt und seinen Gegner getötet hat, verschwindet er selbst auch.«

»Ja, ja«, murmelte der Alte, »es gibt keine Schatten ohne Licht und kein Licht ohne Schatten.«

»Wie das?«, entfuhr es Dalan. »Gibt es in einer finsteren Nacht etwa Licht oder wenn die Sonne am höchsten steht, Schatten?«

»Welchen Namen hätte die Nacht, wenn es den Tag nicht gäbe? Was wäre ein Winter ohne Sommer? Etwas Gutes ohne das Schlechte?«, fragte der Alte zurück. Dalan schwieg und schaute den Kämpfenden zu.

Einige Nächte später, die beiden lagen wieder am Felsabsturz, sagte Dalan: »Immer vertrauter werden mir die dort unten. Der große schwarze Krieger dort ist ein besonders gefährlicher Lanzenkämpfer. Und der weiße Reiter da mit dem kurzen Schwert ist gewandt und geschickt. So schnell holt ihn keiner vom Pferd.«

Der Alte nickte nur bedächtig: »Und trotzdem verschwinden auch diese beiden, wenn sie ihre Gegner getötet haben. Aber es ist gut, wenn du die Kämpfer genau beobachtest. Sie gehören zu dir, Dalan. Und wenn du zum See des Lebens willst, wirst du sie noch sehr gut kennen lernen.«

Verwirrt fragte Dalan nach dem Sinn dieser Worte.

»Wenn du den Weg des Flusses gehst, bist du noch nicht am Ziel«, sagte der Alte. »Du brauchst den ganzen Tag, um zum See zu gelangen, und in der Nacht wirst du mitten zwischen den kämpfenden Kriegern stehen.«

Endlich, nach langen Tagen und Nächten, sagte der alte Mann zu Dalan: »Die Zeit ist um. Der Mond ist wieder voll. Sei du leer und geh den Weg des Flusses.«

Im Osten setzte die aufgehende Sonne die Welt in Brand, und dicht über dem dunklen Westhorizont strahlte ein großer, runder Mond.

Gemeinsam mit dem alten Mann ging Dalan zum Fluss. Das Wasser rauschte und schäumte wie in all den Tagen und Nächten zuvor – und doch, etwas war anders.

Als die ersten Strahlen der Sonne über das Wasser

huschten, stieg Dalan in den Fluss. Eine wilde, unbändige Kraft schob ihn vorwärts, wirbelte ihn umher wie ein Blatt im Sturm. Dalan wehrte sich nicht dagegen. Er bog sich mit den Stößen des Wassers, wand sich geschmeidig über die schroffen Kanten der Steine und ließ sich mitnehmen von der ungezügelten Freude der Wellen.
Und dann schoss er über den Felsvorsprung. Mitten hinein in einen funkelnden und Farben speienden Regenbogen aus Wasser und Licht. Sein Körper war leicht. Er stürzte hinab mit dem Wasser – und schien doch nicht zu fallen.
Er war das Kind im Bauch der Mutter, der kleine Junge auf den Schultern des Vaters. Der Abenteurer auf dem Rücken seines Pferdes. Da war nur er – und doch war er nicht. Und da war nur Wasser und Luft. Und Dalan schrie. Es war der Schrei eines Menschen, der eben neu geboren wird. Sein Schrei wurde eins mit dem Tosen des Wassers.
Keuchend und prustend kam er wieder zu sich. Hoch über ihm löschte der herabstürzende Fluss den Himmel aus. Neben ihm schäumte übermütig das Wasser. Dalan drehte sich auf den Rücken. Weshalb sollte er den weiten Weg zum See zu Fuß gehen? Schließlich mündete der Fluss in den See. Sein Ziel konnte er jetzt nicht mehr verfehlen. Er ließ sich treiben, beständig auf den tiefblauen See des Lebens zu. Als es Abend wurde, schwamm er ans Ufer. Er war nur noch wenige Schritte vom See

entfernt, auf dem unzählige Blüten trieben. Morgen würde er sich eine davon pflücken.

Am Seeufer angelangt, beugte er sich über das Wasser – obwohl es vollkommen klar zu sein schien, konnte er keinen Grund erkennen. Er hielt eine Hand in das Wasser und erschrak. Es kräuselte sich nicht, seine Finger waren einfach verschwunden! Hastig zog er die Hand zurück.

Die Sonne verschwand hinter den steil aufragenden Felsen des Talkessels. Im Tal wurde es dunkel, nur am Himmel jagten noch einige rot umglühte Wolken der Sonne nach. Dann erlosch auch dieses letzte Leuchten, und wie eine große schwarze Hand schob sich die Nacht über den Himmel. Kein Laut störte die Ruhe.

Doch Dalan wusste, dass bald wieder die beiden Heere aufziehen würden. Entschlossen wartete er in der Dunkelheit.

Schwere Hufe polterten gegen lose Steine. Lederriemen knirschten leise. Metall schlug singend gegen Metall. Die ersten Sterne glommen schwach, und die Ahnung eines hellen Mondes warf schon ein wenig Licht auf den Himmel. Wenig später konnte Dalan auf der einen Seite des Sees die Schatten dunkler Reiter wahrnehmen. Er wandte sich um. Auf der anderen Seite bereitete sich das Heer des Lichts auf den Kampf vor. Er saß alleine zwischen den waffenstarrenden Reihen der Krieger.

Wie auf ein geheimes Zeichen begannen die Reiter beider Heere mit den Schwertern auf die Schilde zu schlagen und ihre Schlachtrufe zu brüllen. Die Pferde schnaubten und wieherten, stampften auf die Erde, dann sprengten sie los. Ohne sich um Dalan zu kümmern, der erschrocken aufgesprungen war, prallten die ersten Reihen der Kämpfer aufeinander. Dalan wich zurück, bis er am Ufer des Sees stand. Funken sprühten und Todesschreie durchschnitten grell die Nacht.

Dalan erinnerte sich an den alten Mann.

»Wo kein Licht ist, gibt es keinen Schatten«, murmelte er. »Wer den Schatten tötet, vernichtet auch das Licht.«

Vorsichtig entfernte er sich einige Schritte vom See.

»Ich bin Dalan«, sagte er laut. »In mir ist Licht und Schatten. In mir ist Tag und Nacht, Sonne und Mond.«

Langsam ging er weiter und seine Stimme übertönte nun das Lärmen der Kämpfenden: »Wie kann es Besiegte geben, wenn keiner mehr siegen will?«

Mit einem Mal erstarrten die Krieger auf ihren Rappen und Schimmeln, die Schwerter, Speere und Keulen noch zum Schlag erhoben. Als Dalan näher kam, senkten sie die Waffen, wichen zur Seite und gaben eine schmale Gasse frei.

»Wer weiß, dass Ja auch immer Nein bedeutet?

Welche Freude ist ohne Leid?«, brüllte Dalan so laut er konnte. »Was ist der Himmel ohne Erde?«
Aus der Gasse der Krieger kamen langsam zwei Reiter auf ihn zu. Er kannte diese beiden von den vielen Nächten: den schwarzen Ritter, dessen Lanzenkunst er bewundert hatte, und daneben auf einem tänzelnden weißen Pferd den gewandten Kämpfer mit dem kurzen Schwert.
Dalan ging weiter, bis er dicht vor den beiden Kriegern stand. Er sah zu ihnen hoch und sagte bestimmt: »Es gibt keinen Tod ohne Leben! Und kein Leben ohne Tod!«
Die beiden Reiter ließen ihre Waffen fallen und beugten sich zu Dalan hinunter. Als er jedem eine Hand reichte, durchfuhr es ihn, als ob er mit einem Schwert in der Mitte geteilt würde, ihn gleichzeitig jedoch unglaubliche Kräfte wieder heilten. Dalan zitterte und wankte. Doch die kräftigen Hände der Krieger hielten ihn auf den Beinen. Willenlos ließ er sich emporziehen.
Die beiden Krieger drängten ihre Pferde noch dichter aneinander, und gemeinsam fassten sie Dalan so, dass er jedem von ihnen einen Arm um den Hals legen konnte.
Mit einem kaum vernehmlichen Zungenschnalzen geboten die beiden ihren Pferden weiterzugehen. Am See angekommen, zögerten sie nicht. Schon versanken die gegürteten Flanken der Pferde im Wasser. Beide Pferde liefen ruhig weiter, als das

Wasser langsam über ihre Mähnen und Köpfe stieg. Die Körper der beiden Kämpfer wurden umspült, das dunkle Wasser stieg bis zum geschlossenen Helm. Als es begann, in die Luftschlitze der Visiere einzudringen, öffneten sich die Helme der beiden Krieger.

Und Dalan sah sich selbst.

Es waren seine Augen, die ihm unter dem schwarzen Helm zulächelten, und sein Mund war es, der ihm unter dem weißen Helm zuflüsterte: »Es ist gut so.«

Ohne zu wissen, wusste Dalan. Und ohne zu begreifen, erkannte er. Das Wasser des Sees schloss sich über ihnen. Nicht die kleinste Welle zeugte von ihrem Verschwinden.

Als Dalan in einer Fontäne schäumenden Wassers wieder auftauchte, war es früh am Morgen. Ohne Eile schwamm er ans Ufer. In einer Hand hielt er den Gürtel, den ihm Lutrowa umgebunden hatte. Die andere Hand umschloss liebevoll eine kleine Blüte, fast noch eine Knospe.

»Lutrowa!«, schrie Dalan in den beginnenden Tag. »Lutrowa! Nun komm und hol mich! Du wolltest doch eine Blüte aus dem See des Lebens! Sieh! Ich halte sie in meiner Hand! Lutrowa! Komm, hol mich. Ich will dir den Gürtel zurückgeben!«

Dalan drehte sich, während er aus Leibeskräften schrie, in die Richtung aller vier Winde und lachte dabei fröhlich. Die Luft begann vor Dalan zu flimmern, schmutzig graues Licht wirbelte um ihn. Dann zerriss das Grau.

Dalan stand wieder vor der kleinen Hütte Lutrowas. Der Magier hielt seine Hände zitternd über einem kleinen Feuer, das in der Luft schwebte.

»Lutrowa«, lachte Dalan, »du kannst aufhören mit dem Spuk. Ich bin schon da.«

Erschrocken zuckte der Magier zusammen und stolperte einen Schritt zurück.

»Hast du eine Blüte aus dem See des Lebens mitgebracht?«, stammelte er aufgeregt. Dann riss er die Augen weit auf: »Wer hat dir meinen Gürtel gelöst? Wem ist es gelungen, den Bann zu brechen?«

»Ach der«, erwiderte Dalan leichthin, »er hat sich einfach von alleine geöffnet.«

»Das kann nicht sein!«, Lutrowa fuchtelte aufgeregt mit den Händen durch die Luft.

»Na ja«, gab Dalan zu, »so einfach war es nun auch wieder nicht. Ich musste schon einiges dafür tun.«

»Gut, gut!« In den Augen des Magiers glitzerte wieder jenes gierige Funkeln. »Gib mir jetzt die Blüte aus dem See des Lebens. Wie lange musste ich auf diesen Moment warten!«

»Du vergisst, dass ich nicht mehr unter deinem Bann stehe.« Dalan schmunzelte. »Weshalb sollte ich dir die Blüte geben?«

»Du wagst es!«, schrie Lutrowa, »du wagst es, mir zu widersprechen?«

Mit einer herrischen Bewegung riss er seinen Umhang nach vorne. »Glaubst du, ich hätte keine Mittel, dich zu zwingen, mir die Blüte zu geben?« Drohend ging Lutrowa auf Dalan zu.

»Ich bin bereit, alter Magier«, sagte Dalan leise, aber bestimmt. »Versuche deine Macht.«

»Ich werde dich zerschmettern!«, brüllte Lutrowa, warf den Kopf zurück und stieß mit ausgestreckten Armen in den Himmel. Obwohl dort die Sonne strahlte, zuckten plötzlich Blitze nieder. Dampfend und knisternd spalteten sie die Luft. Dalan stand still. Nur die Hand, in welcher er die Blüte trug, war ein wenig geöffnet. Kein Blitz traf ihn. Sie verpufften wirkungslos in der Erde.

Lutrowa war fassungslos, es dauerte lange, bis er wieder zu Atem kam. »Ein Zauber schützt dich!«, kreischte er. »Ich werde ihn brechen. Du entkommst mir nicht!« Wütend nestelte er an einem kleinen Lederbeutel, den er unter seinem Umhang hervorgezogen hatte. Mit zitternder Hand warf er einige grün schimmernde Körner vor Dalans Füße. Giftig gelber Rauch quoll auf. Der Wind trieb die Schwaden zur Seite, und vor Dalan stand ein Furcht erregendes Ungeheuer, das immer weiter zu wachsen schien. Lutrowas Gelächter stieg triumphierend in den Himmel. Doch es brach so jäh ab, wie das Krähen eines Hahns, wenn das Beil gefallen ist.

Dalan war nicht mehr allein. Links und rechts neben ihm standen zwei schwer bewaffnete Krieger. Rüstung, Waffen und Pferd des einen schimmerten schwarz wie ein Waldsee in mondloser Nacht. Der zweite Krieger glänzte weiß wie die Wolken eines taufrischen Sommermorgens. Das Ungeheuer fauchte und geiferte. Seine Pranken schlugen durch die Luft. Doch es wagte sich nicht heran. Erregt drehte es den Kopf hin und her, kniff die Augen zusammen und duckte sich dicht an die Erde. Dann kroch es langsam und wimmernd rückwärts auf Lutrowa zu. Der trat es mit Füßen und stieß schauerliche Verwünschungen aus. Wieder stieg der giftige Nebel auf; als er sich verzog, war auch das Ungeheuer verschwunden.

Lutrowa stand hilflos und gebrochen vor seiner Hütte.

»Deine Herrschaft ist zu Ende, alter Mann«, sagte Dalan und ging auf ihn zu. »Wie willst du jemanden mit deinen bösen, alten Sprüchen vernichten, der in den See des Lebens eingetaucht ist und eine Blüte davon bei sich trägt.«

Lutrowa war zum bedauernswerten alten Mann geworden. Er sank zu Boden und fragte schluchzend: »Was war das für ein Zauber? Welche Macht lehrte dich diese Magie?«

»Es war kein Zauber, alter Mann«, sagte Dalan und kniete neben Lutrowa nieder. »Es war das Leben selbst. Kein Fluch, kein Spruch, kein Bann, keine Zauberkraft kann so mächtig sein. Selbst wenn ich dir diese kleine Blüte hier geben wollte«, Dalan öffnete seine Hand und ließ Lutrowa die wundersame Blüte sehen, »sie würde dir nichts nützen. Sie gehört zu mir. Bei dir würde sie verwelken und vertrocknen. Steh auf, alter Mann. Du hast noch genug Zeit, dir deine Blüte aus dem See des Lebens zu holen.«

Dalan berührte leicht Lutrowas Schulter. Dann ging er auf die Koppel neben der kleinen Hütte zu. Dort stand sein Pferd und wieherte freudig, als es ihn erkannte.

Als Dalan davonritt, saß der alte Magier noch immer am Boden vor seiner Hütte, tränenblind. Sein Umhang lag vor ihm im Staub.

Dalan, der Abenteurer, umschloss sanft die kleine Blüte in seiner Hand und ließ sich auf seinem Pferd davontragen.

Dorthin, wo sich am fernen Horizont Erde und Himmel sacht berühren.

DIE MACHT DER MÄRCHEN

Versonnen und nachdenklich blieben die Menschen sitzen. Mancher malte gedankenverloren in den Staub des Platzes Figuren, zeichnete, ohne es zu wissen, die verworrenen Muster des Lebens. Andere ließen Oyano nicht aus den Augen. Dieser hielt den Mondstein fest an die Stirn gepresst. Längst war es Nacht geworden, und der volle Mond spiegelte sich in den dunklen Augen des Märchenerzählers. In Oyanos Haus, hinter der eingeschlagenen Tür, konnten Aufmerksame einen unwirklichen, blauen Schimmer bemerken. Keine Öllampe, keine Kerze oder Fackel verbreitete solch ein durchscheinendes, zartes blaues Licht. Doch der alte Märchenerzähler kümmerte sich nicht darum. Er saß regungslos. Mit ihm warteten die Menschen. Keiner hatte sich erhoben oder einen Laut von sich gegeben, als endlich schwere Schritte und Pferdehufe zu hören waren. Jenseits des Platzes flackerten Fackeln und warfen ihr unruhiges Licht auf einen bewaffneten Trupp Soldaten. An ihrer Spitze, umringt von seiner Leibwache, ritt der König auf einem prachtvoll aufgezäumten Pferd. Gwen, die Schülerin des Märchenerzählers, war mit einem langen Seil an seinen Sattel gebunden. Immer wieder strauchelte sie und konnte sich nur mit Mühe auf den Beinen halten.

»Macht Platz!«, befahlen die Männer der Leibwache. »Geht aus dem Weg! Der König kommt!«
Wer nicht auf der Stelle gehorchte, wurde brutal zur Seite gedrängt.
Am Ende des Zuges schritt ein vermummter Mann, das blitzende Krummschwert in beiden Händen: der Scharfrichter. Schaudernd wichen die Menschen zurück, als er an ihnen vorbeischritt. Mitten auf dem Marktplatz zügelte der König sein Pferd. Er richtete sich in den Steigbügeln auf und rief: »Unsere Gerechtigkeit ist berühmt! Dieses Mädchen hier hat sich mit den bösen Mächten verbündet. Sie ist eine Hexe! Jetzt und hier soll sie hingerichtet werden, bevor sie noch größeres Unheil über unsere friedliebende Stadt bringen kann. Scharfrichter, walte deines Amtes!«
Ängstliches Murmeln, aber auch empörtes Murren war aus der Menge zu hören, als der vermummte Mann hervortrat.
Doch da zerschnitt ein gewaltiges Fauchen den nachtschwarzen Himmel. Die Menschen warfen den Kopf in den Nacken – ein mächtiger, schuppenbewehrter Drache schoss wie ein brennender Pfeil über den Platz, kehrte zurück mit lauten, flappenden Flügelschlägen und brüllte auf, dass die Erde erzitterte.
»Tötet das Untier!«, schrie der König seiner Leibwache zu. Die Männer rissen ihre Langbogen von den Schultern. Als sie jedoch die Pfeile einlegen wollten, war der Drache bereits verschwunden.
»Da könnt ihr es alle sehen!«, rief der König mit rotem

Kopf. »Das Mädchen hat die Bestie herbeigehext. Wer weiß, was noch alles geschehen wird, wenn sie am Leben bleibt!« Mit einer herrischen Bewegung löste er das Seil, mit welchem Gwen noch immer an seinen Sattel gebunden war und warf es dem Scharfrichter zu.

»Zögere nicht länger!«, befahl er.

Der vermummte Mann trat zu dem Mädchen, das seinen Blick nicht von Oyano löste. Als sie zu einem roh gezimmerten Holzpodest geführt wurde, trat mit einem Mal ein kleiner Hoffnungsschimmer in ihre Augen, huschte der Funke eines Lächelns über ihr Gesicht.

Der alte Märchenerzähler war nicht mehr allein. Absonderliche Gestalten tauchten neben und hinter ihm auf. Das durchsichtige, blaue Licht lag nun über dem ganzen Märchenstand, immer mehr Wesen kamen aus Oyanos kleinem Haus und versammelten sich auf und vor dem Stand.

»Das ist doch die längst verschwundene Nymphe aus dem alten Stadtbrunnen«, murmelte ein weißhaariger Mann in der Menge und deutete mit dem Finger. »Früher hat Oyano oft von ihr erzählt.«

»Und dort«, erkannte jemand anderes, »steht der grimmige Gnom aus den Steinbrüchen.«

Voller Aufregung benannten die Menschen auf dem Marktplatz die Wesen, die sie neben dem alten Märchenerzähler erkennen konnten: Elfen und Nebelgeister, finster dreinblickende Kobolde mit Wurzelkeulen und wunderschöne Feen. Ein schneeweißes Einhorn schnaubte leise und schüttelte seine gewaltige Mähne.

Die weißen Nixen der Eiswasserquellen waren ebenso zugegen wie die zauberkräftigen Baummänner des Wunderwaldes.

Der Scharfrichter stand bei Gwen; er war ebenso fassungslos wie der König und all die bewaffneten Männer.

Das Mädchen lächelte lautlos und glücklich. Ihr Blick traf sich mit dem Oyanos, dessen grimmiges Gesicht ein wenig freundlicher wurde.

»Das ist finstere Magie!«, stieß der König schließlich mit aschfahlem Gesicht hervor. »Führt meinen Befehl aus, Scharfrichter! Und ihr«, befahl er den Männern seiner Leibwache, »holt mir den alten Märchenerzähler. Auch er hat sein Leben verwirkt!«

Hastig stürzten die Männer auf Oyano. Der Scharfrichter zog währenddessen das Mädchen auf das Holzpodest. Dort zwang er sie mit starker Hand in die Knie. Er wartete auf den Zuruf des Königs, um sein Schwert zu schwingen. Doch als er hinübersah zu seinem Herrn, stockte ihm der Atem. Neben dem König saß auf einem starken Pferd ein unbekannter Krieger. Das blitzende Schwert des Fremden lag an der Kehle des Königs, der den Mund aufriss, ohne einen Ton hervorzubringen. Die Männer der Leibwache rührten sich nicht: Eine undurchdringliche Mauer von Nixen, Nymphen, Feen, Elfen, Kobolden, Gnomen und Baummännern hatte sich ihnen in den Weg gestellt. Die Menschen auf dem großen Platz zögerten nicht länger. In Windeseile wurde die gefürchtete Leibwache des Königs entwaffnet. Es war wieder totenstill auf dem

Platz, als Oyano endlich seinen Stand verließ. Ohne Hast ging er auf den Scharfrichter zu, der noch immer mit erhobenem Schwert hinter dem knienden Mädchen stand. Hilflos wartete der Vermummte auf einen Befehl seines Königs. Doch an dessen Hals züngelte die Klinge des fremden Kriegers: bereit wie der Giftzahn einer gefährlichen Schlange.

Der alte Märchenerzähler würdigte das erhobene Schwert des Scharfrichters keines Blicks. Er beugte sich zu Gwen und löste mit ruhiger Hand ihre Fesseln. Dann richtete er sich auf und sah den Scharfrichter an.

»Das Ende eurer Zeit ist gekommen«, sagte er. Er wandte sich zum König und rief mit einer Stimme, die klang, als wäre sie wieder jung und kraftvoll geworden: »Verlasse die Stadt. Wer dich begleiten will von deinen Männern, dem soll nichts geschehen. Wer aber hier bleiben möchte, den soll künftig niemand daran erinnern, welchen Fehler er einmal in seinem Leben begangen hat.«

Begeistert klatschten die Menschen auf dem Platz in die Hände. Fassungslos sah sich der König um. Das Schwert des Fremden wich von seiner Kehle.

»Wer bist du, fremder Krieger?«, wollte der König tonlos wissen.

Lächelnd antwortete dieser: »Mein Name ist Dalan. Ich bin hier, weil Oyano um meine Hilfe bat. Damit hat er mich in dieser Nacht zum Leben erweckt.«

Unsicher sah sich der König nach seiner Leibwache um. Keiner der Männer erwiderte seinen Blick.

Nur die Augen des Scharfrichters funkelten ihn hinter der Maske an. »Es ist kein Platz mehr für uns in dieser Stadt«, sagte er kalt. »Wir wollen gehen.«
Wortlos nickte der König, stieg vom Pferd und nahm die Krone ab. Der Scharfrichter ließ sein Schwert daneben fallen. Die Menschen öffneten den beiden eine schmale Gasse.
König und Scharfrichter verschwanden zwischen den dunklen Schatten der engstehenden Häuser. Sie wurden niemals mehr in der Stadt gesehen.
Auf dem Marktplatz jedoch wurde in dieser Nacht ein Fest gefeiert, wie es wohl keine Stadt im ganzen bekannten Erdenkreis je gesehen hat: Gnome und Nixen, Menschen und Elfen, das Einhorn, die Nebelgeister und Baummänner, alle, alle tanzten ausgelassen miteinander. Und Dalan, der wilde Abenteurer, sprengte ein ums andere Mal über den Platz und erstaunte die Menge mit seinen Reit- und Waffenkünsten.
Erst als der Himmel den kommenden Tag verkündete, fand Gwen Zeit, ihre Neugierde zu stillen. Sie nahm den alten Märchenerzähler zur Seite, umarmte ihn liebevoll und fragte dann leise: »Wie war das alles möglich heute Nacht, Oyano? Woher kamen all diese Wesen, um zu helfen?«
Der alte Märchenerzähler lächelte still. Dann nestelte er unter seinem Umhang und reichte Gwen den schwarz glänzenden Mondstein mit den unzähligen Kristallen.
»Von heute an soll er dir gehören«, sagte er. »Achte

sorgsam auf ihn. Eines Tages wird er dir das Geheimnis verraten, glaube mir.«
Gemeinsam gingen sie hinaus vor die Stadtmauer. Kein Wächter stand mehr am weit geöffneten Tor. Als sie am Meer angelangt waren, sahen Oyano und Gwen schweigend hinaus auf die Wellen. Dorthin, wo man sich alles erträumen darf.
Und alles Erträumte auch wahr sein kann.

Der Märchenring

ZU DEN GEHEIMEN GROTTEN

Unbeweglich kauerte Aydin am Stillen See. Regen prasselte herab, Blitz und Donner krachten, die Nacht spaltend, nieder. Brausend fuhr der Wind durch den Hain der Alten Buchen. Aydin war naß, allein, und ihr war kalt.

Im zuckenden Schein der Blitze konnte das Mädchen die drei Felsen erkennen, welche inmitten des Stillen Sees aus dem Wasser ragten. Schroffe Kerben hatte die Unendlichkeit in sie geschlagen. Mächtigen, urzeitlichen Ungetümen gleich, schwärzer noch als die sturmdurchtoste Nacht, schienen sie ihre Gestalt zu verändern bei jedem Blitz. Zwischen ihren Schatten lag der Eingang zu den Geheimen Grotten verborgen. Dorthin war Aydin unterwegs.

Doch der Stille See war nicht, wie er ihr beschrieben worden war. So saß sie an der Anlegestelle, dachte nach und fror.

Was war geschehen mit dem Stillen See, dessen Wasser doch hätte klar sein sollen und köstlich frisch? Wie kam es, daß es trüb und schlammig vor ihr lag? Aydin wußte um den Zauber, welcher darin wirkte, und ihr war bekannt, wie der Fährmann zu rufen war, der als einziger das Wasser des Stillen

Sees befahren konnte. Sie schloß die Augen und murmelte leise vor sich hin.

Irgendwann verzog sich das Unwetter, der Wind schlief ein, die Wolken brachen auf.

Als die Nacht über dem See am undurchdringlichsten war und über der atemlosen Stille nur das beständige Wispern der Buchenblätter schwebte, löste sich aus den Schatten der Felsen ein flackerndes Licht, welches langsam näher kam. Mit der Zeit war ein eintöniger, rauher Gesang zu hören. Schließlich konnte Aydin eine Fähre ausmachen. Daran hing, an einem krummen Pfahl, eine verrußte Laterne. Der Fährmann, eine untersetzte, massige Gestalt, stakte gleichmäßig und ohne Mühen aus der Finsternis heran. Scharrend rieb sich die Fähre, die eher wie ein unkundig zusammengebundenes Floß aussah, am kieseligen Grund. »Du hast mich gerufen«, brummte der Fährmann in seinen verfilzten Bart.

Während er sie mißtrauisch musterte, erzählte Aydin von ihrem Wunsch, hinabzusteigen zu den Geheimen Grotten, um dort nach einem Märchenstein zu suchen.

»Laß sehen, was du bei dir führst!« knurrte der Fährmann und musterte sie mißmutig.

Aydin reichte ihm ihr Bündel. Der Fährmann öffnete es, drehte es um und ließ alles, was darin war, auf die Erde fallen. Dann prüfte er Stück um Stück, führte eine Decke an seine Nase, schnüffelte daran

und warf sie ebenso achtlos zur Seite wie das Messer, welches Aydin mitgenommen hatte. Das gleiche Schicksal erlitten all ihre Vorräte, ein langes Seil, Zündsteine, sogar Hammer und Meißel.
Einzig drei Dinge fanden Gnade in den Augen des finsteren Fährmannes: eine kleine Lampe ohne Docht, fünf farbige Stäbe aus dem Holz der Alten Buchen gefertigt, die Aydin in einem Lederbeutel am Hals mit sich führte, und ihre selbstgeschnitzte Weidenflöte.
»Zieh deine schweren Schuhe aus«, forderte der Fährmann, als er sie nochmals gemustert hatte, »und deinen Mantel, laß ihn liegen.«
Er stieg auf sein schwankendes Gefährt und hielt es geschickt mit dem Flößerstab ruhig, bis ihm das Mädchen gefolgt war. »Du kennst die Regeln?« wollte er dann von ihr wissen.
»Was meint Ihr damit?« Aydin sah ihn fragend an.
Ärgerlich verzog der Fährmann seinen Mund. »Eine Geschichte mußt du mir erzählen«, brummte er. »Ohne Geschichte keine Überfahrt. Denn sie wird mir sagen, wohin ich dich zu fahren habe!«
Da lächelte Aydin. »Wenn es weiter nichts ist, was Ihr von mir verlangt, so hört denn zu.«
Und während der Fährmann mit kräftigem Arm das Floß abstieß und zurückstakte auf den Stillen See, hin zu den drei dunklen Felsen, begann Aydin zu erzählen …

DIE KRONE DER LICHTALBEN

Lang vor unserem Sternenhimmel, lang vor unserer Zeit, lebte eine Prinzessin wohlbehütet auf einem Schloß. Der König und die Königin liebten und umsorgten sie wie ihren Augapfel, denn weitere Kinder waren dem Paar nicht vergönnt gewesen. Als die Prinzessin endgültig ihren Kinderkleidern entwachsen war, bekam sie von ihren Eltern eine goldene Krone geschenkt, mit einem durchscheinend glänzenden Blütenkelch daran.

»Achte darauf, daß deine Krone niemals auf die Erde fällt«, sagte der König ernst, als er sie der Prinzessin auf den Kopf setzte, »denn du wirst sie dereinst nochmals benötigen!«

»Sie und dieser Blütenkelch aus reinem Licht wurden von den Lichtalben gefertigt«, erklärte die Königin weiter. »Deren Schöpfungen sind so unbeschreiblich kunstvoll und fein, daß sie zerspringen, wann immer sie die Erde berühren.«

»Seht zu«, befahl das Herrscherpaar den Zofen und Lakaien, »daß unsere Prinzessin sich nur immer vorsichtig und sittsam bewegt, denn sonst könnte ihr wohl noch die Krone vom Kopf fallen!«

So trugen alle am Hofe große Sorge, daß die Prinzessin ihren Kopf immer hoch und gerade trug.

Und auch sie selbst sagte oft, vor allem wenn sie auf irgend etwas keine Lust hatte: »Soll mir etwa die Krone vom Kopf fallen?«

Die Krone der Lichtalben war der Prinzessin bald so lieb und teuer, daß sie sie auch zum Schlafen nicht absetzen wollte. Die Zofen mußten ihr daher jeden Abend die Kopfkissen ordentlich hochschütteln und aufeinanderlegen, damit sie aufrecht sitzend die Nacht verbringen konnte. Eine der Zofen hielt neben dem Bett Wache und achtete auf die Krone, falls die Prinzessin sich doch einmal im Schlaf regen sollte.

Da geschah es, daß der König und die Königin starben, in ein und demselben Jahr. Wie trauerte da die Prinzessin, wie trauerte das ganze Volk. Doch nach der vorgeschriebenen Zeit verlangten die Ratgeber und Minister nach einem neuen Regenten. Da die Prinzessin das einzige Kind des Herrscherpaares war, sollte sie Königin werden. Zuvor aber mußte sie drei Aufgaben erfüllen. So schrieb es ein Gesetz vor, das älter war als Schloß und Stadt zusammen.

Als die Prinzessin hörte, was sie erfüllen sollte, begann sie zu klagen. Denn die erste Aufgabe verlangte, daß sie durch alle Straßen der Stadt zu laufen habe. Keine einzige durfte dabei vergessen werden. Von den Zofen und Lakaien aber wußte die Prinzessin, daß die Wege durch die Stadt beschwerlich und dunkel waren. Sie selbst war noch

nie aus der behüteten Umgebung des Schlosses herausgekommen.
Die zweite Aufgabe dagegen schien ihr leicht. Denn das Gesetz forderte, daß wer immer die Stadt regieren wolle, hinabzusteigen hätte zur Quelle unter dem Schloß, um von dort Wasser zu holen. Doch der Quellstein, aus dem das Wasser sprudelte, barg ein Geheimnis. Nichts, was Menschenhände geformt oder gefertigt hatten, durfte aus ihm schöpfen, sonst würde er auf der Stelle versiegen. Da die Prinzessin jedoch die Krone der Lichtalben auf ihrem Kopf trug, glaubte sie wohl, der zweiten Aufgabe gewachsen zu sein. Denn der Blütenkelch daran war nicht von Menschenhand gefertigt. In ihn würde sie das Wasser füllen können.
Als die Prinzessin jedoch die dritte Aufgabe vernahm, begann sie wieder mit großem Wehklagen. Denn das Wasser aus der Quelle unter dem Schloß mußte noch vor Sonnenaufgang, von den Zinnen des Hohen Turmes, in die Richtung der vier Winde über die Stadt gesprengt werden.
Nun wußte die Prinzessin aus vielen Erzählungen ihrer Kindertage um den Zauber, welcher im Hohen Turm wohnte. Dreihundertfünfundsechzig Stufen waren es bis zu den Zinnen. Nicht eine der Stufen war wie die vorhergegangene oder die nachfolgende. Jede war so einzig wie ein Sonnenaufgang oder Sonnenuntergang. Manche der Ge-

schichten erzählten sogar davon, daß sich die Stufen selbst veränderten, je nachdem, wer auf sie trat. Diejenigen, welche jemals bis zur Spitze des Hohen Turmes gekommen und nicht schon lange zuvor wieder umgekehrt waren, erzählten zwar mit funkelnden Augen von ihrem Aufstieg, doch offenbar hatte jeder einzelne von ihnen eine andere Wendeltreppe erklommen, einen anderen Turm bestiegen. So viele unterschiedliche Geschichten waren der Prinzessin in ihren Kindertagen davon erzählt worden.

Lange überlegte die Prinzessin, ob sie es wagen könnte, die drei Aufgaben in einer Nacht zu erfüllen. Doch sie trug die Krone mit dem Blütenkelch der Lichtalben, welche ihr vom König und der Königin auf das Haupt gedrückt worden war. So erklärte sich die Prinzessin bereit, die genannten Bedingungen zu erfüllen, um danach, im Kronsaal des Schlosses, die Schlüssel der Stadt zu erhalten und zu verwahren.

ALS DER LETZTE STRAHL der Abendsonne nicht mehr über den Horizont fingerte, ging die Prinzessin los. Noch konnte sie im Dämmerlicht die gepflasterte Straße gut erkennen, und sie eilte sich, denn sie wußte, ihr Weg war weit. Doch immer wenn sie schneller ging, fing die Krone auf ihrem Kopf bedenklich an zu wackeln, so daß sie Angst bekam, sie könne herabfallen auf die Erde. So

mußte sie langsam gehen und hatte Zeit genug, sich alles anzuschauen.
Inzwischen war es dunkel geworden, und der Weg der Prinzessin führte weg von den gepflasterten Straßen und festgemauerten Häusern, geradewegs hinein in die dunklen Viertel der Stadt. Nur in wenigen Hütten flackerte spärlich trübes Licht. In den Winkeln und engen Gassen drückten sich Gestalten herum, die der Prinzessin unheimlich waren. Einige kamen näher, liefen neben ihr, schauten sie an und tuschelten dann miteinander. In ihre ausgemergelten Gesichter hatten Not und Elend kantige Spuren gekerbt. Die Prinzessin blickte in Augen, welche das Lachen nur noch als lang vergangene, blasse Erinnerung aus Kindertagen kannten. Und ihr eiliger Schritt wurde langsamer.
Schließlich blieb sie stehen und schaute um sich. Wer auch könnte noch weitergehen bei soviel Not? Niemand am Hof hatte ihr jemals erzählt, daß es all dies in der Stadt gab: weinende, große Kinderaugen, Krankheit, Schmerzen und Tod, Lüge und Hinterlist, Gier und Angst, schwärende Wunden, Elend und Trauer. Wie hätte sie daran achtlos vorübergehen können?
Dichter drängten sich die Menschen um sie, streckten der Prinzessin ihre leeren Hände entgegen und starrten sie aus großen Augen an. Da war es der Prinzessin, als würde sie erwachen. Die Krone der Lichtalben fiel ihr vom Kopf. Klingend

und klirrend schlug sie gegen schmutzigen Stein, kollerte über plattgetretenen Pferdemist. Der Blütenkelch aus reinem Licht und die Krone knirschten und knorckten, dann durchzogen feine Risse ihren makellos lichtglänzenden Schein. Schließlich barst das Werk der Lichtalben in tausendundeinen Teil. Erschrocken sammelte die Prinzessin sie alle wieder ein und barg sie in ihren Händen.

Traurig waren die Menschen zurückgewichen, denn die Krone der Lichtalben hatte ihnen ein Licht gebracht in der Nacht. Nun war es wieder dunkel. Da öffnete die Prinzessin ihre Hände und gab allen, welche um sie standen, einen kleinen Splitter der zersprungenen Krone. Wie freute sie sich, als deren Augen zu leuchten begannen und in neuer Hoffnung glänzten, weil sie nun selbst ein kleines Licht in ihren Händen hielten.

Schneller kam sie jetzt voran auf ihrem Weg durch die Straßen der Stadt, und alle, welche sie auf ihrem weiteren Weg traf, wurden beschenkt.

Als die Prinzessin schließlich alle Wege und Straßen durchschritten hatte und sich wieder dem gewaltigen Tor des Schlosses näherte, waren ihre Hände leer, doch in ihrem Herzen trug sie all das glückliche Lachen der Menschen, die nun einen kleinen Splitter der Krone besaßen.

TIEF UNTER DEM SCHLOSS lag die königliche Gruft. Am Grabmal ihrer Eltern verharrte die Prinzessin. Sie hatte nicht achtgegeben auf die Krone mit dem Blütenkelch aus Licht. Das Werk der Lichtalben war zersprungen. Doch jeder einzelne Splitter war nun ein Hoffnungsschimmer in den Herzen und Augen so vieler, die in dieser Stadt lebten und von denen die Prinzessin bis heute nacht noch nicht gewußt hatte. Sie verneigte sich vor dem Grab und hastete weiter, einen schmalen Gang hinunter zur Quelle, welche Schloß und Stadt mit klarem, reinem Wasser versorgte, schon seit Anbeginn allen Erinnerns.

Dunkel war ihr Weg, nur von wenigen Fackeln beleuchtet. Dichtmaschig wehten alte Spinnweben, weiß schimmernd in seidigem Glanz. Wasser tropfte vom feuchtglänzenden Fels. Fledermäuse huschten durch die Dunkelheit, leise fiepend. Seltsam fremde Ornamente an den Wänden des Ganges begleiteten die Prinzessin auf ihrem Weg.

Schließlich endete der Gang an einer moosgrünen Felswand. Daraus ragte, zwei ineinander verschlungenen Händen gleich, ein glattgewaschener Stein, aus dem Wasser quoll. Doch wie sollte die Prinzessin nun Wasser daraus schöpfen, um es auf den Hohen Turm zu bringen?

Sie ließ sich unter dem Quellstein nieder und dachte verzweifelt nach.

Unermüdlich strömte und sprudelte das Wasser.

Plötzlich begann die Prinzessin zu lachen und richtete sich auf. Mit einem Mal wußte sie, wie einfach es war, Wasser zu schöpfen mit einem Gefäß, welches nicht von Menschenhand gefertigt war. Nur kurz zögerte sie. Dann legte sie ihre Lippen unter die sprudelnde Flut und füllte ihren Mund. Der Quellstein prustete einen großen, prickelnd kalten Schwall hervor, der die Prinzessin über und über durchnäßte. Naß wie ein neugeborenes Fohlen, die gefüllten Wangen prall gespannt, ging die Prinzessin, um sich der dritten Aufgabe zu stellen.

ZUR STILLSTEN STUNDE der Nacht stand die Prinzessin vor dem Hohen Turm. Dies ist die Zeit, wenn die Eulen ihre großen Augen schon wieder geschlossen haben und auch die Nachtigallen zu müde sind, dem allzu fernen Mond ein weiteres Lied zu schenken. Und die Lerchen verschwenden noch keinen Gedanken daran, mit welchem Gesang sie die Sonne begrüßen wollen. Ein wenig war ihr kalt, als sie so alleine vor dem Hohen Turm stand. Keiner durfte hier zugegen sein. So verlangte es das alte Gesetz. Langsam trat die Prinzessin auf die erste Stufe der Wendeltreppe des Hohen Turmes, dann auf die zweite, die dritte. Sorgfältig behauen waren die Stufen, und leichten Schrittes stieg die Prinzessin empor. So einfach ging der Aufstieg vonstatten, daß sie nach einiger Zeit zu rennen begann. Sie war sich gewiß, daß sie die dreihundertfünfundsechzig Stufen bis zu den

Zinnen leicht vor Sonnenaufgang bewältigt haben würde.
Doch dann bemerkte die Prinzessin, daß sie immerzu nur rannte und rannte. Wie lange war es her, daß sie auf eine Stufe gestiegen war? Noch schneller lief da die Prinzessin. Doch es kamen keine Stufen, die sie emporsteigen konnte. Sie hielt erst inne, als ihr das Herz am Halse schlug, sie außer Atem kam und sich beinahe am kostbaren Wasser, welches sie in ihrem Mund trug, verschluckt hätte.
Als sie langsam weiterging, lag plötzlich wieder eine Stufe vor ihr. Vorsichtig und prüfend trat die Prinzessin darauf, denn sie glaubte zunächst, ihren Augen nicht trauen zu können. Doch die Stufe hielt, und gleich darauf kam eine weitere und auch eine dritte. Langsam und bedächtig ging die Prinzessin weiter. Gut zu gehen waren die Stufen wieder, fein gefugt, von Meisterhand aus Fels geschnitten und zur Wendeltreppe vereint.
Nach einiger Zeit kam die Prinzessin ins Grübeln. Wer würde wohl am Morgen unter dem Hohen Turm stehen, um zu sehen, ob sie ihre Aufgaben auch erfüllt hatte? Sicher all die Ratgeber und Bediensteten und, wer weiß, vielleicht auch die Menschen aus der Stadt, unter denen sie die Splitter der Krone verteilt hatte. Doch wieviel Zeit blieb ihr noch? Wie lange war sie nur im Kreis gerannt?
Die Prinzessin begann zu zweifeln. Würde sie die

Zinnen des Hohen Turmes tatsächlich noch vor Sonnenaufgang erreichen? Da schien ihr, als würde jede neue Stufe ein wenig höher als die vorhergegangene. Schon mußte die Prinzessin weit ausschreiten, um auf die nächste Stufe zu gelangen. Niemals, dachte sie, werde ich rechtzeitig auf den Zinnen des Hohen Turmes stehen. Höher wurden die Stufen und immer höher. Inzwischen mußte sich die Prinzessin mit Händen und Knien auf den nächsten Absatz der Wendeltreppe ziehen. Doch sie kletterte weiter ohne Unterlaß.

Manchmal war sie nahe daran, das Wasser aus der tiefen Quelle, die sie noch immer in ihrem Munde trug, zu schlucken. Doch die Prinzessin hatte in die Augen der Menschen gesehen, und das konnte sie nicht vergessen.

So mühte sie sich weiter, Stufe um Stufe, und dachte nicht mehr daran, wieviel Zeit ihr wohl noch verblieb bis zum Aufgang der Sonne. Einzig und allein das Erklimmen der nächsten Stufe war ihr noch wichtig. Und sie ließ nicht nach in ihren Anstrengungen. Irgendwann bemerkte die Prinzessin, daß sie die Kraft ihrer Hände nicht mehr brauchte, um den nächsten Absatz zu erklimmen. Bald waren die Stufen nicht mehr zu hoch und lagen im richtigen Abstand für ihren Schritt. So stieg sie weiter empor, achtete auf jede Stufe und sah endlich vor sich ein wenig gräulichen Himmel, der noch verhangen war von aufsteigenden Nebelfet-

zen und zerfaserten, kleinen Wolken, die der dahinscheidenden Nacht hinterherhuschten.
Als die Prinzessin auf die Zinnen des Hohen Turmes trat, fuhr ihr ein früher, kalter Morgenwind durch die Haare. Noch war die Sonne nicht über den Rand der Welt gestiegen. Aber sie kündigte sich an, mit dünnen Blitzen goldenen Lichtes.
Vom Platz um den Hohen Turm drang vielstimmiges Jubeln herauf. Doch die Prinzessin sah nicht hinunter. Sie ging um die Zinnen des Hohen Turmes und versprühte das Wasser des Quellsteins hin zu den Heimstätten der Winde. So wie es das alte Gesetz vorschrieb.
Als ihr Mund leer war, stieg die Sonne über den Horizont. Ihre ersten wärmenden Strahlen trafen auf die Zinnen des Hohen Turmes. Da begann die Prinzessin vor Freude zu tanzen, und ihre nassen Haare versprühten tausendundeinen Tropfen über die Stadt.
Die jubelnden Menschen auf dem Platz vor dem Hohen Turm sahen, daß die Prinzessin erfüllt hatte, was das alte Gesetz fordert. Danach erlebten sie eine tanzende Königin auf den Zinnen des Hohen Turmes, aus deren wehenden Haaren so viele Tropfen über die Stadt sprühten, wie seit undenklichen Zeiten nicht.

DER WEG ZU DEN GNOMEN

Während Aydin erzählte, war der Fährmann mit ihr über den nächtlichen See gestakt, geradewegs auf die Felsen zu. Mit sicherer Hand hatte er sein Gefährt zwischen die drei Felsen gebracht. Dann waren sie dahingetrieben auf einem dunklen unterirdischen Fluß, der sie weiter und weiter hineinführte in ein verzweigtes Höhlenlabyrinth. Als Aydin still war, steuerte der Fährmann das Floß an ein felsiges Ufer und bedeutete ihr, die Fähre zu verlassen.

»Nun bist du da«, sagte er. »Finde deinen Weg in den Geheimen Grotten, oder nicht. Ich habe meine Aufgabe erfüllt.« Er stieß das Floß zurück ins Wasser und trieb davon, während sich sein eintöniger Gesang nach und nach verlor und das schwankend flackernde Licht langsam verblaßte.

ES WAR DUNKEL um Aydin und still. Aus einer Tasche ihres Kleides zog sie die kleine Lampe, welche sie von Aela, der Heilerin, bekommen hatte. Nicht ein Tropfen Öl war darin. Mit den Fingern rieb sie daran, und schon begann diese zu leuchten mit heller Flamme.

»Wenn du die Lampe sorgsam behandelst, wirst du ein Licht und mehr als das haben, wann immer du es brauchst«, erinnerte sich Aydin an die Worte der Heilerin, welche ihr von ihrem Wissen so freigebig gegeben hatte, wie jetzt diese Lampe Licht verströmte. Sie schaute sich um. Ein Gang führte weg vom Wasser hinein in den Berg, ein dunkler Weg, grob hineingeschlagen in schwarzglänzenden Fels. Schon nach wenigen Schritten teilte er sich, und als Aydin prüfend zuerst den einen, dann einen anderen Weg ging, mußte sie feststellen, daß sich immer wieder Abzweigungen dunkel in den Berg schlängelten.

Stunde um Stunde irrte Aydin durch das vielgängige Labyrinth der Geheimen Grotten, ging schmale Wege und sehr breite. Sie bestaunte vielfarbig funkelnde, große und kleine Höhlenhallen, lang herabhängende Tropfsteine, kunstfertig in den Fels gemeißelte Figuren und geheimnisvoll verschlungene Ornamente. Doch sie fand keinen Fingerzeig, welcher ihr weitergeholfen hätte auf ihrem Weg zu den Gnomen. Denn dort hoffte sie auf Auskunft, wo und wie sie einen Märchenstein finden könne.

Wieder einmal kam sie in einen großen Höhlensaal. Das Licht ihrer Lampe reichte nicht aus, um bis zur Decke zu dringen. Hunderte von Gängen führten aus diesem Saal wieder hinaus. Manche davon waren breiter als andere, die Wände sorgfältig behauen, der Boden glattgeschliffen. Aus anderen strömte ein schwacher Lichtschein, der Suchenden ein nahes Ziel zu versprechen schien. Aydin ging umher, schaute in diesen Gang und in jenen. Doch jeder schien ihr, auf eine ihm eigene Weise, gleich verlockend zu sein. Welcher davon würde sie zu den Gnomen führen?

Müde setzte sie sich mitten in der Halle auf den kalten Boden und nestelte an dem Lederbeutel, in welchem sie das Geschenk Oyanos, des alten Märchenerzählers, aufbewahrte. Sie nahm die fünf farbigen Stäbe heraus, die aus dem Holz der Alten Buchen geschnitzt waren. Oyano selbst hatte darauf Ornamente und Zeichen geritzt. Aydin hielt sie an die Stirn, an ihr Herz und den Nabel. Dann ließ sie die Buchenstäbe fallen und schaute, wie sie vor ihr lagen. Oyano hatte sie gelehrt, diese Zeichen zu deuten. »Immer und überall werden sie dir sagen, woher du kommst, wo du bist und wo du deinen weiteren Weg finden wirst, wenn du die Sprache verstehst, in welcher sie zu dir sprechen.«

Lange saß Aydin und starrte auf das eigenartige Muster, welches die Buchenstäbe gebildet hatten. Dann seufzte sie, nahm die Stäbe, erhob sich und ging auf eine Wand der großen Halle zu. Doch hier führte kein Gang weiter. Erst als sie die Lampe höher hielt, konnte sie eine kleine Öffnung in der steinigen Wand entdecken. Ratlos stand sie davor. Einer abgemagerten Beutelratte hätte dieses Loch

vielleicht als Durchschlupf dienen können, aber nicht ihr!
Doch sie vertraute den Buchenstäben, und so griff sie tastend in den Fels. Schnell fühlte sie, daß sie einen Stein lösen konnte und danach noch einen und dann immer schneller und leichter. Schließlich polterte, rumorte und rumpelte es, und hinter den stürzenden Steinen konnte Aydin im aufsteigenden Staub einen schmalen, dunklen Stollen erkennen. Sie zögerte nicht den Flügelschlag einer tanzenden Libelle und ging in den bislang verborgenen Gang hinein.
Oft mußte sich Aydin nun bücken, und manchmal kroch sie auch auf allen vieren, wenn wuchtige Felsen in ihren Weg ragten. Kein Laut war zu hören, außer ihrem Atem und dem Pochen ihres Herzens. Dunkel war es und kühl. Die Lampe jedoch spendete ein tröstliches Licht, und Aydin dachte keinen Augenblick daran umzukehren, obwohl es Schritt um Schritt kalt und immer kälter wurde in diesem Gang.
Schließlich war es so eisig, daß Aydins Atem wie gestoßener Zucker in der Luft hing; so kalt, daß die Tropfen ihrer triefenden Nase zu kleinen Eiskugeln gefroren, noch bevor sie sie abwischen konnte. Der Stollen wurde enger und immer niedriger. Nur noch gebückt kam sie vorwärts.
Mit einem Mal jedoch verharrte Aydin und hielt den Atem an. Ein kunstvoll gesponnenes Netz ver-

sperrte ihren weiteren Weg, dicht und vollkommen gewirkt. In dessen Mitte saß eine dicke, schwarze Spinne, seidenborstig behaart, mit Beinen, mehr als fünf Ellen lang. Als Aydin in ihre Augen sah, zitterte sie vor einem unbestimmten Grauen, welches tief in ihr zum Leben erwachte. Mit zischelnder Stimme begann die Spinne zu flüstern. Es klang, als würde gebrochenes Glas an Stein zu feinem Staub zerrieben. »Komm her, mein Kind, komm her und laß dich wärmen!«
Auf Aydins Armen begannen sich all die kleinen Härchen zitternd aufzurichten. »Wer bist du?« fragte sie, denn sie wußte, daß jede unbekannte Angst, und sei sie noch so groß, kleiner wird, sobald sie einen Namen trägt.
In unermüdlichem Wirken wob die Spinne seidene Fäden, verknüpfte, verzurrte und ordnete sie. »Alt bin ich, so alt wie der Berg. Überall bin ich zu Hause.« Dann krabbelte sie ein wenig aus dem Netz heraus. »Du frierst, mein Kind. Komm her, meine Seide wird dich wärmen.«
Obwohl Aydin schlotterte vor Kälte und sich nichts sehnlicher wünschte als ein wenig Wärme, war sie auf der Hut, denn einen Namen hatte die Spinne nicht genannt.
»Ich bin unterwegs zu den Gnomen«, gab sie zurück. »Kannst du mir sagen, ob mich dieser Gang zu ihnen bringt?«
»Wärme dich, mein Kind, wärme dich«, flüsterte

die Spinne und warf mit durchscheinend klebrigen Fäden nach Aydin. »Dunkel ist der Weg und beschwerlich, voll unbekannter Gefahren und eisig kalt. Richte dich bei mir ein. Was wirst du weitergehen wollen? Hier bist du sicher. Mein Netz wird dich schützend halten und dir Wärme geben.«

Aydin konnte ihre Augen nicht vom vielfunkelnden Blick der Spinne abwenden, und der eigenartige Klang der leisen Worte zog sie in ihren Bann. So wehrte sie sich nicht, als die seidigen Fäden der Spinne um sie wehten und sie umhüllten, dichter und dichter, enger und enger, schneller und schneller, um Beine, Körper, Schultern, Hals und Hände.

So eingesponnen fühlte sich Aydin warm, gehalten und beschützt. Schon wollte sie die Augen schließen, um hinüberzugleiten in einen behüteten Schlaf, da verließ die Spinne ihr Netz und kam zischelnd näher. Grausige Schauer überliefen Aydin. Sie wollte schreien. Doch kein Ton kam ihr über die Lippen, denn auch ihr Mund war verklebt von den vielen feinen Seidenfäden. Nun stand die Spinne dicht vor Aydin und befingerte sie mit ihren langen, dünnen Beinen, während ihre zuckenden Mandibeln sich wie ein Mahlwerk bewegten.

Da blitzte es grell auf im Dämmerlicht des Stollens. Gleißende Helligkeit strömte aus ihrer Lampe. Vor Schreck hatte Aydin die Augen geschlossen, doch auch durch die schützenden Lider

zuckten blendende Blitze. Sie hörte ein durchdringend schrilles Kreischen. Dann war alles still.
Als Aydin wagte, die Augen wieder zu öffnen, war die Spinne ebenso verschwunden wie das Netz und die Fäden, die Aydin umsponnen hatten. Die Lampe brannte ruhig in Aydins Hand. Keine Spur zeugte mehr von dem, was vorgefallen war. Einzig ein durchscheinend dünner Geruch von angesengter Seide schwebte durch den Stollen, welchen Aydin nun weiterging.
Schon nach wenigen Augenblicken wurde ihr wieder wärmer. Es war, als hätte das dichte Netz die Wärme abgehalten oder gar die Spinne selbst die knochenbeißende Kälte hervorgerufen.
Der Höhlengang wurde breiter, höher und mündete schließlich in ein weites Gewölbe. Weiches, dunkelblau schimmerndes Licht zeichnete geheimnisvolle Muster in den Fels, durchscheinend verschwimmend, wie spätherbstliche Nebelschlieren über dunklen Waldseen, früh im Zwischenlicht von untergehendem Mond und aufgehender Sonne. Überall ragten mannshohe, blaßblaue Steingebilde aus dem Boden. Im fahlen Licht wirkten sie wie Statuen, welche sich abmühen, Bewegung in ihre schweren Glieder zu bekommen.
Über ihr gellte ein Vogelschrei, ein einsamer Ruf. Ein dunkler Vogel kreiste durch die gewölbte Höhlenkuppel. Die Schatten seiner Schwingen wischten, geisterhaft flatternd, über die Wände.

Wieder klagte der Vogel mit einem schnarrend kehligen Krächzen. Tiefer flog er nun, näher kreiste er um Aydin. Und jedesmal, wenn er den Schnabel öffnete zum Schrei, fiel daraus eine blaßblaue Perle. Aydin fing eine davon auf. Kalt lag die Perle in ihrer Hand. Geformt war sie wie eine vollkommene Träne. Nicht die kleinste Unebenheit verunstaltete die weich geschwungene Oberfläche, und aus dem Innern strahlte ein winziges, blaßblaues Feuer.

Noch eine Perle fiel in ihre Hand und auch eine dritte. Schwer wurde da Aydin das Herz, immer schwerer. Sie wollte weitergehen, den Höhlensaal verlassen und dem dunklen Vogel entfliehen, doch keinen Schritt konnte sie mehr vor den anderen setzen. Kristallblau schimmerten ihre Beine in steinernem Licht. Sie waren unbeweglich schwer wie Fels geworden.

Wieder klagte der Vogel gellend, und die Schatten seiner Schwingen huschten über Aydin. Fingerbreit um Fingerbreit wuchs der kalte Kristall in ihr. Da warf sie die Perlen in ihrer Hand zur Erde und wollte sich den dunklen Vogel greifen. Doch der flog gerade so hoch, daß sie ihn nicht fassen konnte. Aydin wurde das Herz so schwer, daß sie glaubte, es nicht länger in sich tragen zu können, und sich wünschte, es würde aufhören zu schlagen, denn jeder Schlag schmerzte sie tief in ihrem Innern.

Auch die mißtönenden Schreie des dunklen Vogels konnte sie nicht mehr ertragen. Sie griff nach ihrer Weidenflöte und spielte eine Melodie, die von Hoffnung und Leben erzählte; die Töne schwebten empor und füllten das weite Rund der Halle. Der dunkle Vogel flatterte auf, wirbelte umher und stieß einen reinen, hohen Ton hervor, der sich schließlich mit den Flötenklängen vereinte.

Da zerflossen die tränenförmigen Perlen zu weichem, warmem Wasser. Aydin merkte, wie ihr Herz leichter wurde und der lähmende Kristall in ihr schmolz. Der Vogel flog auf Aydins Schultern und knabberte an ihrem Ohr. Seine dunklen Federn leuchteten nun wie das tiefe Blau des nächtlichen Meeres.

Dann jedoch keckerte er auf und flatterte davon in einen der Höhlengänge hinein, verharrte und wartete, bis Aydin ihm folgte. So führte sie der blaue Vogel sicher durch das verwirrende Labyrinth, dorthin, wo die Gnome ihr Zuhause haben.

Aydin hörte vielstimmiges, anschwellendes Gemurmel, als sie aus dem Gang trat und staunte. Kundige Hände hatten hier eine Stadt aus den Felsen gemeißelt, mit kleinen Häuschen um einen großen Platz, auf dem überall Feuer brannten. Der flackernde Fackelschein auf den Wegen zwischen den Häusern verstärkte das Blinken und Glimmen der Kristalle in Wänden und Decke. Als Aydin staunend hochschaute, glaubte sie in dem Funkeln der Edelsteine weit über sich, das Sternenmuster des Nachthimmels zu erkennen. Dann waren sie und der blaue Vogel auf ihrer Schulter auch schon umringt von einer Vielzahl kleiner Gestalten mit faltigen, dunklen Gesichtern, in welchen fröhliche Augen blinzelten. Kleine, kräftige Hände klammerten sich um Aydins Finger, zogen und zerrten unter fröhlichem Gesang. So wurde sie weitergeführt. Wie staunte Aydin über die Pracht, welche sie zu sehen bekam. Gold schimmerte auf Wegen und Plätzen, und silbern glänzten die Wände des Gewölbes. Niemals zuvor hatte sie so viele schimmernde und funkelnde Edelsteine gesehen. Überall leuchteten sie in verwirrender Vielfalt.

Mitten auf dem großen Platz, gleich neben einem gemauerten Brunnen, blieb die Gnomenschar stehen. Einer von ihnen, mit ehrwürdigem Bart, trat vor und sprach: »Seid gegrüßt. Unsere Freude ist groß, denn wir warten schon lange, daß jemand den Weg zu uns findet.«

Höflich erwiderte Aydin den Gruß und erzählte den Gnomen, daß sie hier in den Geheimen Grotten nach ihrem Märchenstein suche und um ihre Hilfe bitte. Dann jedoch fragte sie: »Warum wartet ihr auf jemand, der zu euch kommt?«

Da seufzte der alte Gnom. Seine Nasenflügel blähten sich, und mit zwei Fingern zwirbelte er die langen Barthaare zu kleinen Kringelnestern. »Große Gefahr ist im Verzuge. Die Dunkelalben haben das

Wasser der Tiefen Quelle gestaut. Mehr und mehr verliert der Stille See nun seine Zauberkraft. Schon fanden einige Dunkelalben einen Weg über ihn, und nicht mehr lange, dann werden sie sich sammeln, um die Menschen heimzusuchen.«

»Ich weiß um das Geheimnis der Tiefen Quelle«, sagte Aydin, »und auch die Dunkelalben sind mir bekannt. Doch nun gebt Auskunft, wie ich Euch helfen kann!«

Der Gnom kratzte sich hinter dem Ohr. Dann schob er sein Kinn nach vorne, bis sich der lange, weiße Bart sträubte und alle anderen Gnome ehrfürchtig einen halben Schritt zurücktraten. »Ihr müßt hinab zur Tiefen Quelle und herausfinden, warum ihr Wasser nicht mehr fließen kann«, sagte er mit einer Stimme, welche keinen Widerspruch erwartete. »Uns Gnomen ist es verwehrt, dorthin zu gehen. Nur jemand aus der wirklichen Welt, ein Mensch, kann diesen Weg beschreiten. Deshalb begrüßen wir Euer Kommen so sehr.«

»Genau! So ist es!« riefen all die anderen Gnome aufgeregt durcheinander und schlugen sich mit der geballten Faust in die geöffnete andere Hand. »Wie gut, daß Ihr gekommen seid!«

»Ich wollte doch nur einen Märchenstein finden«, murmelte Aydin vor sich hin.

Der alte Gnom hatte sie dennoch gehört. »Euer Stein wird Euch schon finden«, versicherte er. »Doch nun kommt. Noch vieles müssen wir Euch erzählen, bevor Ihr Euch auf Euren Weg macht. Und gegessen und getrunken habt Ihr auch noch nicht und noch nichts erzählt von Euch. Kommt mit! So kommt doch!«

»Aber, ... was habt Ihr da gesagt? Wie sollte ein Stein mich finden können?« rief Aydin. Der Gnom jedoch ließ sich nicht beirren. Er zerrte sie hinter sich her zum größten Haus der Gnomenstadt. Dabei lief er, so schnell es ihm seine kurzen, krummen Beinchen erlaubten, und all die anderen Gnome folgten ihnen.

Auf das genaueste mußte Aydin beim gemeinsamen Mahl Auskunft geben über ihr Woher und Wohin, während eilfertige Hände neue Platten auf den großen Steintisch stellten und die Gläser mit köstlichem Beerenwein füllten. Dann räusperte sich der alte Gnom, putzte seine Finger sorgfältig an der Tischdecke ab, kramte in einer Tasche neben sich und reichte Aydin eine verschnürte Lederrolle.

»Mit dieser Karte werdet Ihr den Weg zur Tiefen Quelle finden«, sagte er. Aydin löste das farbige Band, welches um die Rolle geknotet war. Mit gnomenhafter Meisterschaft waren bunte Ornamente in das Leder gekerbt, Linien und schraffierte Flächen gezeichnet, feine Striche gezogen, fremdartige Schriftzeichen sorgfältigst getuscht oder eingeätzt und mit Gold und Silber ausgelegt. Der alte Gnom begann mit seinen Erklärungen. Nicht sehr lange brauchte Aydin, um die Bedeutung aller Zeichen auf der Karte zu wissen.

Als sich nach dem Essen schließlich alle zufrieden über die Bäuche strichen, erhob sich der alte Gnom und sagte zu dem blauen Vogel auf Aydins Schulter: »Auch dir wollen wir danken, denn du hast Aydin sicher hierher geführt. Dir wollen wir deine Sprache wiedergeben. Mehr zu tun für dich steht nicht in unserer Macht.« Während er mit gekrümmtem Zeigefinger dem Vogel über den Schnabel strich, brummten all die versammelten Gnome mit tiefem Baß einen einzigen Ton.

Der blaue Vogel krächzte mißstimmig auf, dann jedoch sprach er mit heller Stimme: »Dank sei Euch und allen Gnomen. Ihr habt einen Fluch von mir genommen, welcher lange Zeit auf mir lag.« Erstaunt horchte Aydin auf.

»Vor vielen, vielen Jahren – so lang ist es her, daß ich meinen Namen vergessen habe«, erklärte der blaue Vogel, »war ich auf Jagd im Nebelwald. Tagelang folgte ich der Fährte eines mächtigen Hirschs. Als ich dem Tier den Fangstoß gab, kam eine Hexe des Wegs. Sie verfluchte mich in diese Vogelgestalt, denn der Hirsch war ihr Reittier und konnte sie in einem Augenblick um die Welt tragen oder an jeden Ort, den sie sich wünschte.

Ich aber flog auf und sagte zu ihr: ›Deine Macht wird mich nicht auf Dauer binden können. Ich werde den Ort finden, wo sie gebrochen wird, und dann werde ich zurückkommen und dich töten.‹

Da verfluchte mich die Hexe ein zweites Mal und nahm mir auch meine Sprache. Doch sie hatte vergessen, daß sie selbst der Vogelsprache mächtig war, und so verstand sie mich auch weiterhin, obwohl ich für Menschenohren nur noch zwitscherte, tschilpte und tirilierte.

Da verfluchte mich die alte Hexe ein drittes Mal. Sie verbannte mich in die Geheimen Grotten. Mit jedem Schrei sollte eine Perle aus meinem Schnabel tropfen, in welche die alte Hexe all ihr Leid gewirkt hat. Wer sie in die Hand nimmt, wird zu Stein, denn soviel Leid kann kein Mensch ertragen. Ihr habt mit Eurer Melodie diesen Fluch gebrochen.«

Da lächelte Aydin und blies dem blauen Vogel ins Gefieder, daß sich dessen Halskrause sträubte.

Doch der alte Gnom drängte sie loszugehen, denn die Zeit hier in den Geheimen Grotten würde anderen Gesetzen gehorchen als in der wirklichen Welt. So machte sich Aydin mit dem Vogel auf ihren Weg zur Tiefen Quelle, um zu sehen, was die Dunkelalben angerichtet hatten.

ZUR STADT DES DICKEN KÖNIGS

Irgendwo, in den Wäldern ohne Wiederkehr, heulte ein Wolf dem Mond sein Lied.

Weit entfernt, in der Stadt des Dicken Königs, plusterte eine weiße Eule ihr Gefieder, rollte die Augen, kauzte dreimal kurz und heiser. Dann schwang sie sich in lautlosem Flug durch eine der vielen Schattentüren der Nacht und verschwand.

Oyano, der alte Märchenerzähler, schnarchte unruhig auf seinem Lager, wälzte sich hin und her, von einer Seite auf die andere. Seine Hände öffneten und schlossen sich, als wolle er etwas greifen, festhalten, was ihm wie quellklares Wasser immer wieder durch die Finger rann.

Mit einem gedämpften Aufschrei richtete er sich auf. Als er suchend um sich schaute, waren seine Augen klar und wach, keine Spur des ruhelosen Schlafes war in ihnen zu finden. Oyano ging zum Fenster, das wie immer weit geöffnet stand, damit die hilfreichen Mächte der Nacht ungehindert wirken konnten. Tief atmete er den vertrauten Duft seiner Heimat. Er hörte das Harfenspiel des lauen Windes in Masten und Wanten der Schiffe im nahen Hafen und spürte den salzigen Geschmack des Meeres auf der Zunge. Einer Schnittersichel gleich hing der Mond zwischen Wasser, Erde und Himmel.

Wieder stieg weit entfernt das Heulen des Wolfes empor in den Sternenhimmel und endete mit einem auffordernden Blaffen. Die weiße Eule schwebte mit großen Augen am Fenster vorbei, kauzte heiser, flog ohne Flügelschlag einen weiten Bogen und landete lautlos vor Oyano.

Der alte Märchenerzähler nickte. »Ich bin ja schon wach«, murmelte er und blies der Eule sacht ins flaumige Gefieder, »aber ich habe noch nicht verstanden, weshalb. Was ist geschehen? Was geschieht? Welche Macht hat mir diesen Schattentraum gesandt? Welche Gefahr ließ mich zittern im Schlaf und trieb kalten Schweiß auf meine Stirn? Was ist es, was du mir sagen willst, grauer Bruder dort in den Wäldern ohne Wiederkehr? Was willst du mir zeigen, wissende Schwester mit den lautlosen Schwingen?«

An der Tür pochte es leise.

»Komm herein«, sagte Oyano, ohne sich umzuwenden.

Gwen, die Schülerin des alten Märchenerzählers, schien nicht erstaunt, als sie im Fenster die weiße Eule bemerkte.

»Der Mondstein hat mich geweckt«, sagte sie und berührte den Stein, den sie einst von Oyano bekommen hatte und der seitdem an einem geflochtenen Lederband um ihren Hals hing.

Der alte Märchenerzähler nickte kaum merklich und deutete auf einige Teppiche und Kissen auf dem Boden. »Setz dich«, forderte er seine Schülerin auf. »Ich werde uns einen Tee bereiten.«
In Gedanken verloren entfachte er die Glut im Herd, legte Holz auf, füllte den kleinen Teekessel mit Wasser, gab getrocknete Blätter, Beeren und Kräuter hinzu. Grübelnd starrte er dann in das Feuer und murmelte unablässig vor sich hin, bis das Wasser überkochend zischend in der Glut verdampfte.
»Zuletzt habe ich solch eine Nacht erlebt, als ich noch kein einziges graues Haar auf dem Kopf hatte. Und jetzt, schau mich an, kannst du noch ein andersfarbiges entdecken?« Er lächelte, fuhr sich durch seine nebelgrauen Haare und kraulte den eisfarbenen Bart. »Auch damals weckte mich ein Traum, der Wolf heulte, und die weiße Eule Aelas kam an mein Fenster ...«, fuhr er fort, und jede einzelne Falte in seinem Gesicht schien zu lächeln.
Doch das Heulen des Wolfes unterbrach ihn, die weiße Eule schüttelte ihr Gefieder und breitete die Flügel aus, als wolle sie Oyano mißmutig rügen.
»... doch davon ein andermal! Komm, laß uns zusammensuchen, was wir brauchen.«
Bedächtig begann der alte Märchenerzähler hier in einer Schatulle zu kramen, dort in einer Kiste.
»Aber, aber ...?« Gwen stotterte vor gespannter Erwartung.

»Aela hat die Eule geschickt, und in den Wäldern ohne Wiederkehr ruft mich der Wolf«, erklärte Oyano, und seine Stimme hatte jene eigenartige Kraft, welche Gwen in den letzten Jahren nur noch selten bei dem alten Märchenerzähler vernommen hatte. »Dazu hatte ich noch einen dunklen Traum. Je früher wir aufbrechen, um so besser!«
Da rannte Gwen, um ihr Bündel zu packen. Das versprach ein Abenteuer zu werden, wie sie es gerne mochte.

NACH DREI LANGEN, anstrengenden und wortkargen Tagen war sich Gwen nicht mehr so sicher, ob ihr dieses Abenteuer auch wirklich Spaß machen würde.
Je weiter sich die beiden von der Stadt am Meer entfernt hatten, um so schweigsamer war Oyano geworden. Abends war er vor dem kleinen Feuer gesessen, hatte dem Funkenflug hinterher gegrübelt und Gwens Fragen mit einsilbigen Bemerkungen beantwortet.
Am vierten Abend ihrer Wanderung regnete es, und ein kalter Wind trieb ihnen die Tropfen entgegen. Schließlich fanden sie eine heruntergekommene Spelunke am Weg. Niedrig war die Decke, aus grob behauenen, fleckig schwarz verfärbten Stämmen. Nur wenige trübe Talklichter flackerten und warfen zuckende Schatten. Einige Gäste saßen mit zusammengesteckten Köpfen am Kamin in der

Ecke und musterten Oyano und Gwen mißtrauisch. Den freundlichen Gruß des alten Märchenerzählers erwiderten sie nicht.
Mißgelaunt wollte der Wirt wissen, was sie begehrten. Essen und Trinken sowie das kärgliche Lager auf schmutzigem Stroh und Heu ließ er sich im voraus bezahlen. Die Münzen verschwanden erst in einer Tasche seiner ungewaschenen Hose, als er sie eingehend geprüft hatte.
Die anderen Gäste äugten argwöhnisch und finster zu Oyano und Gwen herüber. Aus Beuteln zogen sie immer wieder grellbunt blitzende Steine, welche sie mit flinken Fingern umherschoben und dann und wann emporhielten, um sie genauer zu betrachten. »Was ist dies für ein Spiel, welches dort gespielt wird?« wollte Gwen leise von Oyano wissen. Der starrte grimmig vor sich hin, als hätte er seine Schülerin nicht gehört. »Sag, Oyano, ist es ähnlich dem Spiel der neun weisen Steine, welches du mir beigebracht hast?«
Der Märchenerzähler schüttelte bedächtig den Kopf, und seine Augenbrauen sträubten sich empor in mißmutigen Wirbeln. »Blendsteine sind es«, sagte er, ohne seine Stimme zu senken. »Arm sind jene, welche sie erwerben, noch ärmer allerdings sind die, die damit handeln.«
Die anderen Gäste warfen böse Blicke herüber und tuschelten hitzig miteinander. Da trat der Wirt zu Oyano und sagte barsch: »Ihr habt gegessen und

getrunken. Nun macht euch auf und geht schlafen.«

Oyano richtete sich langsam auf. Auge in Auge stand er dem Wirt gegenüber und schaute ihn gelassen an, bis dieser den Blick abwandte und verlegen hustend auf den Boden sah. Über den anderen Tischen wisperte unheilvolle Stille.

»Komm, Gwen«, sagte der alte Märchenerzähler ruhig, »ich denke, der Himmel ist für uns heute Nacht zwar ein feuchtes, doch immer noch das beste Bettuch, das wir uns denken können.«

Oyano und Gwen packten ihre wenigen Habseligkeiten und verließen, begleitet von den galligbösen Blicken des Wirtes und seiner Gäste, die Spelunke. Unter den schützenden Ästen einer mächtigen Eiche drückten sie sich wenig später an den warmen Leib des Maultieres.

»Was sind Blendsteine?« wollte Gwen wissen. Der alte Märchenerzähler starrte in das dichte Geäst über sich. Weit oben am nachtschwarzen Himmel sangen die Sterne ihr zeitloses Lied.

»Das Werk der Dunkelalben«, antwortete Oyano nach langer Zeit, so, als zweifle er noch ein wenig an dem, was er gesehen hatte. Nachdenklich schloß er die Augen. »Aber wie sollten die einen Weg aus den Geheimen Grotten gefunden haben?« murmelte er dann vor sich hin.

»Erzähl davon!« forderte Gwen und richtete sich auf.

»Nicht hier«, sagte er leise. »Nicht jetzt!« Oyano zog sie wieder hinunter und legte die Decke über sie. »Versuche zu schlafen. Morgen werden wir mehr erfahren und mehr wissen.«

Kein einziges Wort sprach der alte Märchenerzähler mehr in dieser Nacht und auch nicht am folgenden Tag. In sich versunken, kauerte er auf dem schwankenden Maultier, die Kapuze seines warmen, alten Flickenmantels über den Kopf gezogen.

Am späten Nachmittag hatten sie die Wälder ohne Wiederkehr erreicht. Seit Stunden regnete es, als solle die Erde in einen zähen, dunklen Sumpf verwandelt werden. Den alten Märchenerzähler schien dies nicht zu kümmern. Stumm saß er auf dem Maultier und starrte blicklos vor sich hin. Gwen führte es am Zaumzeug und stapfte voran. Sie konnte seit langem weder Weg noch Steg erkennen. Das Unterholz rupfte ihr in den Haaren, schlug ihr ins Gesicht, wucherte ihr verfilzt, verheckt, verdornt entgegen. Die Sonne war untergegangen, und es wurde dunkel. »Hier gibt es keinen Pfad!« rief sie schließlich. »Wie soll ich mich da zurechtfinden?«

»Geh nur zu«, beruhigte sie der Märchenerzähler, ohne auch nur aufzusehen. »In diesen Wäldern ist jeder Weg der richtige, so wie auch jeder Weg der falsche sein kann.«

Gwen ließ mutlos die Schultern hängen und die Zügel locker. Das Maultier knabberte, sichtlich

wohlgemut, an einigen jungen Trieben. »Seit Stunden schon irren wir hier umher«, begehrte sie auf.
»Aber es gab doch einen Weg bisher«, sagte Oyano mit sanfter Stimme, streifte sich die Kapuze vom Kopf und sah sie freundlich an.
»Wo denn? Welchen denn?« rief Gwen zornig und hilflos.
»Den, den wir gegangen sind«, erklärte der Märchenerzähler leise, »unseren Weg. Ist er dir zu dornig geworden?« Er lächelte, stieg vom Maultier und nahm Gwen die Zügel aus der Hand. »Ich werde vorangehen! Steig du auf!«
Oyano schritt aus, und Gwen schien es, als ob das Unterholz zurückweichen würde. Das Gestrüpp löste sich voneinander, und sie konnte einen schmalen Pfad erkennen. Der Regen ließ nach, der wolkendunkle Himmel brach auf, und ein halber Mond kletterte langsam über die wispernden Baumwipfel. Weiches Moos dämpfte die zielstrebigen Schritte Oyanos. Ein lauer Nachtwind umschmeichelte Gwen und trocknete ihre nassen Haare im Nu.
»Wir sind da«, schreckte sie der Märchenerzähler aus ihrem wohlig warmen Dämmerschlaf. »Binde das Maultier an den Baum und warte hier, bis ich dich rufe!«
Oyano wandte sich ab und ging die wenigen Schritte auf eine kleine Waldlichtung hinaus. Auf

seinem Weg sammelte er trockenes Moos, dürre Zweige und aufgesprungene Kiefernzapfen.
Bald flackerte ein kleines Feuer auf der Lichtung. Oyano hielt die Hände über die tanzenden Flammen.
Irgendwo in der Nacht heulte ein Wolf, kauzte eine Eule.

HINTER GWEN KNACKTE und raschelte es, ein dumpfes Grollen legte sich über das nächtliche Schweigen. Das Mädchen fuhr herum und erstarrte. Ein furchterregender, grauer Wolf stand ihr gegenüber. Das Maultier scheute und verdrehte die Augen in Todesangst. Gwen wollte nach Oyano rufen, zu ihm laufen. Doch da vernahm sie schon seine tiefe Stimme: »Nun hör schon auf, deinen Schabernack mit meiner Schülerin zu treiben, Dalan. Komm und setz dich zu mir!«
Mit einem lautlosen Satz verschwand der Wolf im Unterholz, und vor Gwen stand ein Mann mit braungebranntem Gesicht, in welchem ein abenteuerliches Leben tiefe Furchen hinterlassen hatte. Krähenspuren in frisch gefallenem Schnee. Nachtblau leuchteten seine Augen.
»Ich hoffe, ich habe dich nicht allzu sehr erschreckt?« Lächelnd nahm er Gwens Hand und drückte sie mit festem Griff.
Dann ging er auf Oyano zu. »Ich habe dich schon erwartet«, sagte er, legte dem alten Märchenerzäh-

ler die Hand auf die Schulter und kauerte sich dann ebenfalls an das kleine Feuer. Ernst und still sahen sich die beiden Männer in die Augen. Schließlich zuckte es in Oyanos Augenwinkeln, gerade dort, wo sich all die vielen Fältchen und Linien eines langen Lebens treffen. »Lieber säße ich jetzt an meinem Herd im warmen Zimmer und tränke einen heißen Tee«, sagte er. »Aber wenn Freunde rufen, soll man sich aufmachen und sie nicht warten lassen.«

»Wie recht du hast«, antwortete Dalan. »Ich bin froh, daß du so schnell gekommen bist. Seltsame Dinge geschehen, von denen du erfahren solltest. Dunkelalben sind gesehen worden. Sie wollen das Einhorn fangen, wurde mir berichtet. Wenn ihnen das gelingt, wird in diesen Wäldern kein Märchen mehr ein Zuhause finden, geschweige denn geboren werden!«

Oyano nickte grimmig und stieß mit einem dicken Ast in das glosende Feuer. Glut stob sternengleich in die Nacht. »Sie haben einen Weg aus den Geheimen Grotten gefunden«, sagte er dann. »Wir sind auf Blendsteinhändler getroffen, gestern. So reimt sich eines zum andern!«

»Dann laß uns dorthin gehen, um zu sehen, wie dies geschehen konnte«, forderte Dalan.

Oyano schüttelte abwehrend den Kopf. »Aelas Eule kam in derselben Nacht, in welcher ich den Wolfsruf hörte. Niemals schickte sie diese aus nichtigem Grunde. Bei ihr werden wir wohl mehr erfahren!«

»Aela, die Heilerin«, unterbrach ihn Dalan. »Wollte nicht Aydin, deine erste Schülerin, bei ihr lernen?«

»Ja«, nickte Oyano, »mehr als neun Monate ist es her, daß sie dorthin gegangen ist.«

Ein mächtiger, grauer Wolf schlich herbei, blaffte kurz, beschnüffelte den alten Märchenerzähler und legte dann Dalan die Schnauze aufs Knie. Der kraulte zärtlich die Ohren des Graubartes. Eine weiße Eule huschte wie ein lichter Schatten durch den Schein des Feuers, kauzte ungeduldig und war schon wieder in der Dunkelheit verschwunden.

»Ich denke, wir sollten uns beeilen!« stellte der alte Märchenerzähler fest. Dalan sah der Eule hinterher, dann nickte er, stand auf und pfiff kurz und schrill durch die Zähne. Gerade neben der atemlos beobachtenden Gwen stürmte ein schwarzweiß gefleckter Hengst aus dem Gebüsch und verharrte schnaubend vor Dalan.

»Nun komm schon, Gwen!« rief dieser, als er sich in den Sattel schwang. »Du kannst bei mir mitreiten!« Wieder begann es zu regnen, und es wurde kalt. Oyano, der frierend auf dem Maultier saß, grummelte leise vor sich hin: »Die Gicht wird sich in meine Glieder schleichen bei dieser Kälte, und das Zipperlein wird mich plagen bis an mein Lebensende!«

Gwen lachte und schüttelte sich den Regen aus den Haaren.

SPÄT IN DER NACHT KAMEN sie zur Stadt des Dikken Königs. Still und verstohlen drückten sie sich durch einen verborgenen Eingang am Fluß, der nur wenigen Wissenden bekannt ist und sich nur einigen Eingeweihten öffnet.

Sicher wurden sie von Oyano durch ein Gewirr von Gassen und Hinterhöfen, über Treppen und Brücken, entlang an Kanälen zu einem festgemauerten Haus geführt. Der alte Märchenerzähler klopfte drei Mal, zwei Mal, und noch einmal. Die hohe Tür aus dunklem Holz wurde ihnen aufgetan. Mitsamt den Tieren gelangten sie in einen Innenhof, in welchem ein kunstvoll verzierter Brunnen leise sprudelte. Eine Frau mit schwarzumrandeten, funkelnden Augen trat ihnen entgegen, half Gwen von Dalans Pferd und musterte dann die beiden Männer von oben bis unten. Oyano stieg ächzend vom Maultier. »Ich weiß schon, Aela!« sagte er, zog die Frau an sich und drückte sie. »Wir ziehen die Stiefel aus, bürsten uns das Gestrüpp aus den Bärten und den Schlamm vom Umhang …«

»… und dann baden wir im Brunnen, schrubben uns ab, bis wir rosa wie ein Säuglingshintern glänzen, und salben uns mit wohlriechenden Ölen.« vollendete Dalan den Satz und vollführte eine anmutige Verbeugung. »Auf daß wir Eure ärmliche Hütte nicht verunreinigen!«

»Hör nicht auf die beiden«, sagte die Frau zu Gwen, nahm sie bei der Hand und zog sie mit sich ins Haus. »Und ihr«, lachte sie über die Schulter zurück, »macht genau das, was ihr gerade gesagt habt.«

»Ich hab's gewußt«, stöhnte Oyano. »Und all das vor einer heißen Tasse Tee! Sie hat sich nicht geändert!«

Dalan lachte dröhnend: »Nun komm schon, alter Sprücheklopfer! Hast du dich vielleicht geändert in all den Jahren?«

»Aber ja doch!« Oyanos Stimme klang fest. Dann verzog er das Gesicht und lächelte. »Ich bin älter geworden«, sagte er und ging zum Brunnen, um sich den Staub der Reise abzuwaschen.

ALS SIE KURZ DARAUF alle an Aelas Tisch saßen, vor heißer Milch, dampfendem Tee, Honig, Käse, Kräutersirup, frisch gebackenem Brot, eingelegten Wurzeln und warmen Maronen, erkundigte sich Oyano, noch bevor er das Brot gebrochen oder einen Schluck getrunken hatte, nach Aydin.

»Ich habe sie gelehrt, was ich vermochte«, gab Aela Auskunft. »Und ich kann dir versichern, nie hatte ich eine wißbegierigere Schülerin. Als ich ihr nichts mehr beibringen konnte, entschied sie, sich auf den Weg in die Geheimen Grotten zu machen, um dort nach einem Märchenstein zu suchen.«

»Zu den Geheimen Grotten?« fuhr ihr da Oyano ins Wort.

»Keine Angst!« Beruhigend legte die Heilerin ihre Hand auf den Arm des Märchenerzählers. »Ich weiß genug, um zu entscheiden, ob eine meiner Schülerinnen diesen Weg gehen kann! Und warst nicht auch du ihr Lehrer? Gute Schüler lernen auch bei schlechten Lehrern; war es nicht das, was du immer sagtest?«

Oyano blies nachdenklich in seinen Becher mit Tee, den er in Händen hielt. Der heiße Dampf stieg empor und legte sich vor sein Gesicht. »Ich habe von Schatten geträumt«, murmelte er und nippte von dem Tee. Dann erzählte er von seinem Traum, von den Blendsteinhändlern, auf welche sie getroffen waren, und davon, was ihm Dalan berichtet hatte. »Es scheint, als wäre einiges in Unordnung in den Geheimen Grotten, und Aydin steckt wohl mittendrin!«

Aela nickte beunruhigt: »Nicht nur in den Geheimen Grotten oder in den Wäldern ohne Wiederkehr, auch hier in der Stadt des Dicken Königs geschehen Dinge, welche nichts Gutes verheißen. Deshalb habe ich dir die Eule gesandt. Auf dem Markt gibt es Blendsteine, und die Menschen reißen sie den Händlern aus den Händen. Der Dicke König und seine Ratgeber haben die größten und farbenprächtigsten Blendsteine von den Händlern geschenkt bekommen. Neun an der Zahl sind es. Sie stehen nun im Saal des Großen Rates. Mir ist nicht wohl, wenn ich daran denke, was sie dort anrichten.«

Aela deutete auf eine Schale, in welcher glitzernde Steine lagen. »Ich habe einige kleine davon besorgt. Ein dunkler Zauber wirkt in ihnen.«

Mit einer steilen Unmutsfalte zwischen den Augen griff sich Oyano einen der grellbunten Steine. Gwen sah, daß er von derselben Art war wie jene, mit denen die Gäste in der Spelunke hantiert hatten. Der alte Märchenerzähler lächelte grimmig und schloß die Hand. Als er sie wieder öffnete, war der grellbunte Stein darin zu grauschwarzem, übelriechendem Pulver zerrieben, ohne daß Oyano mehr getan hatte, als einmal tief zu atmen. Gwen sah fragend zu Dalan, doch dieser zuckte mit den Achseln und schob sich eine Marone in den Mund.

»Was hat es mit diesen Steinen auf sich?« verlangte sie mit entschlossener Stimme zu wissen, nahm einen der Blendsteine aus der Schale und wog ihn in der Hand. »Er leuchtet bunt und glitzert«, sagte sie. »Sonst gibt es nichts, was ich noch sehe oder spüre.«

»Jeder, der einen Blendstein bei sich trägt, verliert sich bald in dessen dunkler Macht«, erklärte Oyano. »Nach mehr davon verlangt es ihn und immer mehr, bis er vergessen hat, was Leben wirklich ist. Und darauf warten die Dunkelalben.«

Gwen betrachtete aufmerksam den grell glitzernden Stein in ihrer Hand. Wie strahlend er funkelte, wie leuchtend waren seine Farben! »Was meinst du damit?« wollte sie schließlich wissen, ohne den Blick von dem Blendstein abzuwenden.

Oyano lächelte sie an, doch Gwen beachtete ihn nicht. Weit waren ihre Augen geöffnet, und in ihnen spiegelte sich, geheimnisvoll leuchtend, der Blendstein, den sie in der Hand hielt.

»All das, was jeden Mensch zum Menschen macht«, sprach Oyano weiter, »verliert sich in dem dunklen Zauber dieser Steine.«

»Aber wer sollte solche Steine dann noch bei sich tragen?« Gwen schüttelte den Kopf, ohne aufzusehen.

»Hast nicht auch du einen in der Hand?« lächelte da Oyano zurück. »Sag, wie fühlt er sich an?«

»Warm ist er geworden«, sagte Gwen, und ihr Blick versank im strahlenden Funkeln des Blendsteines. »Und mir ist leicht und wohlig zumute.« Erschrocken zuckte sie zusammen und legte den Stein wieder zurück in die Schale. »Und nun?« fragte sie leise in die Runde.

»Dalan und ich werden zu den Geheimen Grotten gehen. Diese liegen inmitten des Drachengebirges, und nicht ohne Gefahr ist der Weg dorthin. Du aber wirst hier bei Aela bleiben«, bestimmte der alte Märchenerzähler. »Nur wenige Tage bleiben noch, bis der Mond sein Gesicht vollkommen verhüllt hat. Das sind die Nächte, welche die Dunkelalben für ihre Unternehmungen nutzen.«

Gwen nickte betrübt. Sie wußte, sie würde den alten Märchenerzähler nicht umstimmen können. Sie brach das Brot und tauchte es in köstlich duftenden Quark. »Was hat es mit dem Drachengebirge auf sich?«

»Drachen gibt es dort«, gab Oyano zurück und schlürfte heißen Tee. »Dalan war dort vor langer Zeit. Und fast wäre er nicht zurückgekehrt.«

Gwen sah Dalan mit großen Augen an. »Erzähl davon«, forderte sie den alten Märchenerzähler auf. Und Oyano begann …

DRACHENFEUER

Vor vielen, vielen Jahren, die weit versunken sind im Dickicht der Erinnerungen, im Gestrüpp der Zeit, ist dies geschehen. Damals wie heute war Dalan der Abenteurer unterwegs in der bekannten Welt, auf den Bergen, in den Wäldern und Stoppen. Er hatte dunklen Magiern widerstanden und nach vielen Abenteuern vom Wasser des Lebens getrunken. Er kannte die wirklichen Namen der vier Winde und konnte mit vielerlei Bäumen, Pflanzen und Geschöpfen sprechen. Das Geheimnis um die Sprache des Feuers jedoch hatte er noch nicht ergründen können. So beschloß er, loszureiten, hin zu jenem sagenumwobenen Feuerland. Die flammenden Gipfel der Berge würden den Himmel selbst entzünden, wurde gemunkelt, und daß dort salziges Wasser und heiße Lava miteinander ringen, auf immer und ewig in ständigem Widerstreit, wie das Antlitz der Erde zu gestalten sei. Dort, so hoffte Dalan, würde er die Sprache des Feuers verstehen lernen. So lenkte er sein Pferd nach Süden und ritt ohne Unterlaß des Tags und auch des Nachts. Am Abend des dritten Tages jedoch, rotglühend stand die Sonne gerade eine Handspanne über den Hügeln und Wäldern, zügelte Dalan den gleichmäßigen Trab seines Pferdes. Ein schriller Schrei gellte empor. Zwischen den mächtigen Wipfeln zweier Eichen raschelte Laub, brachen Zweige, knackten Äste. Als er näher ritt, sah er einen jungen Adler, der sich in einem starken Netz verstrickt hatte. Dalan dauerte es, den Herrscher des Himmels in einem Netz gefangen zu sehen. Mit dem Messer versuchte er, die Maschen zu durchschneiden. Doch die scharfe Klinge konnte den feingesponnenen Schlingen nichts anhaben. Auch dem Schwert des Abenteurers widerstand das geheimnisvolle Netz. Da legte Dalan die Waffen zur Seite. Er suchte den ersten Knoten, von welchem jedes Netz zusammengehalten wird. Als er ihn endlich gelöst hatte, fielen die Schlingen des Netzes leicht und schnell. Lange schüttelte der Adler sein Gefieder.

Dann sprach er: »Deine Tat wird dir nicht vergessen werden«, und flog mit rauschenden Schwingen davon.

Dalan ritt weiter, und wieder vergingen drei Tage und drei Nächte, da hörte er ein wütendes Brummen vor sich. Dalan stieg ab. Mit dem blanken Schwert in der Hand schlich er weiter. Schon nach wenigen Schritten kam er an eine tiefe Fallgrube, in welche ein junger Bär gefallen war.

»Hilf mir heraus«, brummte das kleine schwarze Kerlchen, als es Dalan sah. Was würde dieser Bär einmal für ein gewaltiges Ungetüm werden, wenn

er erst ausgewachsen war, dachte dieser. Mit dem Schwert schlug er einen Baum und ließ den Stamm hinunter in die Grube. Schnaubend stieg der Bär daran empor.
Dann schnüffelte er ausgiebig an Dalan. »Das wird dir nicht vergessen werden«, brummte er und trollte sich, die Schnauze dicht an der Erde, eilends davon.
Dalan ritt weiter. Wieder war ihm das warme Flimmern des Südsterns Wegweiser in den Nächten, und der höchste Stand der Sonne wies die Richtung am Tage. Da lag nach drei Tagen und Nächten ein weites Meer vor ihm. Dumpf rollten die Wellen an den Strand und brachen sich an den Felsen. Am Abend sah Dalan, wie der Südstern über den Horizont stieg. Irgendwo dort, weit draußen über dem Meer, mußte Feuerland sein. Wie sollte er nur dorthin kommen?
Ein klagender Ruf weckte Dalan in der Nacht. Eine traurige Melodie schwamm hinaus mit den raunenden Wellen in die Unermeßlichkeit des nächtlichen Meeres. Dalan lief den Strand entlang und fand einen gestrandeten Wal, der erschöpft kleine Fontänen in die Nacht blies.
»Wasser«, sang der Wal, »Wasser.«
Dalan lief ans Meer, warf seine Kleider hinein, tränkte sie und netzte die trockene Haut des Wales. Die ganze Nacht brachte Dalan Wasser zu dem Wal. Endlich graute der Morgen. Mit ihm

kam die Flut, und sie hob den Wal wieder vom Strand.

»Das wird dir nicht vergessen!« blies er in den Himmel, als er sich vergnügt rundum im Meer tummelte. Dann buckelte er davon. Schließlich verschmolz er mit dem wogenden Grau der Wellen und war verschwunden. Nur sein Gesang war noch eine Zeitlang zu hören.

Drei Tage und drei Nächte saß Dalan am Ufer des Meeres und sah hinaus. Nachts schien ihm, als würde er Lichter sehen, weit draußen, dicht unter dem Horizont. Flackernde Feuer, zuckende Lichtfinger am nachtseidenen Himmel, welche den nächtlichen Wanderungen der Planeten und Sterne neues Licht auf alte Wege warfen.

Am Morgen des vierten Tages hatte Dalan seinen Entschluß gefaßt: Er würde hinausschwimmen auf diesen Ozean, hin zu dem Feuerschein am Horizont und auf seine Kraft vertrauen.

So verabschiedete sich Dalan am frühen Morgen von seinem Pferd und hieß es warten, bis er wiederkommen würde. Dann schwamm er los.

Bald jedoch verfinsterte sich der Himmel, und dunkle Wolken donnerten heran wie Stiere, die vor Feuer fliehen. Die Wellen türmten sich auf und spuckten kalte Gischt. Wasserwürgend kämpfte Dalan gegen das Versinken in strudelnden Fluten, als sich ein warmer, fester Körper unter ihn schob.

»Halt dich fest!« sang ein Wal. Und Dalan erkannte diese Stimme. »Halt dich fest!«
Dalan konnte kaum antworten, denn der Sturm zog und zerrte an ihm.
»Wenn du tauchen könntest«, sang der Wal, »würde ich dich mit hinunternehmen in mein Reich. Kein Sturm der Welt kann dort das Schweigen und die Ruhe stören. Doch halte noch ein wenig aus, nicht weit von hier ist eine Insel. Dorthin werde ich dich bringen.«

DER STURM war weitergezogen, und Dalan streifte neugierig durch die fremde Insel. Er kannte weder die Blumen, welche hier blühten, noch die Namen der Bäume, die Schatten spendeten. Er blickte sich um, sah hierhin und dorthin und konnte nirgendwo ein Lebewesen erblicken.
Da bebte die Erde unter harten, schweren Schritten. Aus dem Wald kam ein furchterregender Riese auf Dalan zu. In der einen Hand hielt er einen grob behauenen schweren Knüppel, in der anderen eine zweischneidige Axt. Dalan zog sein Schwert, als ihn der Riese mit erhobener Streitaxt angriff. Krachend fuhr die Streitaxt in einen Felsen. Dort steckte sie so fest, daß selbst der Riese sie nicht mehr herausziehen konnte. Brüllend vor Wut nahm er nun seinen Knüppel in beide Hände und schlug auf Dalan ein, der, rückwärtsstolpernd, Mühe hatte, die gewaltigen Hiebe abzuwehren.

Doch dann brach sein gutes Schwert entzwei wie ein dürres Ästchen. Dalan rannte um sein Leben, schlug Haken wie ein Hase, und doch kam der Riese näher und näher.
Knurrend brach aus dem Unterholz ein mächtiger, schwarzer Bär, der sich dem Riesen entgegenstellte. Ein gewaltiger Prankenhieb zertrümmerte die Keule, und wenig später lag der Riese tot auf der Erde. Immer noch grollend, mit wütend aufgestülpten Lefzen, kam der Bär auf Dalan zu, schnüffelte zufrieden an ihm, dann wandte er sich ab und trabte in den Wald zurück.

VORSICHTIG NÄHERTE sich Dalan dem toten Riesen. Bäume waren geborsten und gesplittert rings um ihn, die Erde zerwühlt. Als Dalan den Griff der Streitaxt im Fels umfaßte und daran zog, löste sich diese aus dem Felsen, als ob nichts sie gehalten hätte im harten Stein außer einigen zarten Flechten oder feuchtes Moos. Hinter sich hörte Dalan Gemurmel und Flüstern: »Er hat den Riesen getötet! Er hat uns von diesem Fluch befreit! Kommt alle her und schaut!«
Als er sich umdrehte, sah er eine Vielzahl grimmig dreinblickender, rauschebärtiger Zwerge, die aus versteckten Erdspalten, hinter Büschen und Farnen hervor die Köpfe reckten und aufgeregt tuschelten. Dann kamen sie auf ihn zu.
»Nein, nein«, wehrte Dalan ihre Dankesbezeu-

gungen ab. »Nicht ich habe diesen Riesen getötet. Es war ein Bär. Habt ihr es nicht gesehen?«
Ein Zwerg trat vor ihn. »Der Bär hat für Euch gekämpft, nachdem Euer Schwert zerbrochen war. Nur Ihr wißt den Grund, weshalb. Kommt mit.«
Die Zwerge führten Dalan auf verschlungenen Wegen zu einer Lichtung. Dabei erzählten sie ihm von den Untaten des Riesen, der regelmäßig über das Zwergenreich hereingebrochen war, wenn der Mond prall und voll am Himmel hing wie eine überreife Milchbaumbeere, um die verborgenen Eingänge ins Zwergenreich zu finden, ihre Schätze zu rauben und ihre Wohnstätten zu verwüsten.
Vor einer Felswand hießen sie Dalan rasten und warten. Dann verschwanden sie, wie von Geisterhand weggewischt, in Erdspalten, hinter Bäumen, Gräsern, Steinen und ließen Dalan allein zurück.
Es war Abend, als sich Dalan ein vielstimmiger Chor näherte. Er hätte nicht sagen können, woher die Zwerge mit einem Mal gekommen waren. Singend und seltsam anmutende Instrumente spielend standen sie um ihn. Mit einem lauten Paukenschlag und dem schrillen Schrei von Zimbeln verstummte alles Lärmen.
Ein Zwerg, in dessen langen Bart kunstvoll Specht- und Finkenfedern geflochten waren, trat vor. »Seid willkommen, Dalan. Ihr habt den Riesen getötet, der unser Reich seit langem bedrohte. Euch zu Ehren feiern wir ein Fest heute nacht.«

Dalan wollte kopfschüttelnd abwehren, doch der Zwerg fuhr unbekümmert fort: »Ihr sollt das Schwert tragen, welches unsere Väter schmiedeten und aufbewahrten im tiefen Berg für den, der kommen wird und sich dessen würdig zeigt.«
Er winkte ungeduldig mit der knorrig kleinen Hand. Zwei andere Zwerge traten hervor. Auf einer samtenen Decke trugen sie ein blauglänzendes Schwert zwischen sich auf den Schultern.
»Dies ist Turasangor«, flüsterte der Zwerg ehrfurchtsvoll, »das Schwert, das Ihr nun Euer nennen werdet. Vertraut ihm, denn das Erz dafür wurde gewonnen vor Tausenden von Jahren. Es wurde geschmiedet von den Weisen unseres Volkes. Seine Schärfe fand es in den tiefsten Tiefen der kalten Welt. Dort hat es geruht und gewartet auf den, der es führen soll. Nehmt nun Turasangor und geht nach Feuerland. Wenn Ihr dort das Schwert in die flammende Erde haltet, wird der Zauber, der in ihm ruht, zu neuem Leben erweckt. Niemals wird es ermüden, in einem Kampf, den Ihr zu bestehen habt.«
»Das trifft sich gut«, antwortete Dalan, »denn nach Feuerland bin ich unterwegs. Ich hoffe dort, die Sprache des Feuers zu erlernen.«
»Ihr irrt, Dalan«, belehrte ihn der Zwerg. »In Feuerland werdet Ihr nicht finden, nach was Ihr sucht.
Die Sprache des Feuers wird nur verstehen, wer

einen Drachenkampf bestanden hat. So erzählen es die alten Lieder unsers Volkes.«

»Dann wird mich mein Weg nun dorthin führen, wo die Drachen hausen«, sagte Dalan. »Mit diesem Schwert in meiner Hand ist mir nicht bang davor.«

»Denkt daran, Dalan, lange lag Turasangor in eisiger Kälte. Es braucht die Kraft der Erde, um Euch eine gute Waffe zu sein«, erinnerte ihn der Zwerg.

Doch Dalan hörte nicht, was ihm der Zwerg so dringend riet. Mit glänzenden Augen starrte er auf das Schwert. Leicht wie das Flüstern fallenden Schnees lag es in seinen Händen und ebenso kalt. Ein eisblaues Flimmern umspann das Schwert, so, als ob die Klinge zu scharf geschmiedet sei für die Augenkraft eines Menschen.

Der Zwerg stapfte auf die Felswand zu. Dalan folgte ihm.

»Hinter dieser Wand verbergen sich zwei Wege«, erklärte der Zwerg. »Der eine führt Euch in einem Augenblick nach Feuerland. Der andere bringt Euch in einem Atemzug dorthin, wo Euer Pferd auf Euch wartet. Nun ist es an Euch zu entscheiden, welchen Weg Ihr gehen wollt!«

Dalan schaute auf Turasangor, das blauschimmernde Schwert in seiner Hand. Feuerland kann warten, dachte er. Welcher Drache würde auch solch einem Schwert widerstehen können?

SEIT TAGEN SCHON galoppierte Dalan durch die karge, trostlose Ebene, welche vor dem Drachengebirge liegt. Nicht ohne Gefahr war diese unwirtliche Gegend, denn hier hausten düstere Gestalten, versteckten sich finstere Gesellen hinter hohen Steinen, lauerte allerlei Gesindel auf den arglosen Wanderer. Doch Dalan mieden sie.
Kein Baum, kein Strauch konnte Wurzeln schlagen hier. So mangelte es Dalan an Brennholz, und erbärmlich frierend suchte er in den kalten Nächten ein wenig Wärme und Schlaf am Leib seines Pferdes. Nach sieben langen, trostlosen Tagen und sieben langen, kalten Nächten war Dalan endlich am Ziel. Schwarz und hoch wuchteten sich die Felsen aus der Erde, klafften tiefe Schluchten unter überhängendem Gestein, schlängelten sich verborgene Wege ins Innere des Gebirges.
Dalan stieg ab und hieß sein Pferd warten. Durch eine enge Schlucht drückte er sich, kletterte über herabgestürzte Felsen, hangelte an schmalen Bändern über aufklaffende Abgründe, tiefer und tiefer hinein in das Gebirge.
Schon bald roch er schwefeligen Atem, und es war leicht, dem durchdringenden Gestank zu folgen. Vorsichtig schlich er weiter, bis er den Drachenhorst vor sich hatte. Doch wie enttäuscht war Dalan, als er ihn dann darin sah. Der Drache dort war kaum größer als ein ausgewachsener Mann. Als er Dalan erblickte, fauchte er und stieß eine übelrie-

chende Rauchwolke aus. Gleichzeitig zuckte er zurück wie ein geprügelter Hund vor der drohenden Hand seines Herrn.
»Vor dir soll ich mich fürchten?« lachte Dalan. »Du bist kein Gegner für mich. Dieser Kampf scheint mir zu einfach!«
»Erlaubt Herr«, begann der kleine Drache und hob ein wenig sein Haupt. »Ihr wollt bestimmt die Sprache des Feuers lernen und glaubt, deshalb mit einem Drachen kämpfen zu müssen. Aber ich versichere Euch, dieses Lügenmärchen ist gänzlich falsch.«
»Was behauptest du da?« verlangte Dalan zu wissen und trat drohend auf den Drachen zu.
»Ihr müßt durch die Feuer des Vulkans fliegen. Dort werdet Ihr in die Geheimnisse der Flammensprache eingeweiht«, antwortete dieser. »Aber das könnt Ihr nur auf meinem Rücken!« setzte er hinzu. Als wolle er zeigen, daß er dazu wohl in der Lage sein würde, entfaltete der kleine Drache zwei gewaltige Schwingen, welche dem Abenteurer zuvor nicht aufgefallen waren.
Dalan schob Turasangor in die Scheide. »Ich will wissen, ob du recht hast«, sagte er. »Aber ich werde dich töten, wenn du mich belügst!«
»Niemals würde ich das wagen, mein Herr.« Untertänig duckte sich der Drache, so daß Dalan mühelos auf den schuppenbewehrten Rücken steigen konnte.

Was war das für ein Flug! Niemals zuvor hatte Dalan etwas Ähnliches erlebt. Gewandt und mühelos stieg der Drache in den Himmel. Kaum schlug er mit den Schwingen, um Höhe zu gewinnen und über das Gebirge emporzusteigen. In Spiralen und waghalsigen Sturzflügen, welche Dalan zunächst den Atem nahmen, ihn dann aber vor Abenteuerlust und Freude aufschreien ließen, flogen sie zum Krater des Vulkans, der wie ein rotglühender, magmaspeiender Rachen inmitten des Gebirges lag. Gierig züngelten die Flammen, brodelte Lava, als der Drache, mit Dalan auf dem Rücken, hinab in den Krater des Vulkans tauchte. Schwarzviolett waberte dort die Glut der flüssigen Steine.

Dalan drohte zu verbrennen. Dunkel färbte sich seine Haut, die Haare ringelten sich verkohlt am Kopf, trocken sprangen seine Lippen auf, rotgerändert mühten sich seine zu Schlitzen verengten Augen, noch ein wenig zu sehen.

Doch Dalan spürte nichts von alledem. Zu sehr genoß er den Ritt auf dem Rücken des Drachen, der durch die Flammen tauchte wie eine Lachmöwe durch die wildesten Böen eines Orkans. Er nahm auch nicht wahr, wie der unscheinbare Drache größer wurde und mächtiger, je öfter er sich in die züngelnden Flammen stürzte.

DALAN WUSSTE NICHT zu sagen, wieviel Zeit vergangen war, als er frierend im stinkenden Drachenhorst erwachte. Die Dunkelheit, welche ihn umfaßte, war vollkommen. Noch immer trunken von dem Gefühl des glühenden Fluges tastete er umher und stieß gegen hornige Haut, scharfkantige Schuppen und spitze Krallen von gewaltiger Größe.

War dies wirklich? Dalan schauderte und suchte sich zu erinnern. Bruchstücke nur trieben empor in sein Bewußtsein, schwer und rotglühend wie Lava und Magma. Er tastete nach seinen Waffen. Langsam kehrte ein wenig Kraft in die verbrannten Augen zurück.

Da erwachte der Drache, und sein Feueratem wischte die Nacht hinweg. Übermächtig richtete er sich vor Dalan auf. Der schuppenbewehrte Schwanz peitschte hin und her. Felsen brachen unter diesen Schlägen. Stinkender Rauch quoll aus den Nüstern des Untiers, als es sprach: »Niemals wirst du die Sprache des Feuers lernen. Denn du bist ihr nicht gewachsen!« Dalan schleuderte die Streitaxt. Doch der Wurf gegen den Drachen war viel zu schwach. Sie prallte gegen die harten Schuppen und fiel in die Tiefe.

Dröhnend prustete da das Untier: »Du glaubst, mich besiegen zu können? Schau dich doch an. Das Feuer des Vulkans hat dir die Kraft aus dem Körper gebrannt und die Haare vom Kopf. Du, der du dich nicht mehr kennst, weil du dich unkenntlich gemacht hast, willst mir mit Waffen drohen?« Der

Drache lachte, daß das ganze Gebirge bebte und schrecklich widerhallte.
Dalan zog Turasangor, das Schwert der zauberkundigen Zwerge, aus der Scheide. Die Klinge begann zu leuchten in eiswindscharfem, blauem Totenglanz. Dalan wußte nicht zu sagen, ob er das Schwert oder das Schwert ihn führte. Stich und Hieb und Streich und Stoß; wie eine tödliche Viper biß sich Turasangor in den riesigen Drachen, doch es schlug ihm keine Wunden. Wieder dröhnte das schreckliche Lachen des Untiers durch das Gebirge.
Dalan packte ein entsetzliches Grauen. Nie und nimmer würde er diesen Kampf bestehen können. Schon riß der Drache sein furchtbares Maul auf, um ihn zu verschlingen, da gellte ein Schrei über ihm. Noch bevor er wußte, wie ihm geschah, wurde er von starken Klauen gefaßt und emporgetragen aus dem Drachenhorst. Ein Adler war es, der ihn in seinen Fängen hielt und mitnahm, weit über das Drachengebirge, weit über die Wolken, hinein in das Blau eines strahlenden Sommertages. Und sosehr sich der Drache auch mühte, dem Flug des Adlers konnte er nicht folgen.
Dalan verkroch sich in den Wäldern ohne Wiederkehr. Lange Zeit brauchte er, bis seine Wunden verheilt waren und er wieder zu seiner Kraft gefunden hatte, die in der Hitze des Vulkans verbrannt war.

DANACH ERFÜLLTE DALAN, was die Zwerge gefordert hatten. Er ging nach Feuerland, und inmitten aufzischenden Wasserdampfes und schwarzrotglühendem Magma stieß Dalan das Schwert Turasangor in das flüssige Urgestein der Erde.

In reinstem Weiß glühte es danach. Nicht der geringste Hauch des eisigen Blaus, das zuvor in dem Schwert geleuchtet hatte, war übriggeblieben.

So gerüstet ritt Dalan abermals ins Drachengebirge, das zu beenden, was er sich vorgenommen. Er fand den Drachen in seinem Nest. Fauchend wälzte er sich ihm entgegen.

Da zog Dalan Turasangor aus der Scheide. Der Drache wich zurück und wand sich, als ob allein das Leuchten des Schwertes ihm unerträgliche Schmerzen bereiten würde. Wie die Strahlen der Morgensonne blitzte Turasangor durch den Drachenhorst, und aus den Wunden, die es schlug, quoll dick und zäh das flammende Blut des Drachen. Kleiner und unscheinbarer wurde das Untier mit jedem Schlag, mit jedem Hieb, mit jedem Stoß. Dalan stand inmitten des Blutes und verbrannte nicht; denn wer in Feuerland gewesen ist, kann jedem Drachenfeuer widerstehen. Schließlich lag vor Dalan wieder jener kleine Drache, der ihn damals aufgefordert hatte, auf seinem Rücken zu reiten.

»Niemals wieder wirst du wachsen«, sagte Dalan und schob Turasangor zurück in die Scheide. »Und nun sprich. Lehre mich die Sprache des Feuers, denn nun weiß ich, wie du zu bekämpfen bist.«

So lernte Dalan von dem Drachen, und bald schon konnte er das Drachengebirge als Wissender verlassen.

IM HAIN DER ALTEN BUCHEN

Seit dem frühen Morgen stiegen Dalan und Oyano durch das Drachengebirge. Bisher war ihre Reise ohne Zwischenfall verlaufen.
Nur einen Drachen hatten sie gesehen, und der war schnell hinter einigen Wolken verschwunden. Dalan hatte sein Schwert gezogen, doch der alte Märchenerzähler beschwichtigte ihn: »Du hast deinen Drachenkampf bestanden. Es gibt Kämpfe, die muß jeder einmal in seinem Leben bestehen; und zwar ganz für sich und ganz allein!«
Nach einer trostlosen Nacht auf kantigen Felsen überquerten die beiden am nächsten Tag einen Paß und sahen vor sich ein Tal mit einem Buchenhain, welcher einen See umschloß. Darin ragten drei machtvolle Felsen aus dem Wasser.
Nach einem Abstieg auf schmalen Pfaden kamen Dalan und Oyano endlich zum Hain der Alten Buchen. Liebevoll strich der Blick des Märchenerzählers über die alten, ehrwürdig vor sich hin rauschenden Blätter, Zweige und Äste. Dann ging er traurig weiter, betastete hier die Rinde eines Baumes, starrte bei einem anderen angestrengt ins Grün des Blattwerkes, zerrieb da einen Keimling zwischen den Fingern, roch danach an seiner

Hand, eilte weiter und stampfte mit den Füßen auf die vertrocknete Erde rings um einen alten Baum, der sein Laub schon lange vor der Zeit fallen gelassen hatte.

»Die Alten Buchen«, murmelte er betrübt, »es ist, wie ich befürchtete. Sie sind krank und beginnen abzusterben.«

Auch Dalan sah nun die Lücken im Grün der Buchenblätter, die aufgeborstene Rinde, die verdorrten jungen Triebe in dem geheimnisvoll gewirkten Astwerk. Er folgte Oyano, der zu der Anlegestelle gegangen war. Schlammig trüb war das Wasser. Brackiger Gestank lag über dem Stillen See.

»Aydin hat ihren Weg in die Geheimen Grotten gefunden«, sagte Oyano und deutete auf einen Beutel, der an einer Buche lehnte, einen Mantel, der säuberlich danebenlag, sowie ein Paar Schuhe. »Wir werden am Fährplatz bleiben. Hier werden sie die Geheimen Grotten verlassen, denn die Zauberkraft des Wassers wird ihnen nun den Weg nicht mehr versperren. Wir werden sie daran hindern, mein Freund.«

Er warf seinen aus alten, bunten Flicken zusammengenähten Umhang von der Schulter, legte ihn ans Ufer des Sees und setzte sich mit überkreuzten Beinen darauf.

»Du meinst die Dunkelalben, nehme ich an«, wagte Dalan, ihn zu stören.

»Natürlich!« brummte Oyano. »Warte, bis die

Sonne untergegangen ist. Mondlos wird die kommende Nacht. Das werden sie nutzen.«
Dalan lockerte Turasangor in der Scheide. »Weshalb rufen wir nicht den Fährmann, lassen uns in die Geheimen Grotten übersetzen, suchen Aydin und schauen nebenher bei den Dunkelalben vorbei?«
»Wir würden Aydin nicht finden«, gab Oyano Auskunft. »Unermeßlich groß sind die Geheimen Grotten. Wo der Fährmann dich hinbringt, hängt von der Geschichte ab, welche du ihm bei der Überfahrt erzählen mußt. Denn dies ist der Preis, den der Fährmann verlangt. Selbst wenn ich wüßte, welche Geschichte Aydin ihm erzählte, niemals könnte ich sie so erzählen wie sie. Irgendwo würden wir landen in den Geheimen Grotten. Jeder, der sich aufmacht in die Geheimen Grotten«, Oyano nickte leicht mit dem Kopf in Richtung der drei mächtigen Felsen im See, »muß seinen eigenen Weg dort finden und auch gehen.«
Dalan setzte sich neben den alten Märchenerzähler. »Dann erzähl mir von den Geheimen Grotten und was es damit auf sich hat!«
»Ja doch, ja«, sagte Oyano endlich, als Dalan ihn nochmals drängte. Und während sich der Abend langsam über den Mittag legte, um die Nacht vorzubereiten, begann Oyano zu erzählen, von den Geheimen Grotten und vom Anfang der Zeit, von den Alten Buchen, den Dunkelalben und den

Blendsteinen. Seine Augen glänzten in einem ruhigen Feuer, seine Stimme war ungewöhnlich dunkel und warm: »Das alles geschah in den Zeiten, als es noch keine Wenns und Abers gab, welche die Welt nun beherrschen, sogar noch vor den Zeiten des Trotzdem, welches eine Wirklichkeit schafft, die noch schlimmer ist als alle Wenns und Abers zusammen. Dies alles geschah in der Zeit des Und – wo noch das eine möglich war und das andere auch, wo leben und sterben zusammengehörten wie lieben und lachen und alles bis heute noch so ist – zumindest für jene, welche noch um den Zauber der Worte wissen, die Macht der Steine, das Wissen der Buchenstäbe, die Magie der Musik, die Poesie des Feuers und die Reinheit des Eises. Für jene, die darum wissen, wie es ist, immer war und immer wieder sein wird, sei dieses Märchen geboren – und für all die anderen auch …«

»Fang doch endlich an!« sagte Dalan, und Oyano begann …

ZUR TIEFEN QUELLE

Leicht war es für Aydin und den blauen Vogel auf ihrer Schulter, sich im Labyrinth der Gänge, Stollen und Hallen zurechtzufinden. Die beiden hielten sich an die Ratschläge der Gnome, die ihnen den Weg zur Tiefen Quelle wohl beschrieben hatten. Nachdem sie so einige Zeit gegangen waren, bemerkte Aydin an den Wänden krakelige Linien, die sich, grob in den Fels geschlagen, kreuzten oder vieleckige Figuren bildeten.

»Schau nur«, bedeutete sie dem blauen Vogel. »Wer mag diese Zeichen gefertigt haben, und was mögen sie wohl bedeuten?«

»In der Karte der Gnome sind sie nicht vermerkt«, gab dieser zurück und ruckte, aufmerksam um sich schauend, mit dem Kopf. Aydin ging langsam weiter und versank in angestrengter Betrachtung der fremden Ornamente. Sorgfältiger waren die Striche an der felsigen Wand nun ausgearbeitet, feiner gehauen und von kundiger Hand gemeißelt. Hinein in Hallen voll geheimnisvollen Lichtes führten sie die Felsenbilder. Zwischen den Linien und Kerben an den Wänden begann es zu leuchten und zu blitzen in immer wieder neuen Farben und Formen.

»Dieser Weg führt in dunkle Gefilde der Geheimen Grotten«, ermahnte sie der blaue Vogel auf ihrer Schulter. »So sagt es die Gnomenkarte!«

Doch Aydin war gefangen von der blendenden Vielfalt der Felsenbilder. »Komm und schau!« rief sie lachend und ging in die hellen Hallen hinein. »Hier, ist dies wohl ein Einhorn? Oder doch ein Drache?« Aydin wandte sich dem blauen Vogel auf ihrer Schulter zu. »Was meinst du? Kannst du es auch sehen?«

»Ich sehe dunkle Linien in trügerisch hellem Licht«, erwiderte dieser mit belegter Stimme.

»Ich will wissen, wohin uns diese Bilder führen«, sagte Aydin und ließ sich nicht davon abbringen, weiterzugehen.

»Denk an die Worte der Gnome«, versuchte der Vogel sie aufzuhalten. Doch Aydin hörte nicht auf ihn. So plusterte er ungehalten sein Gefieder und krallte sich fester in ihre Schulter. Aydin sah nie beschriebene Fabelwesen, vielerlei Figuren und Gesichter, und manchmal glaubte sie sogar, sich selbst zu erkennen. Doch wenn sie dann innehielt, stellte sie fest, daß sie sich getäuscht hatte.

»Große Gefahren lauern hier, wenn die Gnomenkarte nicht lügt!« gellte der Vogel. »So halt doch ein in deinem Lauf und schau!«

Aydin hörte nicht auf ihn. Da pickte ihr der blaue Vogel heftig ins Ohr.

»Was machst du?« schrie sie aufgebracht. »Du tust mir weh!«
»Geh weiter, wenn du gesehen hast, was die Karte dir zeigt!« bekam sie zur Antwort. »Wenn du es wirklich willst, dann werde ich mit dir gehen, obwohl mir angst und bange ist bei dem Gedanken, was uns wohl erwartet.«
Nur mühsam zwang Aydin ihren Blick von den bunten Bildern an den steinigen Wänden. »Was meinst du?« fragte sie mit großen Augen.
»Sieh in die Karte der Gnome«, wiederholte der Vogel. »Schau hin und erkenne, wohin dich dieser Weg führt!«
Als Aydin endlich die Karte der Gnome nahm und darin las, wurde sie bleich, und Schweißtropfen glänzten auf ihrer Stirn. Geradewegs hinein in einen dunklen Teil der Geheimen Grotten hatte sie sich locken lassen von den bunten Bildern. Die Warnzeichen auf der Karte waren nicht zu übersehen.
Da erlosch das helle Licht, als ob jemand feuchte Asche auf ein Feuer geworfen hätte, und rings um Aydin brachen Felsen staubstinkend herab, bäumte sich die Erde auf, als ob sie unter grausigen Wehen Entsetzliches gebären würde. Das Mädchen wurde zu Boden geworfen. Flatternd stieg der blaue Vogel auf.
Dann war es sehr lange Zeit sehr still.
Schließlich richtete sich Aydin vorsichtig auf und

hustete sich den Staub aus der Kehle. Keines der bunten Bilder konnte sie noch an den Wänden entdecken. Stumpf und farblos häuften sie sich, scharfkantig zerbrochen, auf der Erde. »Eine Falle der Dunkelalben«, krächzte es hoch über ihr. »Das haben wir nun davon!«

Froh sah Aydin empor. Sie hatte schon gefürchtet, der blaue Vogel wäre zu Schaden gekommen durch das mächtige Schlagwetter. Doch dessen Gefieder war nur über und über mit grauem Staub gepudert, und er schüttelte sich ausgiebig, als er wieder auf ihrer Schulter saß. Dort aber reckte er seinen Kopf und wand ihn hin und her.

Aydin stand gleichfalls still. Trippelte da jemand in ihrer Nähe? Huschte dort etwas durch die Dunkelheit? Sie bückte sich und barg einige Steinsplitter in ihrer Hand. Ganz in der Nähe vermeinte sie tonloses Tuscheln zu hören. Doch die Dunkelheit, in welche das Licht nicht drang, war schwärzer als der dunkelste Traum, den Aydin jemals gehabt hatte. Das Tuscheln kam näher. »Sag, was du siehst«, flüsterte sie dem blauen Vogel auf ihrer Schulter zu.

»Nichts«, wisperte dieser. »Zu dicht ist diese Dunkelheit!«

»Gehen wir weiter.« Aydin deutete voraus, nachdem sie nochmals hastig in die Karte geschaut hatte. »Hier entlang!«

»Warum versuchen wir nicht einen Weg zurückzufinden?« wollte der Vogel wissen. »Die Gnome haben uns geraten, diesen Teil der Geheimen Grotten zu meiden!«

»Wenn ich die Karte richtig deute, ist es geradeaus viel kürzer, als wenn wir zurückgingen.«

»Manchmal sind weite Wege kürzer als alle Abkürzungen zusammen!« gab der blaue Vogel zu bedenken. »Und nicht jeder kurze Weg bringt einen schneller ans Ziel!«

Aydin zuckte mit der Schulter und ging los. Hinter ihr zischelte es tonlos, und manchmal schienen Steine zu knirschen unter schleichenden Tritten, die jedoch nicht näher kamen. Aydin ging, so schnell sie konnte, doch der Weg war schwierig. Immer wieder versperrten geborstene Felsen den Weg, mußte sie gefährliche Trümmerfelder überwinden.

Lange Zeit eilte sie an einer Schlucht entlang, die zu steil abfiel, um hinunterzuklettern, und die zu breit war, um darüber hinwegzuspringen. Näher trippelten die heimlichen Schritte hinter ihr, und ein kaltes, nebeliges Lachen ließ sie frösteln. Aydin griff in ihre Tasche und wog einen der scharfkantigen Steine in ihrer Hand. Mit aller Kraft warf sie ihn dorthin, wo das Echo des Lachens noch in der Höhle rumorte. Sie hörte einen gedämpften, dumpfen Schlag. Dann war es still. Noch einen Stein warf sie und einen dritten. Doch diese prallten irgendwo gegen den Fels und zerprangen.

Da näherten sich die schleichenden Schritte wieder, und Aydin wandte sich zu panischer Flucht. Außer Atem entdeckte sie vor sich eine Hängebrücke, die von zerfaserten Tauen gehalten wurde. Ihr Ende verlor sich in der Schwärze über der Schlucht.

Aydin nahm sich keine Zeit nachzudenken. Schon war sie auf der schwankenden Brücke, klammerte sich fest und hangelte sich Schritt um Schritt, Armzug um Armzug über den Abgrund. Nebel waberte empor aus der Schlucht. Nirgendwo fand das Auge einen Halt, und auch das Seil der Hängebrücke spürte Aydins tastende Hand nicht mehr. Nichts gab es, was ihr eine Richtung hätte weisen können. Vor ihr breitete sich ein erschreckend dunkles, gähnendes Nichts aus, in welchem sich dichte Nebel zusammenballten. Erschrocken stand sie still. Eine gefahrvolle Ahnung wehte ihr aus diesen dunklen Schwaden entgegen.

»Was ist das und was verbirgt sich darin?« flüsterte sie.

»Vor uns liegt das Nirgendwo«, gab der Vogel duster zurück, »angefüllt mit den dunklen Nebeln des Irgendwie. Wer hier den rechten Pfad nicht finden kann, ist verloren! Wenn du rechtzeitig in die Karte der Gnome geschaut hättest auf deinem Weg, wüßtest du, wohin wir geraten sind! Geh! Ich werde dir sagen, wo du deinen Weg finden wirst.«

»Du kannst ja auch fliegen!« murmelte Aydin.

Dann schritt sie zögernd weiter. Seltsam weich und nachgiebig fühlte es sich an, keinen festen Tritt schien der Fuß zu finden. Dicht legten sich die Nebelschleier vor ihre Augen. Schon nach wenigen Schritten wußte Aydin nicht mehr zu sagen, woher sie gekommen waren, und noch viel weniger, wohin sie gingen. Der blaue Vogel wies sie einmal in diese, dann wieder in die entgegengesetzte Richtung. Dicker und dichter wurden die dunklen Nebel. Nassen, schweren Tüchern gleich umhüllten sie Aydin und den Vogel.

»Hier herüber, dort scheint es lichter zu sein. Siehst du denn nicht!« rief Aydin.

Doch der blaue Vogel schien sie nicht zu hören.

»Nur wer Vertrauen hat, findet hier den richtigen Weg!« sagte er statt dessen.

»Vertrauen in was?« wollte Aydin wissen.

»Auf den nächsten Schritt, immer nur auf den nächsten Schritt«, antwortete der blaue Vogel, »und dann wieder auf den nächsten Schritt.«

Gerade als Aydin sicher war, diese dicken Nebel mit Hilfe des blauen Vogels überwinden zu können, heulten kalte Winde auf und trieben die Nebelschwaden zur Seite. Sie erschrak, denn sie stand weder auf der wackeligen Hängebrücke noch auf festem Fels. Und doch fiel sie nicht. Unter ihr verlor sich ein Abgrund in schwindelerregende Tiefen. Und weit, weit dort unten, sah Aydin Sterne. Keines dieser funkelnden Sternbilder hatte sie schon jemals an einem ihr bekannten Himmel gesehen. Sie zitterte vor Angst. Hier gab es nichts, was Halt bieten konnte, außer der Stimme des blauen Vogels.

»Was ist das?« schrie sie entsetzt. »Wo sind wir?«

»Vertraue auf deinen nächsten Schritt«, antwortete der blaue Vogel, »nur auf deinen nächsten Schritt.«

»Aber wie soll ich ...?« rief Aydin verzweifelt. »Ich werde fallen!«

»Du bist seither nicht gefallen!« bekam sie zur Antwort.

Aydin sah auf ihren Fuß. Nichts gab es, wohin sie ihn setzen konnte. Doch dieses Nichts bot genügend Halt, wenn sie nur daran glaubte, daß sie nicht fallen konnte. So vertraute sie ihrem ersten Tritt ins Nichts, ging einen Schritt und fiel nicht. Dann ging sie noch einen Schritt. Und wieder fiel sie nicht.

Beim dritten Schritt begann Aydin zu zweifeln. Sie zögerte einen winzigen Augenblick, und schon fiel sie. Sie wußte nicht, wie lange sie hinabstürzte, den Schreckensschrei des blauen Vogels in den Ohren. Ohne sich etwas anzutun, klatschte sie in ekligen Schlamm, der seine schmierigen Arme um sie legte.

Als Aydin um sich schlug, um ihren Kopf über dem übelriechenden Schlick zu halten, verlor sie den Lederbeutel mit den Buchenstäben, und auch ihre

Lampe entglitt ihr. Sie versank und erlosch. Dunkel war es nun um sie.
Der Morast zerrte an ihr und drohte sie hinabzuziehen. Tiefer und tiefer versank sie darin.
»Ich kann nicht mehr, ich will nicht mehr!« schrie sie erschöpft. »Noch ein wenig«, rief der blaue Vogel. »Dort drüben ragt ein Stein über den Sumpf!«
Da faßte Aydin wieder Mut, kämpfte weiter und konnte sich schließlich aus dem schmatzenden Schlamm ziehen. Erschöpft hockte sie hin und knetete sich den zähflüssigen Schmutz aus den Haaren und vom Kleid. »Und nun?« fragte sie niedergeschlagen.
»Nicht weit entfernt sah ich einen weiteren Stein aus dem Schlamm ragen«, rief der blaue Vogel, der, die Umgebung erkundend, losgeflogen war, »und auch noch einen dritten. Danach führt ein Weg weiter hinein in den Fels.«
»Aber ich kann nicht mehr«, gab Aydin kopfschüttelnd zurück.
»Warte und ruhe, bis du wieder genügend Kraft gefunden hast. Niemand bedroht uns hier, und keiner kann uns etwas anhaben. Ich werde Wache halten und darauf achten, daß du im Schlaf nicht hineinfällst in den Sumpf!« sagte der Vogel.
So tat Aydin, was ihr der Vogel riet. Sie schloß die Augen und glitt in einen erschöpften Schlaf. Im Traum erschien ihr ein alter Mann. Er zeigte ihr seine offenen Hände und reckte sie ihr entgegen.

Die Worte, welche er sprach, verstand sie nicht. Aber sie begriff, daß die starken Hände sie gehalten hätten, wenn sie nur weitergegangen wäre, in den dunklen Nebeln. Als Aydin erwachte, fühlte sie sich frisch und ausgeruht und voll neuer Kraft. Mit angewidertem Gesicht ließ sie sich vom Felsen hinab in den Sumpf gleiten. Der blaue Vogel flatterte dicht über ihr und wies den Weg.

Wieder war sie dicht davor, sich hinabsinken zu lassen in die dunklen Tiefen, aufzuhören, sich durch den Schlamm zu kämpfen. Doch da hatte der blaue Vogel sie sicher zum nächsten Felsen geführt, und Aydin zog sich aufatmend daran hoch.

Wieder schlief sie, und wieder träumte sie. Dieses Mal jedoch hörte Aydin die Stimme einer alten Frau, welche nach ihr rief. Die Worte konnte sie nicht verstehen, doch die Stimme gab ihr Mut und sprach zu ihr die ganze Nacht. Als sie am Morgen erwachte, fühlte sie sich ausgeruht und stark. Wieder kämpfte sie gegen den Sumpf, sank ein, mühte sich empor und weiter, bis zum nächsten Felsen, den der blaue Vogel entdeckt hatte.

Wieder schlief sie ein, und wieder träumte sie. Dieses Mal sang eine helle Kinderstimme in ihrem Traum ein langes Lied. Wieder konnte Aydin die Worte nicht verstehen, aber ein weiteres Mal erwachte sie und fühlte sich ausgeruht und voll ungestümer Kraft. Nochmals wühlte sie sich durch den Schlamm, kämpfte darum, nicht hinabgezogen zu

werden, und endlich hatte sie den zähen Schlick überwunden.
»Die Lampe habe ich verloren und auch die Buchenstäbe«, murmelte sie, als sie auf festem Grund saß. »Nicht viel bleibt mir auf meinem Weg.«
Der Vogel setzte sich flügelschlagend neben Aydin. Lange Zeit zupfte er an einer kleinen Feder, legte dann hier und da flaumiges Blau zurecht, schnäbelte dort etwas Schmutz aus seinem Gefieder und schüttelte sich, bis alles so war, wie es zu sein hatte.
»Du hast etwas verloren. Nun gut!« versuchte er sie zu beruhigen. »Vielleicht kommt jetzt die Zeit, etwas zu finden!« Aydin seufzte. »Einfach nur hier sitzenbleiben ist wohl kein sehr guter Gedanke.« Sie entrollte die Karte der Gnome und mühte sich im vagen Dämmerlicht, ihre Zeichen zu entziffern. »Nicht mehr weit scheint es«, sagte sie.
Müde, aber mit frischem Mut machte sie sich auf den Weg, den Vogel auf ihrer Schulter. Wenig später vernahmen sie behäbiges Gemurmel und sahen eine sprudelnde Quelle, an welcher drei verhüllte Gestalten kauerten.
Aydin wußte, sie war bei der Tiefen Quelle angekommen.
Zögernd trat sie näher. Da warfen die drei Gestalten ihre Umhänge zurück und lachten sie freundlich an. Es waren der alte Mann, die alte Frau und das Kind, welche Aydin in ihren Träumen begegnet waren.

»Gib uns deine Kleider, damit wir sie säubern können«, riefen sie ihr zu. »Und du selbst, bade dir den Schlamm vom Körper!«

Das ließ sich Aydin nicht zweimal sagen. Im Nu hatte sie all ihre Kleider abgestreift und stieg in das prickelnd kühle Wasser der Tiefen Quelle. Sie rubbelte und schrubbte sich, bis ihre Haut rot war und das kalte Wasser darauf brannte, als sei es heiß.

Als sie sich später gegenüber saßen, sprach die alte Frau: »Du hast etwas verloren.« Sie griff in den aufschäumenden Strudel der Tiefen Quelle und zog daraus eine Lampe. Mit großen Augen nahm sie Aydin entgegen. Es war ihre Lampe, sie erkannte sie wieder.

»Nun wird dein Licht auch Farben kennen, und dies wird den Dunkelalben nicht gefallen!« sagte die alte Frau, während Aydin staunend die Lampe in den Händen drehte und sie bewunderte. Sie rieb daran, und das Rund um die Tiefe Quelle war in strahlend bunte Farben getaucht.

Da sagte der alte Mann: »Auch ich habe etwas gefunden, das dir verlorenging auf deinem Weg hierher.« Er griff in die Tiefe Quelle, und als er seine Hand zurückzog, reichte er ihr die fünf farbigen Buchenstäbe, welche sie im Sumpf verloren hatte. »Achte die Zeichen, welche in sie geritzt sind. Die meisten davon mißfallen den Dunkelalben sehr.«

Als Aydin die Stäbe nahm, sah sie an jedem Ende eine Zahl eingeritzt.

Verwirrt starrte sie zwischen den beiden hin und her. »Einen Märchenstein wollte ich finden! Aus diesem Grund habe ich mich aufgemacht in die Geheimen Grotten. Und nun reden alle in Rätseln zu mir? Warum gibt es immer wieder mehr Fragen, als Antworten?«

Der alte Mann lächelte. »Weil die richtigen Fragen die besten Antworten sind«, sagte er, »und alles seine Zeit hat, seine bestimmte Stunde.«

Die Frau griff nach Aydins Hand und strich begütigend darüber. In wechselndem Sprechgesang sagten der Mann und die Frau:

»Geboren werden hat seine Zeit, und Sterben hat seine Zeit.
Einreißen hat seine Zeit, und Bauen hat seine Zeit.
Weinen hat seine Zeit, und Lachen hat seine Zeit.
Klagen hat seine Zeit, und Tanzen hat seine Zeit.
Steine wegwerfen hat seine Zeit, und Steine sammeln hat seine Zeit.
Suchen hat seine Zeit, und Verlieren hat seine Zeit.
Schweigen hat seine Zeit, und Reden hat seine Zeit.
Lieben hat seine Zeit, und Hassen hat seine Zeit.
Leben hat seine Zeit, und Sterben hat seine Zeit.«

Das Kind unterbrach die beiden und begann mit heller Stimme zu singen. Aydin erkannte die Melodie. Sie hatte sie in ihrem Traum gehört. Sie nahm ihre Weidenflöte und spielte zum Gesang des Kindes:

»Träumen hat seine Zeit, und Tun hat seine Zeit.
Irren hat seine Zeit, und Entwirren hat seine Zeit.
Suchen hat seine Zeit, und Finden hat seine Zeit.
Sehnsucht hat seine Zeit, und Erfüllung hat seine Zeit.
Hoffnung hat seine Zeit, und Einsicht hat seine Zeit.
Wissen hat seine Zeit, und Fühlen hat seine Zeit.
Wahrheit hat seine Zeit, und Erkenntnis hat seine Zeit.
Demut hat seine Zeit, und Stolz hat seine Zeit.
Die Zeit hat keine Zeit und alle Zeit.
Zeit ist – einzig und allein!«

Das Kind verstummte. Die alte Frau und der alte Mann sagten liebevoll zu Aydin: »Nun ist deine Zeit gekommen. Nutze sie.«
Noch bevor Aydin ihrer Verwirrung Herr werden konnte, waren die beiden aufgestanden und umarmten sie. »Ein kleiner Stein ist es, welcher das Wasser hindert zu fließen, wie es soll. Tief im Damm der Dunkelalben steckt er. Ihn mußt du finden und herausziehen.« Dann gingen sie in den schäumenden Strudel der Tiefen Quelle und verschwanden darin.
»Auch ich will dir etwas mitgeben auf deinen Weg«, sagte das Kind. Es öffnete seine Hände. Darin lagen fünf farbige Körner, ein blaues, ein rotes, ein gelbes, ein weißes und ein schwarzes. Der

blaue Vogel flog auf und pickte mir nichts, dir nichts die fünf Körner auf. Ein Zittern durchzuckte ihn, kaum daß er das letzte gefressen hatte. Seine Augen hefteten sich starr auf Aydin, ein dürres Krächzen kam aus seinem Schnabel. Dann fiel er um und regte sich nicht mehr.

»Du hast ihn getötet!« schrie Aydin entsetzt auf.

Doch das Kind nahm den leblosen Körper des Vogels liebevoll auf. »Warte hier!« Dann ging auch das Kind hinein in den Strudel der Tiefen Quelle. Weinend sah ihm Aydin nach. Doch dann rieb sie sich die Augen, denn verschwommen sah sie, wie ihr eine junge Frau aus der Tiefen Quelle entgegenkam, mit Haaren, leuchtend rot wie die Blätter des Blutahorns im späten Herbst. Ein Köcher mit Pfeilen hing über ihrer Schulter, und in der Hand hielt sie einen meisterhaft gearbeiteten Bogen. In ihren Augen lächelte etwas Vertrautes.

»Mein Name ist Lana«, sagte das Mädchen. »Nun ist auch der letzte Teil des Fluches von mir genommen, und ich lebe wieder in meiner wirklichen Gestalt.«

»Ich verstehe nicht«, stotterte Aydin. »Du bist der blaue Vogel?«

»Ich bin Lana«, antwortete das Mädchen. »Nun laß uns sehen, wo die Dunkelalben den Damm errichtet haben.«

Noch ein wenig verwirrt hielt Aydin die buntschimmernde Lampe empor und ging, gefolgt von

Lana, dem Wasser der Tiefen Quelle nach. Niemand störte sie auf ihrem Weg, obschon dunkle Schemen hinter ihnen herhuschten. Doch wenn Aydin in ihre Richtung leuchtete, flüchteten sie. Prachtvolle Hallen durchschritten Aydin und Lana, als sie dem Wasser der Tiefen Quelle folgten, gebadet in gleißendes Licht von geheimnisvollem Ursprung; neben Wasserfällen kletterten sie hinab, überschüttet von Kaskaden prickelnden Wassers; geheimnisvolle Steine sahen sie im Fels schimmern und glimmen. Wie gerne hätte Aydin einen davon mitgenommen. Doch sie konnte sie nicht aus dem Fels lösen.
Endlich lag der Damm der Dunkelalben vor ihnen.
»Wie groß er ist!« sagte Aydin. »Wie soll ich den einen Stein finden, welcher ihn zum Einsturz bringt?«
»Du wirst es wissen, wenn du ihn in Händen hältst«, antwortete Lana.
Aydin zögerte nicht länger und stürzte sich kopfüber in die dunklen, stillen Fluten des aufgestauten Wassers. Hinab zur tiefsten Stelle tauchte sie. Dunkel war es, und Steine gab es dort wie Sand am Meer. Welchen davon sollte sie nun aus dem Damm ziehen? Unsicher griff sie hierhin und dorthin. Sahen die übereinander geschichteten Steine nicht alle ähnlich aus? Fühlten sie sich nicht alle gleich an unter ihrer tastenden Hand? Prustend tauchte sie auf und schwamm ein zweites Mal

hinab. Wieder konnte sie sich nicht entscheiden, und so mußte sie nochmals auftauchen, um Atem zu schöpfen.
Doch dann war sie sicher. Tief unten im Damm, dicht über dem felsigen Grund, drängte sich ein eiförmiger Stein in Aydins suchende Hand. Ohne große Mühe zog sie ihn aus dem Damm. Das aufgestaute Wasser hatte endlich einen Weg gefunden. Schneller und schneller strömte es hindurch.
Als Aydin atemlos auftauchte, hörte sie ein berstendes Krachen und im tosenden und schäumenden Inferno den Ruf Lanas: »Hast du schon jemals etwas so schön zusammenbrechen sehen? Ich komme mit!«
Im selben Augenblick wurde Aydin mitgerissen vom reißenden Strom des Wassers, welches den Damm der Dunkelalben unterspült und zum Einsturz gebracht hatte.

AM STILLEN SEE

»… Als alle Trotzdems, Wenns und Abers wieder da waren, wohin sie in Wirklichkeit gehören«, schloß Oyano sein Märchen, »da freuten sich die Unds, denn wohin sie auch sahen, die Welt war nicht mehr aufgeteilt, sondern vielfältig verbunden und gleichzeitig. Jeder Augenblick barg in sich die Unendlichkeit, und die Unendlichkeit war in jedem Augenblick.«

Dalan lag neben dem alten Märchenerzähler im Gras. Dunkelste Nacht umgab sie, kein Mond stand am Himmel, und dichte Wolken hielten auch das Licht der Sterne ab. Ein kaum spürbarer Windhauch flüsterte über ihnen durch das Laub der Buchen und kräuselte die nachtschimmernde Oberfläche des Stillen Sees.

»Gut und schön«, sagte Dalan nach einiger Zeit und richtete sich auf. »Mir aber wäre wohler, wenn ich wüßte, wo Aydin nun steckt, oder wenn ich wenigstens einige Dunkelalben begrüßen könnte. Zu lange sitzen wir hier schon untätig und warten.« Er klopfte auf sein Schwert, welches blankgezogen neben ihm lag. Oyano lächelte in den mondlosen Himmel. »Immer geschieht etwas, wenn ein Märchen erzählt wird. Manchmal schnell und gewaltig, ein anderes Mal unmerklich langsam, jedoch sehr beständig.« Er sog die Nachtluft ein, die nach modernden Buchenblättern, verzauberten Erinnerungen, alten Träumen und ein wenig Regen roch. »Ist es nicht eine Nacht voll wundersamer Ahnungen?« sagte er und schloß die Augen.

Dalan wollte zustimmend nicken, doch da vernahmen sie ein leises Wispern und Zischeln. Dunkle Schatten stocherten über den See auf die beiden zu. In den gesichtslosen Kutten flimmerten bunte Augen.

»Man soll die Nacht nicht vor dem Morgen loben«, flüsterte Dalan, griff nach Turasangor und drängte sich in den Schatten einer Buche, bis die Dunkelalben dem Ufer näher gekommen waren. Dann stürzte er vor und schwang angriffslustig sein Schwert. Die Dunkelalben kreischten schrill. Hastig stocherten sie zu den drei Felsen zurück, aber sie verschwanden nicht zwischen ihnen. Tonlose Wortfetzen in einer fremden, kargen Sprache blies der Wind über den Stillen See heran.

»Du hättest ihnen dein Schwert nicht vorschnell zeigen sollen«, sagte der alte Märchenerzähler und trat vorsichtig neben Dalan. »Nur einige waren es, und mir scheint, als würden sie auf andere dort warten.«

»Wir werden sie schon empfangen«, brummte Dalan, noch ein wenig enttäuscht von der schnellen Flucht der Dunkelalben. Er ließ die Schemen bei

den Felsen nicht aus den Augen, schob aber sein Schwert in die Scheide.
So standen der alte Märchenerzähler und Dalan einige Zeit schweigend an den Stamm einer Buche gelehnt. Mehr Dunkelalben waren inzwischen bei den drei Felsen versammelt. Doch noch näherten sie sich nicht dem Ufer.
»Ich will dir eine Geschichte erzählen, um die Zeit zu verkürzen, in welcher wir hier warten müssen«, brach Dalan das Schweigen.
»Du?« fragte Oyano erstaunt und wandte sich ihm zu.
»Ein Abenteurer erlebt Geschichten«, antwortete Dalan, ohne seinen Blick von den Felsen im Stillen See zu wenden. »Manchmal sind es Geschichten, welche auch Märchen sein könnten. Doch nun unterbrich mich nicht mehr.«

DAS ERBE DES GROSSEN KRIEGERS

Es war einmal ein großer Krieger. Der hatte zeit seines Lebens seine Kraft verkauft an Könige, Fürsten, Herzöge und andere Heilbringer, solange sie nur gut genug dafür bezahlten und er deren Sache für Rechtens hielt.

Unbezwingbar war er gewesen im Kampf, denn seine Waffen besaßen Zauberkraft. Das Schwert, das er führte, durchschnitt selbst Stein, und niemals wurde es müde in seiner Hand. Seine Streitaxt fraß sich wie von selbst durch einen Kampf, nichts konnte sie aufhalten. Und sein Speer traf sein Ziel, auch wenn dieses so weit entfernt war, daß es das Auge nicht mehr schauen konnte.

Drei Söhne hatte er, und diese strebten danach, zu werden wie ihr Vater: große, unbezwingbare Krieger mit Waffen voller Zauberkraft.

Eines Tages hatte der große Krieger das Kriegen satt. Von seinen Reichtümern kaufte er sich einen Hof und drei große Weinberge. Und diese bewirtschaftete er, solange es ihm Freude bereitete.

An einem lauen Winterabend sah er die Abendsonne hinter den Weinbergen versinken und rief seine Söhne zu sich.

»Nun werde ich dorthin gehen, wo ich noch nie

war«, sprach er. »Dieses letzte Abenteuer wird mein größtes sein, und ich muß es ganz allein bestehen. Euch aber will ich sagen, was euer Erbe sein soll.«

Da bekam jeder der Brüder einen der Weinberge. In jedem aber, so sagte ihnen ihr Vater, habe er eine seiner magischen Waffen vergraben, um sie vor Dieben zu schützen. Noch bevor er mehr sagen konnte, schloß der große Krieger die Augen und ritt lächelnd dorthin, wo seine Sonne untergegangen war.

Seine Söhne trauerten und trugen ihn zu Grabe, wie es der alte Brauch bestimmte.

Schon am nächsten Tag aber nahmen sie Spaten, und ein jeder begann in seinem Weinberg zu graben. Schwer war diese Arbeit, denn in der Erde steckte noch der Winter. Die Aussicht aber, eine der magischen Waffen des Vaters zu finden und damit ein großer Krieger zu werden, trieb die Brüder an. Keiner von ihnen fand jedoch, nach was er gesucht hatte. Da saßen sie enttäuscht zusammen und klagten sich ihr Leid.

Die Rebstöcke allerdings freuten sich, denn der Boden war hart gefroren gewesen und hatte ihre Wurzeln schmerzhaft eingeengt. Nun konnten sie wieder atmen und die Kraft der Erde nutzen.

Inzwischen war es Frühling geworden. Erste zarte Triebe keimten aus den Reben. Da dachten sich die Brüder: »Nun ist die Erde aufgetaut. Wir wollen

nochmals versuchen zu finden, was unser Vater vergraben hat.«
So zogen sie wieder hinaus mit Spaten und Schaufeln und gruben die Weinberge um. Die Reben dankten es ihnen und wuchsen wie nie zuvor.
Erschöpft und enttäuscht saßen die Brüder zusammen, als sie nach Wochen angestrengter Arbeit wieder nichts gefunden hatten in den Weinbergen. Als sie aber sahen, wie prächtig ihre Reben gediehen, lachten sie, aßen und tranken zusammen und ließen sich das Leben gefallen.
Der Sommer kam, und die Erde barst trocken auf unter heißer Sonne. Da sprachen die Brüder zueinander: »Laßt uns noch einmal versuchen, das Erbe unseres Vaters zu finden. Wer weiß, vielleicht haben wir noch nicht tief genug gegraben.«
Sie nahmen Schaufel, Spaten und Piken, gingen in ihre Weinberge, gruben tief und schwitzten sehr. Doch wieder war die Suche nach den magischen Waffen umsonst.
Die Rebstöcke jedoch wuchsen und gediehen, daß es eine Freude war.
Dann kam der Herbst. Prallvoll und süß hingen die Trauben in den Weinbergen der Brüder. Was war das für ein Wein, den sie daraus kelterten. Keiner im ganzen Land kam ihm gleich.
Das hörte auch der König. Er ließ nach den Brüdern schicken und sprach zu ihnen: »Wir hörten, Eure Weinberge seien die besten des Landes. Wir

wünschen sie zu kaufen, denn Wir mögen guten Wein. Laßt Euch vom Schatzmeister auszahlen.«
Da sahen sich die Brüder an und antworteten: »Den Wein verkaufen wir Euch gerne, Hoheit. Die Weinberge jedoch sind das Erbe unseres Vaters. Wir können sie nicht verkaufen.«
Da wurde der König zornig, ließ sie in Ketten legen und bei Wasser und Brot in den Kerker werfen. Doch die Brüder beriefen sich auf die Rechte, welche in einem alten Gesetz niedergeschrieben waren. Denen mußte sich auch der König, zwar murrend, aber dennoch beugen.
Doch er dachte sich: »Ich werde mir den Wein recht billig kaufen, denn die Brüder werden froh sein, wenn ich ihre Ketten löse.« Er nannte ihnen den Preis, welchen er bezahlen wollte.
Die Brüder aber schüttelten die Köpfe und antworteten: »Wasser und Brot und deine Ketten ertragen wir lieber, als daß wir unseren Wein zu diesem Preis verkaufen.«
Da gab der König nach, denn einen Wein wie diesen hatte er noch nicht gekostet. Er kaufte den Brüdern alle Fässer ab und zahlte einen guten Preis.
Der Winter zog ins Land und vertrieb den Herbst mit kalter Faust. Die drei Brüder saßen zusammen und sprachen: »Ein Jahr ist vergangen, in welchem wir nach dem Erbe unseres Vaters in den Weinbergen gruben. Wir haben nicht gefunden, nach was

wir suchten. Doch haben wir verstanden, welches Erbe wir erhalten haben. Laßt uns zu seiner Ruhestätte gehen, Zwiesprache mit ihm halten und ihm dafür danken.«

So gingen sie zu dem Grab ihres Vaters. Zu ihrem Erstaunen war der Hügel darüber eingestürzt, obwohl sie ihn doch mit großer Sorgfalt errichtet hatten. Als die Brüder sich daranmachten, ihn wieder aufzuschichten, glänzte Metall zwischen den dunklen Erdschollen.

Der Älteste grub mit bloßen Händen und hatte bald einen meisterhaft gearbeiteten Pflug aus der Erde gezogen. An der Pflugschar aber sahen die Brüder die Zeichen, welche sie einst auf dem Schwert ihres Vaters bewundert hatten. Da grub auch der jüngere Bruder in der lockeren Erde des eingestürzten Hügels. Er fand einen starken Schmiedehammer. Darauf war gerade jenes Muster, welches die Streitaxt ihres Vaters geschmückt hatte.

Nun schob der jüngste Sohn die Erde zur Seite, und auch er brauchte nicht lange zu suchen. Eine kunstvoll gearbeitete Feder zog er aus der Erde. Sorgsam säuberte er sie. Die Ornamente an ihr waren dieselben, welche einst dem Speer des Vaters Zauberkraft verliehen hatten.

Die Brüder schichteten den Hügel wieder über das Grab und dankten für das, was ihnen gegeben worden war. Einst hatten die Waffen ihres Vaters mächtige Kämpfe bestanden. Nun nutzten sie den Brüdern bei ihrer Arbeit Tag für Tag. Niemand im ganzen Land konnte solch prächtige Weinberge sein eigen nennen. Und die Weine der drei Brüder wurden gerühmt, Jahr für Jahr aufs neue.

DER WEG ZURÜCK

»Eine schöne Geschichte«, nickte der alte Märchenerzähler, »wenn sie nur öfter wahr würde. Doch so lange wird sie wohl als Märchen leben.«

»Manchmal sind Waffen mit magischer Kraft wünschenswert«, gab Dalan zurück. Er zog Turasangor aus der Scheide und ging ans Ufer.

Als ob alle Leuchtkäfer der Wälder ohne Wiederkehr hier am Stillen See ein Fest feiern würden, glimmerte und funkelte es zwischen den drei Felsen. So viele Dunkelalben hatten sich nun dort gesammelt. Es begann zu knarren und zu scharren. Die Dunkelalben stocherten auf ihren Flößen heran.

Oyano begann in der alten Sprache der Märchenerzähler vor sich hin zu murmeln, leise zunächst und ganz bedächtig. Seine Stimme wurde kräftiger und eindringlicher, je näher die Dunkelalben dem Ufer kamen. Dalan stand an der Anlegestelle, das Schwert bereit.

Da rissen die Wolken auseinander, und gerade hinein in diese Lücke schob sich ein voller, runder Mond. Dalan schaute sich verwundert nach Oyano um, doch dieser hatte den Blick erhoben und lächelte in den Himmel. Das sanfte Mondlicht versilberte den Stillen See. Hilflos umherstochernd versuchten die Dunkelalben dem Licht des Mondes zu entfliehen, denn darin sind sie blind. Flöße stießen zusammen, kippten, und dünne, tonlose Schreie stiegen in den Himmel. Noch immer drängten Dunkelalben zwischen den drei Felsen heraus.

Kein Floß gelangte an die Anlegestelle, denn da stand Dalan und schwang sein Schwert. An anderen Stellen aber taumelten die Dunkelalben blind ans Ufer, stolperten in den Hain der Alten Buchen und flohen, so schnell sie konnten.

Bei den drei Felsen im Stillen See begann es unheilvoll zu grummeln. Ein buntes Licht flammte dazwischen auf und näherte sich rasch. Dalan hielt Turasangor in beiden Händen, und seine Augen funkelten vor Kampfeslust. Es toste und schäumte über dem Stillen See. Eine Flutwelle wälzte sich hin zum Hain der Alten Buchen. Auf deren schäumendem Kamm wurde ein Mädchen herangetragen. Es hielt das buntstrahlende Licht in der Hand.

»Aydin!« rief Oyano gegen das Brausen des Wassers. »Hier bin ich!« Doch da hatte die mannshohe Welle sich schon am Ufer überschlagen und dem alten Märchenerzähler die Beine unter dem Leib weggezogen. Keuchend, hustend und in knietiefem Wasser watend richtete er sich auf. Dalan, der die Arme um eine Buche geschlungen hatte, war nicht gefallen. Der eben noch volle Mond war ver-

schwunden. Undurchdringliche Dunkelheit lag wieder über dem See.
»Wo ist nur die Lampe wieder?« schimpfte die vertraute Stimme Aydins in der Dunkelheit. Wenige Atemzüge später glomm ein bunter Funke auf in der Nacht, der rasch größer und heller leuchtete.
»Oyano? Habe ich richtig gehört? Bist du hier?«
Noch bevor dieser antworten konnte, gellte der warnende Ruf einer ihm fremden Stimme durch die Dunkelheit: »Da sind sie! Habt acht!«
Ein Pfeil schwirrte an Oyano vorbei auf den See hinaus. Ein tonloses Wimmern klagte auf. Dicht an dicht drängten sich dunkle Schemen mit flimmernd bunten Augen in der gesichtslosen Kutte am Ufer. Dalan stürzte los und schwang sein Schwert.
Wieder surrte ein Pfeil dicht an Oyano vorbei und traf sein Ziel. Dann war Dalan bei den Dunkelalben, und Turasangors Klinge fuhr leuchtend zwischen sie. Noch bevor Oyano etwas sagen konnte, stürmte Aydin an ihm vorbei, das buntstrahlende Licht vor sich haltend. Vor dem Strahlen dieser Lampe flohen die Dunkelalben. Dabei stimmten sie ein jammervolles Geheule an. Schaurig war es anzuhören, mißtönig schrillte es in den Ohren. Viele von ihnen wollten über den See zurück, um dem bunten Schein aus Aydins Lampe zu entkommen. Doch im Wasser des Stillen Sees wirkte nun wieder die Macht der Tiefen Quelle. Die Flöße der Dunkelalben versanken darin und mit ihnen alle,

welche darauf waren. Andere jedoch hatten einen Weg durch den Hain der Alten Buchen gefunden und waren in der Nacht verschwunden. Wie viele, wußte niemand zu sagen.

Nun lag der See wieder still, nur im Hain der Alten Buchen knackte und knaspelte, knisperte und knarzte es. Das Laub raschelte nicht mehr vertrocknet aneinander, sondern wisperte wieder in sattem Grün. So schnell hatte das zauberkräftige Wasser der Tiefen Quelle die Alten Buchen geheilt.

Aydin und Oyano hielten sich glücklich in den Armen, während Dalan und Lana sich abschätzend musterten.

»Kein schlechter Bogen, den du da mit dir führst«, stellte Dalan schließlich fest und stieß Turasangor in die Scheide.

»Dein Schwert kann sich auch sehen lassen«, gab Lana zurück und entspannte mit schnellem Griff den Bogen.

Später saßen sie gemeinsam am Feuer. Während die Nacht langsam verblich, erzählte Aydin von ihren Wegen in den Geheimen Grotten. Sie reichte Oyano die bunte Lampe, welche sie an der Tiefen Quelle erhalten hatte.

Der musterte sie anerkennend. »Solange diese Lampe Licht verbreitet, muß dir nicht mehr bange sein vor Dunkelheit und all dem, was sich vielleicht darin verbergen mag.«

Dann zeigte Aydin dem alten Märchenerzähler die Buchenstäbe. Oyano saß lange und betrachtete sie versonnen. »Noch mehr Zeichen hast du dir erworben«, sagte er dann strahlend, »und mächtige dazu. Geh sorgsam damit um, solange du noch nicht weißt, was hinter ihrer Gestalt verborgen ist.«
Schließlich zog Aydin einen grauen, eiförmigen Stein aus der Tasche ihres Kleides, der gerade Platz fand in ihrer geschlossenen Hand.
»Ich fürchte, einen Märchenstein habe ich nicht gefunden«, sagte sie betrübt. »Dies ist der einzige Stein, den ich aus den Geheimen Grotten mitgebracht habe. Zu schnell haben mich die Fluten weggerissen, als ich ihn aus dem Damm der Dunkelalben zog.«
Oyano nahm den unscheinbaren Stein und wog ihn in seinen Händen. Ein verstecktes Lächeln stahl sich in seine Augenwinkel, und auch um seine Lippen zuckte es. »Wer kann schon sagen, welche Kraft er in sich trägt«, murmelte er und reichte ihn Aydin zurück.
Die zuckte mit der Schulter und nahm ihn wieder an sich.
»Wie kam es, daß der Mond am Himmel stand?« wollte sie dann von Oyano wissen. »Ist heute nicht die Nacht, in welcher er der Welt nicht scheint?«
Der alte Märchenerzähler lachte: »Die Macht der Blendsteine habe ich genutzt, und davon gab es

viele auf den Flößen. Sie haben den Mond am Himmel gespiegelt, ganz wie ich es ihnen erzählte. Und die Dunkelalben glaubten, er sei wirklich.«
»Du hast die Blendsteine genutzt, obwohl sie das Werk der Dunkelalben sind und einen dunklen Zauber in sich tragen?« fragte Dalan erstaunt.
»Niemand kann ein wirklicher Märchenerzähler sein, der nicht auch um die Macht dunkler Magie weiß«, gab da Oyano zurück. »Vom Licht kann nur erzählen, wer auch die Dunkelheit kennt.« Obwohl der Morgen noch nicht graute, drängte der alte Märchenerzähler zum Aufbruch. Nicht wenige der Dunkelalben waren dem Kampf entkommen und jetzt sicherlich schon unterwegs zu den Menschen. Die nächstgelegene Stadt war die des Dikken Königs.

DALAN FÜHRTE SIE sicher über verborgene Klettersteige durch das Drachengebirge. Er kannte hier manchen Weg und Steg, der anderen unbekannt war. So kamen sie schnell voran und waren am Nachmittag im karstigen Land, wo sie ihre Reittiere zurückgelassen hatten.
Im gestreckten Galopp jagten sie dann zurück zur Stadt des Dicken Königs. Lana saß hinter Dalan. Oyanos Maultier gab sein Bestes, verdrehte aber immer wieder mitleidheischend die Augen und stöhnte fortwährend, als sei ihm das Gewicht von Oyano und Aydin zu schwer.

Kurz vor der Stunde, an welcher die Zeit für den Augenblick eines Augenblicks verweilt, um sich zurückzubesinnen auf den alten Tag und sich vorzubereiten auf den neuen, sahen sie den vertrauten Schattenriß der Stadt des Dicken Königs vor sich. Feuer brannten auf den Stadtmauern, über dem Stadttor hantierten Männer mit Pechkesseln, großen Steinen, Lanzen, Pfeil und Bogen.

»Was geht hier vor?« flüsterte Aydin. »Es scheint, als erwarteten sie den Angriff eines feindlichen Heeres.«

Eine weiße Eule strich über sie hinweg und kauzte drängend.

»Zur verborgenen Pforte«, befahl Oyano. »Was ich sehe, mißfällt mir sehr.« Der alte Märchenerzähler schlug dem Maultier die Fersen in die Flanken, daß dieses erschreckt ausschlug und davongaloppierte, als sei das ewige Feuer hinter ihm her. Dalans Hengst hatte Mühe, ihm zu folgen.

IM TIEFEN SCHATTEN der Stadtmauer lag die verborgene, kleine Pforte. Keinen einzigen Menschen sahen sie auf ihrem Weg zu Aelas Haus.

Dort klopfte Oyano wie gewohnt: drei Mal, zwei Mal, ein Mal. Doch nichts regte sich. Ein wenig lauter schlug der Märchenerzähler nun mit der Faust gegen das geschlossene Tor. Doch wieder wurde ihnen weder geöffnet, noch vernahmen sie irgendein Geräusch.

Da lief Aydin hinter das Haus, stieg auf ein Regenfaß und zwängte sich durch eine Lücke zwischen Dachbalken und Schindeln. Wenig später öffnete sie leise das Tor zum Innenhof. Nirgendwo brannte ein Licht. Aydin rieb an ihrer Lampe. Bunt wie ein heller Tag erstrahlte sie. Weder Gwen noch Aela waren zu finden, aber die noch auf dem Herd stehenden Töpfe, das schmutzige Geschirr, die hingeworfene Arbeit auf dem Tisch deuteten auf einen hastigen Aufbruch.

»Zum Schloß«, drängte der alte Märchenerzähler.

Aydin rannte voraus, denn ihr waren die Schleichwege, die versteckten Winkel, die Hinterhöfe und verborgenen Durchgänge in der Stadt des Dicken Königs bekannt. Sie war all diese Wege schon gegangen. Bald waren sie an dem großen Platz vor dem Schloß. Hier wimmelte und wuselte es von Menschen, welche aufgeregt durcheinanderliefen. Als sie sahen, wer da über den Platz rannte, hielten sie inne.

»Wer ist es, der da mit Aydin läuft?« wurde leise getuschelt und flüsternd umhergefragt. Nicht wenige hatten Oyano, den alten Märchenerzähler, schon einmal gesehen. Der Mann mit dem blitzenden Schwert und die Frau mit Pfeil und Bogen jedoch waren niemandem vertraut.

Vor dem Schloßtor hielt ein Trupp Männer mit gezogenen Schwertern Wache. Aufgeregt berichteten sie: »Dunkelalben sind ins Schloß eingedrungen. Niemand konnte sie aufhalten. Die ganze Stadt bereitet sich auf den Angriff des großen Heeres der Dunkelalben vor, denn dort im Schloß, das sind nur wenige.« Aydin öffnete vorsichtig einen Flügel des großen Tores. Die Umstehenden hielten die Waffen bereit. Doch nichts geschah. Dunkel war der Park vor dem Schloß.

»Dalan und Lana«, hörte Aydin die Stimme des alten Märchenerzählers, »helft die Stadt zu verteidigen. Sagt allen, nur wer seinen Blendstein zerbricht, kann den Kampf mit den Dunkelalben bestehen. Wir sehen nach, was hier im Schloß geschieht!«

Lautlos verschwand Aydin durch das Tor; Oyano folgte ihr, einem huschenden Schatten gleich. Schon leuchtete Aydins Lampe auf wie ein bunter Frühlingsstrauß im Mittagslicht.

Ungehindert gingen sie durch den Park mit seinen mächtigen Eichen und Linden, den sorgsam gestutzten Hecken, den überwucherten Lauben mit den verschwiegenen Bänken darunter. Die Seerosen des kleinen Teiches begannen sich zu öffnen, als das Licht aus Aydins Lampe auf sie fiel, denn sie glaubten, der neue Tag hätte begonnen, und auch den Sonnenblumen erging es nicht anders. Sie wandten ihre prallgelben Köpfe und sahen den zweien nach, wie sie ins Schloß gingen.

Als sie das Portal öffneten, glaubten sie ein Stöhnen zu hören. Sie blieben stehen und lauschten. Doch nur der Wind strich durch die Büsche und Hecken des Parks. Leise gingen die beiden weiter. Auch im Schloß waren alle Fackeln und Kerzen gelöscht. Einzig Aydins Lampe leuchtete bunt und gab ihnen Licht.

Unter ihren Schritten knarzte der Boden. Der alte Märchenerzähler runzelte die Stirn. Auch Aydin stockte, denn die Eingangshalle war aus reinstem Marmor, und doch stöhnte es unter ihren Schritten, als gingen sie auf dünnen, alten Brettern. Oyano winkte Aydin, ihm zu folgen.

Die breite Empfangstreppe begann zu rumpeln, als sie emporgingen, wölbte sich ihnen entgegen. Aydin stürzte. Der alte Märchenerzähler stand, wenn auch ein wenig schief, noch immer sicher auf einer Stufe. Der Rest der Treppe wand sich wie eine Schlange, welche an ihrer Beute würgt.

»Schnell«, rief Oyano, »wer weiß, wieviel Zeit noch bleibt.« Er wartete, bis Aydin bei ihm stand. »Bleib dicht neben mir. Noch erkennt das Schloß mich als einen Freund.«

»Wie meinst du das?« fragte Aydin, während sie nun nebeneinander die Treppe emporstiegen. Jede Stufe, die sie betraten, war auf wundersame Weise ruhig und entzog sich ihrem Schritt nicht. »Das Schloß selbst kämpft in seinen Grundfesten einen Kampf gegen einen mächtigen Feind. Mich kennt es noch aus alten Tagen. Einst habe ich Märchen

erzählt im Saal des Großen Rates«, antwortete Oyano.
»Das Schloß?« fragte Aydin erstaunt.
Oyano nickte, während es um sie ächzte, polterte und stöhnte im Gebälk. »In jedem Haus, in jeder noch so kleinen Hütte, lebt etwas von der Kraft derer, die es bauen, darin arbeiten oder wohnen. Nur in Zeiten großer Gefahr beginnt sie zu wirken.«
Auch der breite Gang, an dessen Ende die zweiflügelige schwere Tür zum Saal des Großen Rates zu sehen war, wand und drehte sich wie ein Wurm am Angelhaken. Dort aber, wo der alte Märchenerzähler mit Aydin ging, lag er ruhig und eben.
Mit Donnerschlägen schienen tief im Gewölbe unter dem Schloß die Fundamente zerspringen zu wollen, als sie vor der Tür zum Saal des Großen Rates standen. Aydins bunte Lampe begann zu flackern, leuchtete schwach und schwächer. Dann erlosch sie, und sosehr sich Aydin auch mühte, die Lampe spendete ihnen kein Licht mehr.
»Es ist hier dunkler als dunkel«, murmelte sie.
»Hier wirkt auch eine Macht, die dunkler ist als jede Dunkelheit«, gab Oyano zurück.
Das Schloß um sie bebte und schien aus allen Fugen geraten zu wollen. Die Mauern schüttelten sich, daß der Mörtel flog. Bilder fielen von der Wand, manch schöner Zierat brach entzwei, und viele Ornamente an den Decken und Wänden bekamen Risse oder zersprangen. Entschlossen stieß

der alte Märchenerzähler die Tür zum Saal des Großen Rates auf.

Im selben Augenblick war es so still, daß der Widerhall des vergangenen Lärmens schmerzhaft in den Ohren sirrte.

Grellbuntes Licht flammte durch den Saal des Großen Rates. Aus neun Blendsteinen kam es. Die waren so groß, daß hinter jedem ein Dunkelalb stehen mußte, um ihn aufrecht zu halten. In einem weiten Kreis umringten sie den Thron des Dicken Königs und seine Ratgeber. Reglos starrten diese mit aufgerissenen Augen in die Blendsteine, als ob darin ihre geheimsten Wünsche und Träume leben würden. In ihrer Mitte lag Gwen mit geschlossenen Augen auf dem Boden. Schützend schien sich Aela über sie zu beugen. Doch weder Gwen noch die Heilerin bewegten sich. Grelle Blitze aus den Blendsteinen zuckten über ihnen und flimmerten um sie.

Oyano grummelte unheilvoll in seinen Bart. Dann rannte er los, hin zu Aela und Gwen. Ein Feuerwerk blendender Blitze prasselte ihm entgegen. Der alte Märchenerzähler versuchte sie abzuwehren mit den Händen. Doch zu viele waren es, welche ihm entgegengeschleudert wurden. Er wankte unter ihren Treffern, sein Schritt stockte. Schließlich fiel er auf die Knie. Schweißnaß war sein Gesicht, die Augen hielt er geschlossen, wie ein Gebet wiederholte er immer wieder einige Sätze in einer

sonderbaren Sprache, während er mühevoll weiterkroch, hin zu Aela und Gwen.
Da erhob sich hinter dem Thron des Dicken Königs ein Dunkelalb, so schwarz, wie ihn die Welt noch nicht gesehen hat. In seiner Hand hielt er ein silbern schimmerndes Dreieck. Oyano stöhnte auf. Doch noch immer kämpfte er sich weiter, Klafter um Klafter, Elle um Elle.
Aydin nahm all ihren Mut zusammen. Sie ordnete die fünf farbigen Buchenstäbe aus dem Lederbeutel zu einem zehnstrahligen Stern. Dann folgte sie entschlossen Oyano und ging hinein in den Kreis der Blendsteine. Auch gegen sie schleuderten diese ihre schmerzhaft grellen Blitze, doch alle verloren sie ihre Kraft an dem Stern aus Buchenstäben, welchen Aydin in der ausgestreckten Hand vor sich trug.
Der Dunkelalb hinter dem Thron des Dicken Königs blähte sich zu riesiger Schwärze. Gesichtlos war die dunkle Kutte, doch die buntflimmernden Augen darin brannten voll kalter Wut.
Als Aydin neben Oyano trat, versuchte sich dieser mühevoll aufzurichten. Der Dunkelalb hielt das scharfkantige, schimmernde Dreieck drohend erhoben.
»Der Stein«, stieß Oyano stöhnend hervor.
Aydin verstand nicht, was der alte Märchenerzähler ihr sagen wollte.
»Wie?« schrie sie verwirrt. Doch was immer auch

Oyano antwortete, es ging unter im Zischen der grellen Blitze rings um sie.
»Der Stein«, murmelte sie schließlich erleichtert. »Natürlich!« Schon hielt Aydin den unscheinbaren Stein, den sie aus dem Damm der Dunkelalben gezogen hatte, in ihrer Hand.
»Und nun?« wandte sie sich ratlos an Oyano. Doch der alte Märchenerzähler hatte die Augen geschlossen, und sein Gesicht war weiß vor Anstrengung und Schmerz.
Aydin starrte dem schwarzen Dunkelalb entgegen, der langsam näher kam und sich nun zurückbeugte zum Wurf. Das scharfkantige Dreieck surrte blinkend auf Aydin zu.
»Der Stein!« hörte sie die Stimme des alten Märchenerzählers noch einmal. Ob Oyano neben ihr wirklich gerufen hatte oder ob sie sich nur an seinen Ruf erinnerte, wußte Aydin nicht zu sagen. Doch sie hielt den Stein aus den Geheimen Grotten dem Dreieck des Dunkelalben entgegen. Als ob es sich durch etwas Zähes fressen müßte, wurde der Flug des kreisenden Dreiecks langsamer und langsamer. Mit einem kaum hörbaren Knirschen stieß es schließlich gegen den Stein, den Aydin vor sich hielt, glühte auf und zerbarst klirrend.
Mit einem leisen Knacken brach der Stein in Aydins Hand entzwei. Ein nachtblau schimmernder Ring lag darin, der sternengleich goldene Funken versprühte. Mit großen Augen nahm Aydin den

Ring aus Stein und steckte ihn an ihren Finger. Sein goldener Schimmer wurde heller und stärker und umhüllte sie wie eine schützende Haut.

Grausig geifernd kam der schwarze Dunkelalb näher. Zu riesiger Größe war er gewachsen. Aydin reckte ihm ihre Hände entgegen. Der Stern aus Buchenstäben in ihrer Rechten ließ jeden Blitz der Blendsteine rings um sie wirkungslos verpuffen. Und der Ring aus Stein an ihrer Linken überschüttete den riesigen Dunkelalben mit Sternenstaub aus purem Gold. Da begann dieser zu schrumpfen. Er wurde kleiner und immer kleiner. Schließlich verschwand der Dunkelalb in einem winzigen, garstig krachenden, schwarzen Blitz.

Mit einem letzten grellen Tosen brachen die neun großen Blendsteine in sich zusammen und begruben die Dunkelalben unter sich. Eine merkwürdig friedliche Stille ließ Aydin verwirrt um sich blikken. »Was ist geschehen?« Sie starrte auf den Ring aus Stein an ihrer Hand.

»Du hast ihn dorthin gebannt, wo er hingehört«, sagte Oyano mit schwacher Stimme. Aschfahl war sein Gesicht, die Augen glänzten wie bei hohem Fieber. »Das war knapp.« Er beugte sich zu Aela und Gwen, die sich benommen aufrappelten.

Wie aus einem hundertjährigen Traum erwacht, schüttelten sich der Dicke König und all seine Ratgeber. »Die Dunkelalben greifen an!« riefen sie und stürzten aus dem Saal, ohne Aydin, Gwen oder

Oyano zu bemerken. »Weckt die Stadt! Ruft die Wachen! Bereitet Pech und Schwefel vor!«
Als sie jedoch auf die Stadtmauer kamen, waren die Dunkelalben schon lange zurückgeschlagen. Seit dieser Zeit kennt jeder in der Stadt des Dicken Königs Dalan und dessen Schwert Turasangor und auch Lana, deren Pfeile niemals das Ziel verfehlen.

IHR HABT EUCH ziemlich Zeit gelassen. Fast wäre es zu spät gewesen!« sagte Aela, als sie alle zusammen in ihrem Haus saßen, aßen und tranken, daß es eine Freude war.
Oyano schwenkte den Wein im Kelch. »Wir kamen, so schnell wir konnten.« Er nahm einen Schluck und ließ ihn über seine Zunge rollen. »Du hättest auf uns warten sollen«, fügte er hinzu, nachdem er ihn, anerkennend schnalzend, getrunken hatte. »Gemeinsam wäre es sicher leicht gewesen, die Dunkelalben zu bannen und die Blendsteine zu zerstören.«
»Zu mächtig war der schwarze Dunkelalb schon geworden, und in seinem silbernen Dreieck wirkte ein starker Zauber«, gab Aela zurück. Sie schüttelte sich, als ob ihr furchtbar kalt sei. »Nicht mehr lange und der Dicke König wäre mitsamt seinen Ratgebern völlig willenlos gewesen. Niemand kann der Macht solch großer Blendsteine lange widerstehen.«

»Hast du gewußt, welche Macht in diesem Ring verborgen ist, Oyano?« wollte Aydin wissen.
Der lächelte und zuckte mit der Schulter. »Schließlich hast du ihn von deinem Weg in den Geheimen Grotten mitgebracht.«
Da klopfte es an der Tür. Verwundert ging Dalan, um zu öffnen. Als er zurückkam, folgte ihm der Herold des Dicken Königs.
»Eine Botschaft Eurer Hoheit, des Dicken Königs, soll ich überbringen«, begann er. »Seine Hoheit und die Ratgeber bitten Aydin, im Saal des Großen Rates zu ihnen zu sprechen.«
Ein wenig verlegen zog Aydin ein Tuch aus der Tasche und putzte sich die Nase. Dann berührte sie den Ring aus Stein an ihrem Finger und lächelte. »Ich werde mit Euch kommen.«
All die anderen folgten ihr, denn das wollten sie sich nicht entgehen lassen.

HERZLICH WURDEN SIE vom Dicken König begrüßt. Allen Ratgebern mußte Aydin die Hand drücken, denn jeder wollte den Ring bestaunen, den sie an ihrer Hand trug.
»Wir haben gehört«, sagte der Dicke König, »wie Ihr Uns selbst, die Ratgeber und die ganze Stadt gerettet habt. So haben Wir beschlossen, Euch zu danken.«
Aydin stand verlegen und wußte nicht so recht, wo sie hinschauen sollte. Der Dicke Königs räusperte

sich. »Wir wollen Euch ein Haus schenken, hier in unserer Stadt, denn Wir wollen, daß Ihr hier bei Uns lebt und wohnt. Ihr sollt Uns berichten von Eurem Weg durch die Geheimen Grotten und wie Ihr Euren Ring aus Stein gefunden habt.«

Da begann Aydin zu strahlen und freute sich sehr. Als sie aber zu Lana schaute und in deren Augen sah, runzelte sie nachdenklich die Stirn. Dann antwortete sie: »Gerne will ich Euer Geschenk annehmen und mir ein Haus suchen in dieser Stadt. Dort werde ich wohnen, wenn ich hierher komme.« Wieder sah sie zu Lana und lächelte. »Doch es gibt noch vieles, was ich zuvor erfahren muß.« Ein wenig enttäuscht waren da der Dicke König und auch seine Ratgeber, denn sie hatten sich gewünscht, daß Aydin sogleich ein Haus beziehen würde in der Stadt. Jemand mit solch einem Ring an der Hand, wäre sicher nicht zum Schaden aller gewesen, welche hier leben.

»Ich will Euch ein Märchen erzählen, bevor ich mich auf den Weg mache«, sagte Aydin zum Dikken König und den Ratgebern. »Es berichtet von den jungen Tagen dieser Stadt. Auch damals schon regierte hier ein Dicker König, und eine große Gefahr bedrohte ihn und die ganze Stadt.«

Da setzte sich der Dicke König auf seinen Thron, und Aydin begann …

DER SCHATTEN DES DICKEN KÖNIGS

Es war einmal eine Stadt. Die hatte zwar noch keine lange, stolze Geschichte, aus der sie hätte lernen und Erfahrungen schöpfen können, dafür aber einen großen dicken König, der gerne aß und trank und sich mit anderen dicken Männern umgab.

»Männer von Gewicht benötigt meine Stadt mehr als alles andere«, pflegte er zu sagen, »denn nur diese werden von den Fährnissen des Lebens nicht aus der Bahn gebracht und von den Stürmen der Welt nicht umgeworfen!«

Wer von seinen Ratgebern dachte, er sei noch nicht gewichtig genug, das Hemd nicht prall gespannt über dem Wanst, die Hosen nicht zum Platzen ausgefüllt, der versteckte sich bei solchen Worten schnell hinter den Männern mit dem rechten Gewicht.

So polternd fröhlich sich der Dicke König aber oft gab, so unglücklich war er im geheimen, wenn er ganz alleine war. Dann zog er undurchdringliche Stoffe vor die Fenster, sperrte alles Licht aus, löschte die Kerzen, Lampen, Fackeln in seinen königlichen Gemächern. Denn nichts auf dieser Welt ängstigte den großen Dicken König mehr als sein eigener Schatten. Wie oft schon hatte er versucht, diesen mit dem Mantel der Geschichte, der ihm selbst immer noch nicht so recht paßte, obwohl seine Hofschreiber schon jahrelang daran woben und wirkten, zu verdecken. Allein, der Schatten des Dicken Königs ließ sich in diesem Mantel, der ansonsten wundersam und nützlich alles Unliebsame verhüllte, nicht unterbringen.

Da wurde der Dicke König zunächst sehr unglücklich, sodann aber furchtbar zornig.

»Dünnbrettsitzer und Läusegewichte«, beschimpfte er seine Ratgeber. Das waren zu der damaligen Zeit die schlimmsten Schimpfworte im ganzen Reich. »Nimmer kann die Stadt, die mir Anvertrauten und ich glücklich sein und werden, essen, trinken, Bölkquark reden, solange mir dieser unförmige Kloß von Schatten anhängt und mich immer und überallhin verfolgt und bedrängt! Ich werde euch alle auf Nulldiät setzen, bis ihr eine Lösung für dieses Problem gefunden habt!«

Da stöhnten die Ratgeber angstvoll auf, hielten sich den Wanst, als spürten sie darin schon das grimmige Knurren entsagungsreicher Leere, und zermarterten sich die Köpfe, bis ihnen der Schweiß über die Stirn perlte und die Mundwinkel kantig wurden vom angestrengten Denken. Schließlich hatte ein findiges Fliegengewicht unter den Ratgebern eine Idee. Er ließ den Hofmagier kommen, eine finstere Gestalt mit buschigen Augenbrauen. Sein schwarzer Umhang war mit geheimnisvollen

Ornamenten und Mustern bestickt. Als dieser hörte, über was die Ratgeber des Dicken Königs brüteten, lachte er. »Einen Schatten verschwinden lassen?« Der Magier warf sich in die Brust. »Nichts leichter als das! Hier, schaut dieses Messer. Ich habe es einstmals einer gutgläubigen Fee abgeschwatzt. Wenn ich damit einen magischen Kreis um ein Lebewesen ziehe, wird ihm niemals mehr ein Schatten anhaften können.«

Schon früh am nächsten Morgen überbrachten die Ratgeber, deren Magensäfte in Erwartung des üppigen Mahles, das ihrer jetzt hoffentlich harrte, troffen wie undichte Regenrinnen, dem Dicken König die frohe Nachricht. Dieser ließ eilends nach dem Hofmagier schicken, und jener schnitt ihm mit dem Feenmesser den Schatten, mir nichts dir nichts, einfach ab.

Wie freute sich da der Dicke König, als er einige vorsichtige Schritte wagte, um zu sehen, ob ihm sein Schatten noch folgte. Doch der blieb auf dem Boden liegen, wie ein achtlos weggeworfenes, dunkles Tuch. »Schafft dieses Ding hier fort!« Angeekelt schnipste er wurstfingernd. Dann befahl er, alle Vorhänge an den Fenstern zu entfernen.

Fortan warf der Dicke König keinerlei Schatten mehr, wohin er auch ging, wo er auch stand, saß oder lag. So lebte er einige Zeit fröhlich und vergnügt, bis ihm eines Tages auffiel, daß seine Ratgeber und alle Bediensteten des Hofes Schatten warfen. Noch in der selben Stunde erließ er ein Gesetz, wonach es bei Todesstrafe untersagt war, in seiner Gegenwart mit einem Schatten behaftet zu sein.

Da bekam der Hofmagier Rückenschmerzen, denn den lieben langen Tag hatte er jetzt damit zu tun, allen Ratgebern und Redeschreibern des Dicken Königs, den Lakaien und Lackaffen, den Zofen und Zauberkünstlern, den Wasserträgern und Weißwäscherinnen, den Köchen und Kaplanen, Hofdichtern und Haushunden, Geschichtsschreibern und Gauklern, Matronen und Mätressen die Schatten abzuschneiden.

Da war's der Dicke König zufrieden. Zumindest für eine kurze Zeit, bis er bei einer seiner seltenen Ausfahrten durch die Stadt in tiefen Schrecken verfiel, als er die vielen Schatten sah, die seinen Untertanen anhafteten. Noch in der selben Stunde verkündete der Dicke König ein Gesetz, nach dem sich alle Menschen in seiner Stadt ihre Schatten abschneiden zu lassen hatten. Mit dem Tode sollten diejenigen bestraft werden, welche dem Gesetz nicht unverzüglich nachkamen.

Was war das für ein Festen im Schloß des Dicken Königs und auch in der Stadt, denn vielen Menschen gefiel, daß sie nun mit einem Mal keinen Schatten mehr hatten, der sie bedrohlich dunkel verfolgte oder gar manchmal ihrem geschäftigen Gang in der Welt voraushuschte, als würden sie selbst hinter ihm hertaumeln müssen, ohne ihn jemals wirklich fassen zu können. Wie wurde da gegessen, getrunken und Bölkquark geredet, bis alle unter die Tische gefallen waren. Und dort dann beschlossen der Dicke König und seine Ratgeber, daß ihnen eine heilige Aufgabe übertragen worden sei. Sie überzeugten sich selbst davon, daß sie nun auch die übrige Welt von den unheimlichen und lästigen Schatten zu befreien hätten.

Und so geschah es. Der Dicke König ließ Heere aufstellen und kaufte sich Söldner, schickte sie in die umliegenden Städte und Reiche, diese von ihren Schatten zu befreien, sie zu befrieden und zu beglücken, mit dem Segen eines schattenlosen Lebens.

Die Stadt des Dicken Königs blutete unter der Last dieser Feldzüge. Doch die Menschen murrten nicht. Als ob sie keine Kraft zum Widerspruch mehr hätten, trugen sie die Bürde der Kriege. Schweigend, ausgezehrt, gebückt und in der Seele krank.

EINIGE WENIGE jedoch dachten nicht daran, dem Gesetz des Dicken Königs Folge zu leisten: diejenigen, die noch darum wußten, was hinter dem eifrigen Weben und Wirken der Hofschreiber und Ratgeber verborgen lag; jene, welche dem Dicken König, all seinen Gesetzen und Verordnungen schon immer mißtraut und heimlich gesagt und ge-

dacht hatten, daß das Gewicht des Königs für sie nicht der Maßstab aller Dinge sein konnte – und alle Märchenerzähler. Denn wirkliche Märchen finden sich nur an jener Grenze, wo die Schatten lebendig sind, jener dünnen Linie, wo sich Tag und Nacht berühren, Himmel und Erde, Feuer und Eis, Wirklichkeit und Traum.
Sie alle mußten sich verbergen oder fliehen, denn der Dicke König ließ sie verfolgen. Bekam er doch schon bei dem Gedanken, irgend jemand in seiner Stadt könnte noch einen Schatten haben, eine Gänsehaut und Schluckauf.

IN DEN WÄLDERN ohne Wiederkehr lebten zu jener Zeit nur Räuber und anderes lichtscheues Gesindel, aber auch Kobolde, Steinwichte, Elfen, silberschuppige Schlangen, zauberkundige Zwerge und, so wurde gemunkelt, sogar ein Einhorn.
Gerade dorthin aber war ein Mädchen geflüchtet, welches gerne Märchenerzählerin geworden wäre in der Stadt des Dicken Königs. Unter einer alten Buche, dicht an einem moosgrünen See, fand sie ein Zuhause. Es dauerte nicht lange und die kleine Hütte wurde zu einem verschwiegenen und friedlichen Treffpunkt für die verschiedensten Bewohner des Waldes. Hier fanden alle Ruhe, bekamen ein einfaches Mahl und wurden oftmals auch von Wunden geheilt, die sie sich im Kampf, im Streit oder bei der Jagd zugezogen hatten. Denn das

Mädchen wußte um das verborgene Wissen des Heilens mit ganz gewöhnlichen Kräutern, seltenen Beeren, verborgenen Wurzeln und edlen Steinen.
Im Laufe der Zeit jedoch geschah Seltsames in den Wäldern ohne Wiederkehr. Immer wieder berichteten Elfen oder Kobolde, Gnome, Zwerge und andere von unheimlichen Wesen, welche im Wald gesehen würden. Dunkle Schattengestalten, die vom Morgengrauen bis in die Nacht heulten und jammerten, daß es nicht zum Aushalten sei, und alle das Weite suchten, wo immer diese Wesen auch auftauchten.
Das Mädchen wußte guten Rat. »Sagt den Schattengestalten, sie sollen hierher kommen. Ich werde ihnen eine Heimstatt geben.«
Schon nach wenigen Tagen bemerkte das Mädchen, wie einige düstere Schatten um ihr Häuschen schlichen und dabei schaurige Klagelieder stöhnten, die in den Ohren schmerzten. Weit öffnete das Mädchen ihre Fenster und auch die Tür. Dann nahm es eine selbstgeschnitzte Weidenflöte und spielte darauf eine glockenhelle Melodie, die sich über ihre Hütte schwang, die Stämme der Bäume umschmeichelte, über Gestrüpp und Blumen strich und in ihrer bittersüßen Wehmut keinen Platz für andere Lieder ließ.
Nach und nach erstarb das Wehgeschrei der Schattengestalten. Stumm drückten sie sich in die kleine Hütte der Märchenerzählerin und lauschten,

selbstvergessen träumend, von besseren Zeiten. Elend sahen sie aus, zerknautscht und zerknittert, gedemütigt, geschlagen und getreten, verflucht, verfolgt und verbannt. Mehr und mehr davon fanden den Weg zu dem Mädchen in den folgenden Tagen. Und als der Mond sich wieder gerundet hatte, waren schließlich alle Schatten der Stadt bei der kleinen Hütte am See versammelt.

Kümmerlich vegetierten viele von ihnen dahin. Wer weiß, was geschehen wäre, wenn sie nicht ein wenig Trost und Hoffnung bei dem Mädchen gefunden hätten. Denn verstoßene Schatten verkümmern, werden klein und gemein. Dann gebären sie Alpträume, eitrigen Beulen gleich bersten sie auf und werfen den Keim des Bösen auf alle und alles, was sie erreichen können.

Eines Tages nun geschah es, daß das Mädchen dem Schatten des Dicken Königs begegnete. Fast hätte sie ihn nicht gesehen, so klein und verschrumpelt stand er vor ihr. Nicht größer als eine halbe Elle hoch und gerade so breit.

»Du schaust aber finster in den Tag«, begrüßte sie ihn.

»Bleib mir vom Leib!« fauchte der, duckte sich noch ein wenig mehr und bleckte dabei seine grauen Schattenzähne.

»Weshalb bist du so klein?« wollte das Mädchen wissen und setzte sich neben den Schrumpelschatten auf den Boden.

»Was glaubst du wohl, wie groß du gewachsen wärest, wenn dir ständig auf dem Kopf herumgetrampelt wird?« Herausfordernd reckte der kleine dicke Schatten des großen Dicken Königs sein Kinn in die Höhe und stellte sich, die Fäuste geballt, auf die Zehenspitzen.
Da entschuldigte sich das Mädchen für ihre Frage, denn sie hatte ihn nicht kränken wollen. Sie erzählte ihm ein Märchen von bösen Riesen und listigen Gnomen, von feuerspeienden Drachen und zauberkundigen Zwergen. Da lachte der kleine dicke Schatten des großen Dicken Königs, denn er mochte Geschichten, in denen Riesen mit List und Tücke in all ihre kleinsten Teile zerlegt und Drachen ohne viel Federlesens der Garaus gemacht wurde. Und so wie dem kleinen Schatten des Dicken Königs, erging es zuerst vielen, dann allen Schattengestalten des Reiches. Sie blieben bei dem Mädchen, und wenn sie zu verkümmern drohten, ließen sie sich ein Märchen erzählen, von der bedrohlichen Macht der Riesen, dem feuerspeienden Schrecken der Drachen und den listenreichen Einfällen der Zwerge, welche den scheinbar ungleichen Kampf immer wieder für sich entscheiden konnten.

DEN MENSCHEN IM REICH des Dicken Königs jedoch verstrichen die Tage seltsam eintönig und trostlos. Kein Wunder, waren ihre Nächte doch vollkommen leblos geworden. Seit die Schatten abgeschnitten waren, sanken die Menschen, sobald die Sonne hinter dem Horizont verschwunden war, unsagbar müde auf ihr Lager. Toten gleich, ganz ohne Träume, verbrachten sie die Nacht. Wenn sie dann am Morgen erwachten, fühlten sie sich gerädert, zerrissen und gevierteilt, noch bevor sie ihr Tagwerk begannen. Sie schoben das Elend ihrer Wirklichkeit auf die große Not in der Stadt, welche durch die Kriege des Dicken Königs verursacht worden war. Doch ganz tief in ihrem Innern ahnten sie, daß es für ihr Leid noch einen anderen Grund geben mußte.

Wie immer bemerkten die Menschen am Hofe und der Dicke König selbst davon erst, als die Generäle berichteten, es gäbe keine Ernte mehr auf den Feldern und daß die Soldaten zum Dienst gepreßt werden müßten und nicht mehr kämpfen wollten für die heilige Aufgabe.

Das gab den Ratgebern und dem Dicken König doch zu denken. Nicht auszudenken, was geschehen würde, wenn die Horden aus den eroberten Gebieten, an welchen zumeist noch Schatten hafteten, die Stadt überfallen würden. Der König würde eine Gänsehaut bekommen und Schluckauf, vielleicht auch Darmgrimmen und Durchfall, bestimmt aber einen fürchterlichen Schrecken.

Doch sosehr sich die Ratgeber auch mühten, sie alle hatten viel zu lange nur Bölkquark geredet, und so schwatzten sie aneinander vorbei, daß es eine helle Freude war. Keiner hörte dem anderen zu, alle sprachen durcheinander und zugleich und wollten gar nicht mehr aufhören damit.

In der neueren heilkundlichen Lehre wird diese Krankheit treffend auch als Sprechdurchfall bezeichnet.

So würden sie wohl auch noch heute dastehen und in der Flut ihrer sinnlosen Worte und Sätze ertrinken. Doch der Abend brach an, und mit ihm kam jene eigenartige leere Müdigkeit über sie. Und so eilten sie alle, so schnell als möglich, ihr Lager aufzusuchen.

Weder der Dicke König noch seine Ratgeber oder gar das übrige Volk wußten von der Gefahr, welche ihnen drohte.

Schon lange nämlich hatten die Riesen, die hinter den Wäldern ohne Wiederkehr hausen, und die Drachen aus dem Drachengebirge auf eine Gelegenheit gewartet, die Stadt und das Königreich zu zerstören und alle Menschen zu vernichten. Heimlich hatten sie sich verabredet, nachdem ihre Späher von der eigentümlichen Stille berichteten, die sich seit einiger Zeit Nacht für Nacht über die Stadt des Dicken Königs legte. Nun war ihre Stunde gekommen. In dieser Nacht endlich wollten sie angreifen und die Stadt vernichten mit allen, die darin waren und ihren totengleichen Schlaf schliefen.

WIE AN JEDEM ABEND versammelten sich die Schatten auch heute wieder in einem lockeren Rund um das Feuer vor der Hütte am See.

»Die Stunde ist gekommen«, sprach das Mädchen ernst. »Heute nacht müßt ihr zurück zu denen, die euch geboren haben. Heute nacht müßt ihr sie retten und mit ihnen die ganze Stadt!«

Das war mit einem Mal ein großes Durcheinander. »Wieso? Warum? Was ist geschehen?« fragten alle aufgeregt. Der Lärm wich schnell erwartungsvoller, angespannter Stille. Das Mädchen erzählte den Schatten, was in dieser Nacht mit der Stadt und all ihren Bewohnern geschehen sollte.

»Und aus welchem Grunde sollten wir uns einmischen? Sollen die Riesen und Drachen die Stadt doch dem Erdboden gleichmachen! Ich jedenfalls denke nicht daran, mich wieder an diesen widerlichen dicken König zu hängen! Ich bin froh, daß ich ihn los bin! Es geschieht ihm wohl recht. Er soll nur sehen, wohin er ohne mich kommt!« Aufgeregt wippte der kleine dicke Schatten des großen Dicken Königs von den Zehenspitzen auf die Fersen und wieder zurück.

»Tu lieber, was sie sagt«, meldete sich da ein anderer Schatten zu Wort. »Wenn die Stadt und ihre Bewohner vernichtet werden, wird es auch uns nicht mehr geben. Glaub ihr und mir, ich weiß, wovon ich rede. Bevor er auch mich abtrennen mußte, war ich der Schatten des Hofmagiers.«

Da gab es keinen Widerspruch mehr, und eilends machten sich die Schatten mit dem Mädchen auf, in die Stadt des Dicken Königs zurückzukehren. Gerade noch rechtzeitig trafen sie dort ein. Schon war von fern das mächtige Brausen der Drachenschwingen zu hören, und die Erde erbebte unter den polternden Schritten der heranmarschierenden Riesen. Die Schatten entzündeten alle Fackeln, Kerzen und Lampen, die sie finden konnten, und kehrten zu denen zurück, die sie dereinst abschneiden ließen, um sie aufzuwecken.
Die ersten Riesen kletterten über die Stadtmauer und polterten vandalierend durch die Gassen und über die Plätze. Doch wie hatten sich die Riesentölpel getäuscht. Sie hatten gedacht, in tiefem Schlaf gefangene Menschen, mir nichts dir nichts, niedermetzeln zu können. Doch alle, alle in der Stadt des Dicken Königs waren wach und munter und begannen plötzlich Dinge zu tun, die sie am hellichten Tage nie und nimmer getan hätten. Auf den Plätzen trafen sie sich, um zu musizieren. Jeder brachte sein Instrument mit, und ganz ohne Dirigent – oder war da irgendwo die nebelhafte Hand eines Schattens gewesen? – ertönte eine vielstimmige Melodie, deren Harmonie manch kleine Dissonanz übertönte. Und zu dieser Musik sangen andere, die niemals in ihrem Leben zuvor ein Lied über ihre Lippen gebracht hatten, und wieder andere tanzten, obwohl sie zuvor jahrzehntelang zu

Hexen, Heilern und Zauberkundigen gegangen waren, die es nicht fertiggebracht hatten, ihnen ihre Gliederschmerzen zu nehmen.
Die Riesen hielten wie vom Donner gerührt inne. Sie haßten und fürchteten Musik, Gesang und Tanz wie Wildschweine Badeschaum, und so kam es, daß sich viele Riesen selbst niederrannten, als sie in panischer Flucht versuchten, aus dieser musizierenden, singenden und tanzenden Stadt zu entkommen.
Andere auf den Straßen spitzten Federkiele, die lange stumpf und staubumhüllt vor sich hin gemodert hatten, putzten Pinsel, welche verklebt in der Ecke gestanden waren, tauchten sie in schwarze Tusche oder bunte Farben und spritzten damit umher, daß es eine Freude war. Kein Drache wagte sie anzugreifen oder auch nur in ihre Nähe zu kommen, denn jeder weiß, daß auch nur der kleinste Spritzer Tinte oder Farbe jeden Drachen sofort in die Flucht schlägt.
Wieder andere kämpften mit Dreschflegeln und Mistgabeln, mit Fischspeeren und Steinwürfen, mit kochendem Wasser und versteckt gespannten Stolperseilen. Von dem fröhlichen Kampfesgetümmel wird noch in fernen Generationen erzählt werden, ebenso von dem ausgelassenen Freudenfest, welches in der Stadt gefeiert wurde, bis die Sonne hoch am Himmel stand. Wie gut, daß das Mädchen den Schatten immer wieder Märchen da-

von erzählt hatte, wie am besten mit Riesen und feuerspeienden Drachen umgegangen werden sollte.

Selbst den Dicken König ängstigte nach dieser Nacht sein Schatten kaum noch. Und das, obwohl er, wenn er's recht bedachte, nicht genau wußte, wie es denn wohl zugegangen sei, daß der abgeschnittene Schatten wieder an ihm haftete. Und immer, wenn er ganz allein war und ihn sein Schatten doch einmal wieder ein Klitzekleineswenigchen ängstigte, erzählte ihm eine sanfte Stimme in seinem Herzen schnell ein Märchen davon, wie man Riesen in ihre allerkleinsten Teile zerlegt und feuerspeienden Drachen ohne viel Federlesens den Garaus macht.

ABSCHIED

Der Dicke König schien nicht ganz zufrieden mit dem Märchen, welches Aydin erzählt hatte, doch er schluckte hinunter, was immer er auch sagen wollte, und verabschiedete sich freundlich von ihr und den anderen.

Am nächsten Morgen standen Dalans Pferd und Oyanos Maultier gesattelt bereit. »Lerne bei Aela, was ich dir nicht beibringen konnte«, sagte Oyano und umarmte Gwen, die hier in der Stadt des Dikken Königs bleiben wollte. Dann wandte er sich Aydin zu. »Ich gehe zurück, in die Stadt am Meer. Dalan werde ich begleiten, bis zu den Wäldern ohne Wiederkehr.«

»Bis dorthin wollen wir gerne mit euch reiten, denn dort wartet eine kleine Hütte unter einer alten Buche, an einem See. In ihr will ich wohnen, bis ich mit Lana die Wälder ohne Wiederkehr erforscht habe, bis an ihre Grenzen und, wer weiß das schon, vielleicht darüber hinaus«, sagte Aydin zu Oyano und Dalan.

WIEDER REGNETE ES, als Oyano mit Aydin auf dem Maultier und Dalan mit Lana auf dem Hengst die Stadt des Dicken Königs verließen. Die Wachen, welche ihnen achtungsvoll das Stadttor öffneten, schlugen die Hacken zusammen, standen stramm und rammten ihre Lanzenschäfte in die Erde. »Ein bißchen weniger hätte es auch getan«, knurrte Oyano mißmutig, als sie an den Soldaten vorbei aus der Stadt ritten. Aber vielleicht rührte seine schlechte Laune auch daher, daß der kalte Nieselregen sie schon bald bis auf die Haut durchnäßt hatte.

»Die Gicht wird mich holen, das Zipperlein …«, begann Oyano schon nach kurzer Zeit.

»Nicht schon wieder!« wurde er von Dalan unterbrochen. »Los, komm! Wie in alten Zeiten! Ein Wettritt! Wer ist zuerst an der Hütte bei der alten Buche?« Dalan sah Oyano mit funkelnden Augen an. Dann schlug er seinem Hengst die Hacken in die Weichen, klatschte ihm mit der flachen Hand auf die Flanke und brüllte dazu: »Hey ho! Hey ho!«

Während Dalans Hengst davongaloppierte wie ein schwarzweiß gescheckter Blitz, beugte sich Oyano hinab zu den zuckenden Ohren seines Maultieres. Dieses verdrehte die Augen, noch bevor der alte Märchenerzähler begonnen hatte, seltsame Worte in einer seltsamen Sprache zu flüstern.

Nahezu gleichauf berührten Oyano und Dalan die alte Buche, unter welcher die Hütte stand. Das Maultier des alten Märchenerzählers aber lehnte sich an deren Stamm, schloß prustend die Augen

und war auf der Stelle in einen tiefen Schlaf gefallen, noch ehe Aydin sich von seinem Rücken geschwungen hatte.
Vor der Hütte stand ein Einhorn, das nun zufrieden schnaubte und dann gelassen davontrabte.
»Hast du das gesehen?« wandte sich Aydin staunend an Oyano.
»Was?« fragte dieser und sah sich suchend um.
»Das Einhorn vor der Hütte!« rief Aydin mit leuchtenden Augen.
»Ach das«, murmelte Oyano und ging auf die Tür zu. »Ich frage mich, ob in dieser Hütte wohl genug Vorräte zu finden sind, um eine gute Suppe zu kochen?«
Der alte Märchenerzähler schnippelte und säuberte, schickte Lana und Dalan in den Wald, einige ganz bestimmte Kräuter zu holen, passierte, kochte auf und kochte ein, gab hier ein Kräutlein hinzu und steckte sich ein anderes in den Mund. Dabei erzählte er Geschichten – oder waren es Märchen –, die kaum zu glauben waren, trank Wein, und Stunden später, allen knurrte der Magen schon überlaut, schöpfte er freudestahlend aus einem großen Kessel eine Suppe, in welche ein unbeschreiblicher Zauber gewirkt war: Sobald man einen Löffel davon gegessen hatte, wich das Knurren des Magens einem wohligen Seufzen, und alle Last, welche noch auf die Schulter drückte, wurde leicht.

Als sich alle satt, wohlgelaunt und seltsam verzaubert zurücklehnten, sah Oyano zufrieden in die Runde.
Aydin löffelte ihren Teller sauber und fragte: »Warum tragen die Wälder ohne Wiederkehr diesen Namen?«
Oyano blinzelte mit kleinen Augen in den aufkommenden Mond über der kleinen Hütte. »Niemand kehrt aus einem Wald zurück und ist noch der, als der er ihn betreten hat! So sind doch eigentlich alle Wälder, Wälder ohne Wiederkehr«, antwortete er.
Aydin verdrehte die Augen und legte den Teller zur Seite. »Manchmal hat er das«, flüsterte sie Lana zu.
»Vor allem, wenn ein Mond am Himmel steht«, ergänzte Oyano und stand lachend auf. »Es wird Zeit zu gehen für mich. Achte den Ring aus Stein, den du für dich errungen hast. Leicht kann er zerbrechen. Doch das Märchen vom zerbrochenen Ring will ich dir ein anderes Mal erzählen, wenn du mich besuchen kommst oder ich den Weg zu dir finde.«
Er weckte sein Maultier, das immer noch gegen den Stamm der Buche gelehnt stand. Dann umarmte er Aydin und hielt sie lange fest. »Nie zuvor sah ich ein solch schönes Einhorn wie das, welches vor dieser Hütte Wache hielt!« sagte er.
Auch Lana und Dalan umarmte der alte Märchenerzähler. Dann stieg er auf sein Maultier und ritt

davon, geradewegs hinein in den vollen Mond. Ohne sich umzuwenden, rief er zurück: »Wo die Unendlichkeit ein Augenblick und der Augenblick unendlich ist, da ist der Ort, wo Träume leben. Doch hütet euch vor falschen Träumen. Schlimmer noch sind sie als falsches Lachen.« Er lachte laut und fröhlich. »Manchmal habe ich das, ihr wißt schon!«

Der alte Märchenerzähler beugte sich über sein Maultier und war im Glanz des aufsteigenden Mondes verschwunden.

»Heute ist nicht die Nacht des runden Mondes«, sagte Aydin verwundert und starrte auf den Vollmond, der durch die Bäume am See schimmerte und in welchem Oyano verschwunden war.

»Nun ja«, sagte Dalan und stieg auf sein Pferd. »Vielleicht ist es die Nacht eines alten Märchenerzählers. Wer weiß schon, was das heißen mag.« Er ritt davon, hinein in den vollen Mond, Oyano hinterher. »Du weißt ja, manchmal kann er das«, rief er über die Schulter zurück, ehe er im weichen Licht des Mondes verschwunden war. Da wischte sich Aydin zwei kleine Tränen aus den Augenwinkeln und drehte sich grinsend um zu Lana: »Auf was warten wir? Du hast Pfeil und Bogen und ich einen Ring, dessen Macht ich erst noch kennenlernen will. Laß uns die Geheimnisse entdecken, die es in den Wäldern ohne Wiederkehr zu erleben gibt!«

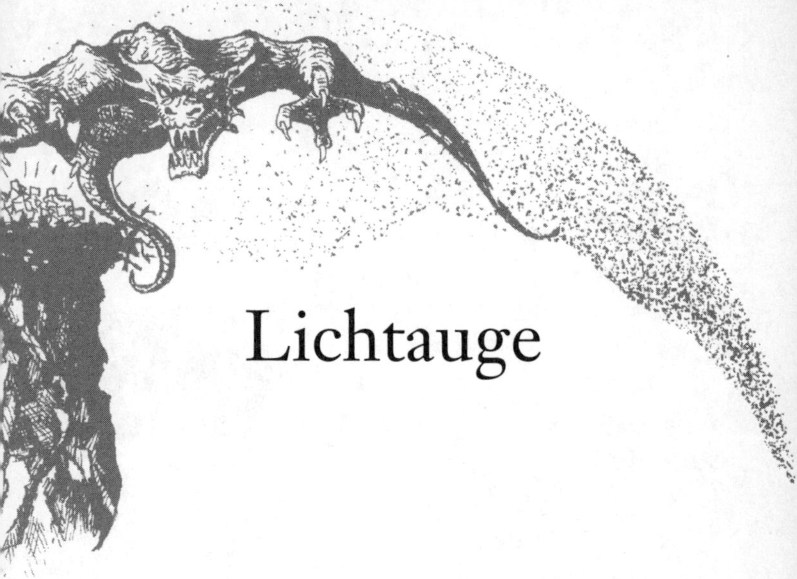

Lichtauge

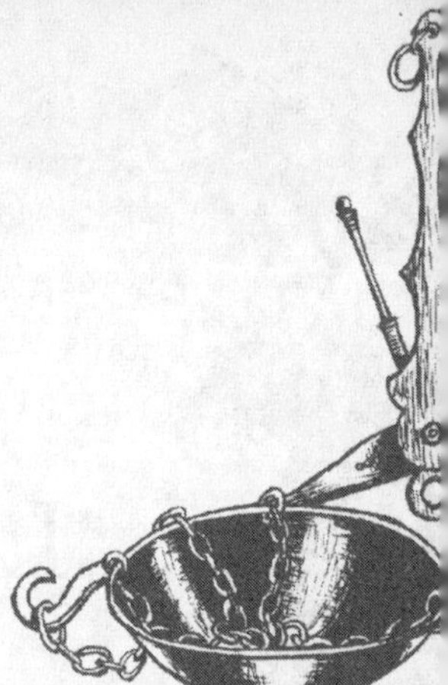

LOGBUCH DER URAMAR

Drei Nächte vor Neumond. Das Chamäleon *steht dicht unterm nördlichen Horizont. Das Beständige ist der Wandel, ruft es den Menschen zu. Kein schlechter Stern für den Beginn einer Seereise, wenn da nicht auch die* Waage *wäre. Kraftlos und schief baumelt sie seit einigen Monden überm westlichen Horizont.*

Selbst Unkundige blickten nun gen Himmel mit sorgenvoll gefurchter Stirn.

Auch andere Sterne scheinen ihre Kraft zu verlieren, sie beginnen zu verblassen oder flackern unbeständig.

Etwas ist aus den Fugen geraten.

Der Himmel ist nicht mehr im Gleichgewicht und auch die Menschen leiden. Seit Jahren schon sind keine Kinder mehr geboren worden im ganzen Reich.

Im Buch der Wahren Namen, zu dessen Hüter ich berufen bin in diesem Jahr, glaube ich etwas entdeckt zu haben. Deshalb habe ich zur Zusammenkunft gerufen

auf der Insel zwischen den Nächten. Noch zwei Stunden bis Sonnenaufgang.
Die Bilge ist trocken und die Spanten der Uramar knorzen erwartungsvoll. Nur vereinzelt ziehen leichtflockige Wolken über den Himmel und der Wind bläst eher lustlos aus Nordwest. Der Wanderer, *Leitstern der Seefahrer, ist schon untergegangen, aber eine erste Ahnung der beginnenden Dämmerung zeigt mir, wo bald die Sonne erwachen wird.*
Dorthin führt mich mein Kurs.
Am Abend will ich Taragon erreicht haben.
Wie lange ist es her, dass ich Enea umarmte?

Als Oyano, der alte Märchenerzähler, die Uramar aus dem Hafen seiner Heimatstadt steuerte, war es noch dunkel. Gleich hinter den Klippen, auf denen das Hafenfeuer noch brannte, zog er die Segel weit auf.
Er fand einen gemächlichen Kurs, bei welchem er sich selbst am wenigsten mühen musste und wollte gerade beginnen, eine alte Melodie vor sich hin zu summen, als der bedrängende Schatten der Erinnerung seine Augen verdunkelte. Er sah zurück auf die schattenhaften Umrisse seiner Heimatstadt.

Kinder; seit Jahren gab es keine Kinder mehr und nun begannen selbst die Sterne zu verblassen.
Die Wissenschaftler wussten nichts mit ihrem Wissen anzufangen, die Gelehrten grübelten und suchten nach der rechten Lehre, die Ratgeber rieten, was wohl der Grund sein könnte, und die Sterndeuter und Handleser, die kleinen und großen Scharlatane, hatten über genügend Kundschaft mit niederdrückenden Sorgen und leicht gegebenem Kleingeld nicht zu klagen in den letzten Monden.
Die Segel blähten sich im beständig sanften Wind. Der Bug der Uramar schnitt mit leisem Singen durch die kaum merkliche Dünung. Im frühen Dunst war die aufgehende Sonne gefangen wie in einem fein gewobenen, vom Tau geküssten Spinnennetz. Keckernd lachten aufgeregte Möwen. Sie kündeten von der Rückkehr der Fischer und rissen Oyano aus seinen düsteren Überlegungen.
Die heimkehrenden Fischer winkten dem alten Märchenerzähler zu und viele gute Wünsche, aber auch derbe Scherzworte und ernste Grüße wurden gerufen, als sie aneinander vorbeisegelten. Die einen hinter die schützenden Mauern des Hafens, das andere hinaus aufs allumfassende Meer.
Vor sieben Tagen hatte Oyano die Tauben losgeschickt, um eine Zusammenkunft der Märchen-

gilde einzuberufen auf der Insel zwischen den Nächten. In der kommenden Neumondnacht sollte sie stattfinden. Oyano hatte das Buch der Wahren Namen gehütet und glaubte, einen Hinweis in diesem einzigartigen Buch gefunden zu haben, was denn der Grund für die Kinderlosigkeit sein könnte.

Vielleicht sogar für das Verblassen der Sterne.

Der alte Märchenerzähler hatte auf die Insel zwischen den Nächten gerufen, um darüber zu berichten und zu beraten.

Nun gibt es zwar überall in der Wirklichkeit Türen, welche den Kundigen zu dieser wahrlich märchenhaften Insel führen. Doch den alten Märchenerzähler zog es auf das Meer, hin zum Horizont und darüber hinaus, seit er sich ein Schiff gebaut hatte, Spant für Spant und Want für Want. Einige Freunde unter den Fischern hatten ihm des Tags dabei geholfen, befreundete Schmuggler in der Nacht. Manches magische Holz war dabei an Heck und Bug, an Kiel und Mast eingefügt worden, mit Zeichen, die den Wind beschworen oder die Wellen besänftigten und auf andere Weise hilfreich waren. Der Rumpf war bemalt und die Segel glichen mächtigen Schwingen, sodass die Uramar wie ein Drachen über den Wellen zu schweben schien. Und das entsprach auch der Bedeutung ihres Namens, denn Uramar hatte der Erste aller Drachen geheißen.

Als ob der Drache, dessen Namen sie trug, endlich das Lied der Weite vernommen hätte, schäumte der Bug der Uramar durch die Wellen. Neugierig, fernen Gestaden und fremden Gewässern entgegen. Bis zum Abend wollte Oyano Taragon erreicht haben. Eine stolze Stadt auf Klippen erbaut, mit einem sicheren Hafen. Enea lebte dort seit langem, eine alte Freundin aus Tagen, als alle eisgrauen Haare Oyanos schwarz gewesen waren wie Rabenfedern. Als Kräuterfrau wirkte sie und als Hüterin der Träume. Auch sie war geladen zum Treffen.

Die Segelrollen knarrten und manchmal liefen wohlige Schauer vom Bug zum Heck des Schiffes, wenn sich die Segel blähten im achterlichen Wind. Der alte Märchenerzähler band das Ruder fest und sah hinaus auf das behäbig rollende Meer. Dann holte er sich aus dem Bauch seines Schiffes das alte Buch. Es war in schwerem Leder eingeschlagen und an den Kanten durch Messingbeschläge wohl geschützt. Zärtlich strich der alte Märchenerzähler über das Buch, bevor er es aufschlug. »Wage zu wissen«, murmelte er den alten magischen Spruch dazu. Er ließ Buchstaben und Zeichen, altes Wort und neuen Sinn in sich wirken.

Als die Sonne im Zenit stand, umkreiste ein Albatros den Mast, und die Uramar nickte eine Verbeugung als Gruß für den Heilsvogel der Seeleute

in die aufgischtenden Wellen. Später tummelte sich eine Gruppe von Delphinen im Kielwasser und begleitete Oyano einige Spannen des Sonnenweges, bis das Licht weicher wurde, und sich die Farben auf den Wellen schon im verwirrenden Spiel des kommenden Abends übten.
Die leichte Dünung schob die Uramar in den Hafen von Taragon, der im flammenden Rot der Abendsonne ebenso aufleuchtete, wie die darüber auf den Felsen schwebende Stadt.
Als der Märchenerzähler sein Schiff zwischen zwei dickbauchigen Handelsschiffen sicher vertäut hatte, sah er sich erstaunt um. Die verrußten Schornsteine waren noch höher in den Himmel gewachsen, in den Schmieden brannten die Feuer noch heißer und die Gesänge in den Spelunken waren ungewohnt roh und wild. Die Werkstätten der Schiffszimmerleute und die Hallen der Segelmacher waren grellbunt bemalt, als ob eine Farbe die andere überschreien müsste. Doch es saßen keine Fischer am Hafen, um Netze auszubessern oder einen kleinen Schwatz zu halten.
Oyano ging die vielen in den Fels geschlagenen Stufen hinauf zur Stadt. Eine kalte Stille atmete zwischen den engen Gassen, den aneinander geschmiegten Häusern und ließ den Märchenerzähler frösteln. Auch der Marktplatz, sonst ein Ort geschäftigen Treibens, lauten Feilschens und Tratschens, lag leer und still. Die wenigen Gestal-

ten, die durch die Straßen huschten, wichen Oyanos Blicken aus und verschwanden rasch in Seitengassen oder Häusern, deren Türen sie mit komplizierten Vorrichtungen verriegelten.
Hatte sich die Stadt verändert, weil es keine Kinder mehr gab? Oder gab es keine Kinder mehr, weil sich das Leben in Taragon und im ganzen Reich verändert hatte?
Ein wenig außer Atem kam Oyano zu Eneas Haus. Erschrocken sah er, dass die schwere Türe zum Innenhof aufgebrochen in den Angeln hing. Zwischen die Pfosten war ein Brett genagelt. Darauf stand in kantigen Lettern:

BETRETEN VERBOTEN – DER KOMMANDANT!

Ohne zu zögern, bückte sich Oyano unter dem Brett hindurch. Im Innenhof lagen Möbel, die Figuren des Brunnens waren zerschlagen, Büsche und Blumen des Gartens ausgerissen oder umgeknickt. Fassungslos stand der alte Märchenerzähler und sah sich um. Dort hatte er mit Enea oft am Abend gegessen, lange in die Nacht hinein Wein getrunken, über die Sterne gesprochen und die Welt. Oder einfach nur geschwiegen. Einer auf der Suche nach dem Herzschlag des anderen. Die Augen Oyanos waren eisgrau geworden und an seinen Fäusten standen die Knöchel kalkweiß hervor als er am Brunnen vorbei ins Haus eilte. Auch hier sah er mutwillige Zerstörung, wohin er blickte. Er blieb stehen und versuchte die eigenartige Stille zu atmen. Er spürte die Ahnung großer Angst und ging ihr nach, durch das Zimmer mit dem Kamin hin zur Küche.

»Enea! Ich bin es, Oyano!«, rief er, obwohl er keine Hoffnung hatte, dass sie auf sein Rufen antworten würde. Doch dann rumpelte in der Vorratskammer etwas zu Boden und zerbrach.

»Enea?« Hoffnung funkelte in den Augen des Märchenerzählers, als er eine schmale Tür öffnete.

Aber Oyano fand nicht die Hüterin der Träume in der Kammer.

»Taina«, rief er erstaunt. »Was machst denn du hier?«

Er beugte sich hinunter und strich der zusammengekauerten Gestalt, die ihr Gesicht in den Händen verbarg, beruhigend über die schwarzen, zu einem kräftigen Zopf geflochtenen Haare. Zögernd und unsicher blinzelte die Köchin Eneas zwischen zwei Fingern hindurch. Dann richtete sie sich ächzend auf.

»Oyano«, seufzte sie erleichtert und verdrehte die Augen. »Du bist es bloß.« Ohnmächtig sank sie in die Arme des Märchenerzählers, der die schwergewichtige Taina, deren Fantasie, wenn es um die Freuden des Gaumens ging, grenzenlos war, kaum halten konnte.

LOGBUCH DER URAMAR

Noch ist es nicht Mitternacht.
Ablandige Brise.
Alle Segel aufgezogen.
Kurs Nord liegt an.
Der Wanderer *steigt noch ins Himmelsgewölbe auf. Nicht mehr lange, dann wird er seinen Gipfel erreicht haben und wieder absteigen. So wie jede Nacht bisher. Wird auch er verschwinden oder gar von seinem Weg abkommen?*
Das Leuchtfeuer von Taragon ist hinter der Kimm verschwunden.
Eneas Haus wurde durchsucht, und sie selbst ist ver-

schwunden. Nicht einmal Taina, ihre Köchin, kann sagen wohin. Soldaten des Königs haben nach Enea gesucht und nach einem alten Buch, an dessen Namen sich Taina nicht mehr erinnern kann.
Alles ging so schnell, sagte sie: »Erst kam dieser Junge, den Enea in ihre Obhut nahm und der kein Wort mit mir sprach, obwohl ich ihn bekochte wie einen König. Auch lachte er niemals in all der Zeit, als er zu Gast war bei uns. Dann befahl mir Enea eines Abends gut auf das Haus zu achten, sie werde einige Tage verreisen. Mit ihr verschwand auch der Junge. Noch vor Sonnenaufgang des nächsten Tages schlugen die Soldaten das Tor ein und weckten mich mit ihrem unflätigen Geschrei!«
Ich kann mir denken, welches Buch sie suchten und bin froh, es sicher hier bei mir zu haben. Aber was heißt schon sicher?
Wo ist Enea?
Und was hat es mit dem Jungen auf sich?
Warum gibt es immer zu viele Fragen und zu wenig Antworten?
Langsam schläft der Wind ein. Die Große Schlange *schält sich gerade aus einigen langsam dahinziehenden Wolkenfeldern. Ihre Augen funkeln voller Weisheit. Täusche ich mich, oder ist das linke Auge trüber geworden? Auch durch das Fernrohr kann ich es nicht eindeutig sagen. Mir scheint, als ob ein kleines Glimmen darin verschwunden wäre. Aber ich bin mir nicht sicher. Wer weiß, vielleicht schwindet die Kraft meiner*

Augen ein wenig. Wer weiß? Vielleicht suche ich mich auch nur selbst zu beschwichtigen.
Kein Leuchtfeuer ist mehr zu sehen. Das nächtliche Meer atmet still wie ein dunkles Laken. Pfeil und Bogen *stehen hoch am Himmel. Noch zwei Nächte bis Neumond, bis dahin muss ich …*

Im weichen Licht einer kleinen Öllampe saß der alte Märchenerzähler an Deck und schrieb in sein Logbuch, als aus dem Bauch der Uramar ein stöhnendes und würgendes Geräusch drang.

Gleich darauf polterte es laut. Ein Junge hastete empor, an Oyano vorbei und beugte sich weit über die Reling.

»Wer bist du und wie kommst du hierher?« Oyano war aufgesprungen und hatte den Jungen an der Schulter gepackt.

Der wandte sich unwillig um, starrte den alten Märchenerzähler mit trotzig zusammengekniffenen Augen an und presste die Lippen aufeinander. Oyano lockerte den Griff ein wenig, und der

Junge wischte sich den Mund mit dem speckigen Ärmel seines Kittels ab. Schwarz gelockt standen seine ungewaschenen Haare nach allen Seiten ab.
»Sag mir deinen Namen«, forderte der Märchenerzähler nochmals ein wenig freundlicher, denn der Junge war so grün und blass im Gesicht, dass einem beim bloßen Anblick übel werden konnte. Doch wieder erhielt er keine Antwort.
»Setz dich!« Oyano drückte den Jungen auf die Bank neben dem Ruder.
»Was suchst du hier auf meinem Schiff? Antworte, oder ich werfe dich über Bord!«
Der alte Märchenerzähler versuchte sich in einem grimmigen Blick, den er schon lange in die Kiste der verstaubten Erinnerungen verstaut hatte. Er schien ihm nicht zu gelingen, denn der Junge blieb so stumm wie das Grab eines Namenlosen.
»Rennst du zu etwas hin? Oder rennst du vor etwas weg?«, versuchte Oyano den Jungen, nach langen Augenblicken des Schweigens, nochmals zum Sprechen zu bewegen.
Doch der Junge war stummer als ein Fisch je sein kann.
»Sei dankbar, dass du dieses Schiff gewählt hast für deine Reise. Ich kenne nicht wenige, die einen wie dich kurzerhand über Bord werfen würden«, grummelte Oyano vor sich hin und ließ den Jungen dann in seinem übellaunigen Elend sitzen. Er

sah nach Wind, Wellen, Sternen und dem Kompass. Dann band er das Ruder fest, holte sich einen Becher Wein, Brot und Käse, aß und trank, während er hin und wieder den Jungen mit einem grimmigen Lächeln fragte, ob er denn nicht auch etwas zu sich nehmen wolle. Doch der lehnte stets naserümpfend und zur Seite blickend ab.
Der *Wanderer*, Leitstern aller Seefahrer, zog seinen Weg, und die Straße der Sterne ergoss sich glimmend über das nachtseidene Tuch des Himmels. Nachdem Oyano lange über seiner Seekarte gebrütet und sich sorgfältig den Sternen, dem Flüstern des Windes und dem Raunen der Wellen gewidmet hatte, überprüfte er das Ruder und stopfte sich anschließend eine dunkel schimmernde, gebogene Pfeife. Der alte Märchenerzähler lehnte sich zurück und schon nach kurzer Zeit leuchtete der Pfeifenkopf in einem glimmenden Rot, gleichmäßig und ruhig. Die funkelnden Augen der *Großen Schlange* zogen vorbei am halben Himmel, gefolgt von *Pfeil und Bogen*. Oyano saß im Heck seines Schiffes und sah den Rauchwolken nach, die in den nächtlichen Himmel stiegen. Keine heilenden Bilder sah er darin. Bedrohliches stieg auf in dieser Nacht aus seiner Pfeife. Etwas, was der alte Märchenerzähler nicht fassen konnte. Doch er spürte auch, dass Enea in Sicherheit war. Und das ließ ihn ruhig werden. Es war weit nach Mitternacht, als Oyano leise ging, um eine Decke

für den Jungen zu holen, der vor Erschöpfung eingeschlafen war. Er hörte ihn seine Geschichte atmen und sah seine Träume in den nächtlichen Himmel steigen.

Auch Oyano schloss irgendwann die Augen, dankbar für den Tag, dankbar für die Nacht und neugierig auf den kommenden Morgen.

Das Flappen der Segel riss Oyano aus einem unruhigen Schlummer. Am östlichen Horizont kündigte sich der nahende Morgen an, aber im Westen war es noch dunkel. Der alte Märchenerzähler kniff die Augen zusammen als er dorthin schaute, auf der Suche nach Wolken, die ein wenig Wind mit sich bringen würden. Er nahm sein Fernrohr und blickte lange angestrengt hindurch. Was er sah, ließ ihn mißssmutig die Nase rümpfen. Dicht über der noch nachtdunklen Kimm waren die Schatten dreier großer Segel in die dahinscheidende Nacht gekerbt.

Oyano zurrte die losen Taue fest und richtete dann das Fernrohr nochmals auf die Schiffe. Es waren schnelle Kriegssegler des Königs, das konnte er jetzt erkennen. Und ihr Kurs würde sie geradewegs zur Uramar führen.

Der alte Märchenerzähler legte das Fernrohr zur Seite und stieg unter Deck. Dort öffnete er seine mit metallenen Beschlägen versehene Seemannskiste. Neben frischer Kleidung und vielerlei anderer Dinge, die ein Märchenerzähler nicht missen möchte, wohin er auch geht, lag dort das alte Buch der Wahren Namen.

Nachdenklich betrachtete es Oyano. Dann nahm er es aus der Kiste und schlug wachsgetränkte Tücher darum. Schließlich lockerte er ein Bodenbrett, in welches ihm die Schmuggler ein geheimes Zeichen geritzt hatten, und schob das geschützte Buch darunter. Mit der Faust schlug er danach das Holz wieder an seinen alten Platz. Als Oyano sich aufrichtete sah er, dass der Junge aufgewacht war und ihn von Deck aus misstrauisch beobachtete.

»Der Schaden wäre groß, wenn dies Buch in falsche Hände gelangt«, sagte der alte Märchenerzähler, »und es könnte sein, dass wir heute am Tage noch Besuch bekommen von ungeladenen Gästen.«

Erschreckt hatte der Junge sich aufgerichtet und um sich geschaut. Als er die Verfolger entdeckte, schrak er zusammen und stolperte den Niedergang herunter.

»Nur langsam«, beruhigte der alte Märchenerzähler den Jungen. Er reichte ihm einen Becher mit Wasser, Brot und Käse. »Stärke dich. Wer weiß, was dieser Tag noch bringt.«

Als Oyano mit dem Jungen wieder auf Deck stand, waren die großen Segel näher gekommen.

»Eine Verfolgungsfahrt bei Flaute zieht sich hin, auch wenn es Ruderer gibt auf diesen Schiffen«, murmelte der Märchenerzähler vor sich hin. »Aber der kleinste Atemzug eines vorbeihuschenden Windes kann alles verändern.«

Die Oberfläche des Meeres war spiegelglatt, nirgendwo zeigte sich ein kleines Kräuseln. Oyano spuckte ins Wasser und sah seinen Speichel neben der Uramar dümpeln.

Er band das festgezurrte Ruder los und drückte es wuchtig von einer Seite auf die andere. Langsam trieben die Speichelbläschen neben der Uramar achteraus davon.

»Wir werden viel Zeit haben heute«, sagte der alte Märchenerzähler zu dem Jungen, der die Verfolger nicht aus den Augen ließ, »und mir scheint, als wärest du heute Morgen nicht viel gesprächiger als in der Nacht. Ich werde dir ein Märchen erzählen, während ich ein wenig rudere.«

Prinz Namenlos

Einem König und seiner Königin war endlich ein Sohn geboren worden, ein Stammhalter, der künftige Erbe des Reiches. Was war das für eine Freude nach der Geburt. Das Leuchten in den Augen des Königs und der Königin, wenn sie an ihren Prinzen dachten oder ihn sahen, erlosch auch in der Zeit nach diesen Festen nicht.

Wohl hatte der kleine Prinz einen Namen erhalten nach seiner Geburt, den König und Königin gemeinsam mit den geladenen Ahnen ausgesucht hatten. Aber dieser war schnell vergessen. Der kleine Prinz wurde von allen im Schloss stets »mein Sonnenschein«, »süßer Liebling« oder »großer Held« gerufen.

Da geschah es, dass der König in einen Krieg zog, den er selbst begonnen hatte, kaum dass der Prinz ihm bis zur Hüfte reichte. In einer großen Schlacht wurde er getötet. Um ein Haar wäre das Reich zerfallen, doch der Bruder des Königs, dem die Frau vor Jahren gestorben war, setzte sich an die Seite der Königin und regierte nun mit ihr das Land.

Der neue König aber hatte auch einen Sohn, und dieser sollte nach ihm das Reich regieren und den

Thron besteigen. So ließ er den kleinen Prinzen heimlich von Soldaten aus dem Schloss bringen, hin in einen tiefen Wald in dem noch wilde Tiere hausten. Dort fesselten die Soldaten den Prinzen an einen Baum, wie es ihnen der neue König befohlen hatte.

Als sich die Dunkelheit über die Welt senkte, fürchtete sich der kleine Prinz sehr, denn die Stimmen der Nachttiere waren ihm fremd, und sie kamen bedrohlich nahe. Rings um ihn knackte, raschelte und schnüffelte es.

Der kleine Prinz begann zu weinen und die wilden Tiere flohen. In der zweiten Nacht jedoch ließen sie sich nicht mehr durch das Weinen des Prinzen abschrecken. Sie schlichen heran, zerrten und rissen an seiner Kleidung, bis er laut zu schreien begann vor Angst. Da flüchteten die wilden Tiere, denn solche Schreie hatten sie zuvor noch nie gehört in ihrem Wald.

Ihre Bisse und Klauen jedoch hatten die Fesseln gelöst, und so konnte er fliehen. Erst am Abend des nächsten Tages fand er zu einem kleinen Haus auf einer grünen Anhöhe.

Die Tür war nicht verschlossen, und da er schwach war, hungrig und voller Angst, nochmals eine Nacht im Wald verbringen zu müssen, ging er hinein, obwohl ihm auf sein Rufen niemand geantwortet hatte. Trockenes Kaminholz war aufgeschichtet, aber der Prinz wusste nicht, wie man

ein Feuer entzündet und so blieb es kalt im Haus. Er hüllte sich in einige Decken und schlief ein.
Durch das Prasseln des Feuers und den würzigen Geruch brennenden Holzes wurde er geweckt.
»Ich dachte schon, du willst überhaupt nicht mehr erwachen«, begrüßte ihn eine tiefe Stimme. Erschrocken fuhr der Prinz von seinem Lager hoch. Der alte Mann neben dem Kamin lächelte beruhigend. »Wie heißt du und woher kommst du?«
Der Prinz antwortete: »In einem großen Schloss wohnte ich. Aber wo es steht, das weiß ich nicht. Sonnenschein werde ich gerufen oder Liebling. Manchmal auch großer Held.«
»So weißt du weder, wie dein wahrer Name lautet«, murmelte der Alte bestürzt, »noch wo dein Zuhause ist. Das ist schlimm, denn wie soll jemand wissen, wohin er gehen will, wenn er nicht weiß, woher er kommt und wie er wirklich heißt?«
Der Alte nahm den kleinen Prinzen bei sich auf, pflegte ihn gesund und lehrte ihn die Geheimnisse des Waldes, die vielfältigen Stimmen der Nacht, wie man auch mit nassem Holz ein wärmendes Feuer entzünden kann und vieles, vieles mehr.
So verstrichen sieben Jahre.
Als dem Prinz der erste Flaum auf den Wangen spross, richtete der Alte eines Abends ein Bündel zusammen und sprach: »Morgen in der Frühe werden wir aufbrechen. Ich habe dich gelehrt, was ich vermochte. Nun ist es an der Zeit, dass du dich

auf den Weg machst, Antworten auf die Fragen zu finden, die du schon fast vergessen hast.«
Vor Sonnenaufgang weckte der Alte den Prinzen, und dann folgten die beiden dem Lauf der Sonne, bis sie am Mittag zu einer hoch gewachsenen Buche kamen, unter deren Ästen ein alter, unscheinbarer Brunnen ausgeschachtet war.
»Das ist der Brunnen des Erinnerns«, erklärte der Alte. »Dreimal musst du von seinem Wasser trinken. Das wird dir weiterhelfen auf deinem Weg.«
Der Prinz ließ den Schöpfeimer hinab in die Tiefe und zog ihn gefüllt wieder empor. Er trank und fand im Eimer ein Messer mit schartigstumpfer Klinge. »Damit habe ich gespielt vor langer Zeit!«, rief der Prinz erstaunt. »Wie kommt es in diesen Brunnen?«
Der Alte zuckte mit den Schultern und schwieg.
Als der Schöpfeimer ein zweites Mal heraufgezogen wurde, war er nur noch zur Hälfte mit Wasser gefüllt.
Der Prinz trank und fand eine kleine Spiegelscherbe auf dem Grund des Eimers, die funkelte und blitzte im Lich der Sonne. Er verwahrte sie in seiner Ta- sche, wie zuvor das kleine Messer.
Wieder ließ der Prinz den Schöpfeime in den Brunnen hinab. Doch als er ih dieses Mal emporzog, war kein Wasse darin.

»Ist der Brunnen erschöpft?«, wollte der Junge von dem Alten wissen.
»Nein, nein«, schüttelte dieser den Kopf. »Aber um ein drittes Mal zu trinken, musst du hinabsteigen auf seinen Grund.«
Obwohl ihm die Sache nicht ganz geheuer war, stieg der Prinz in den Brunnen hinab. Es knirschte und knorzte, aber die Tritte hielten. Auf dem Grund des Brunnens stand er bis über die Knie im Wasser und es war so dunkel, dass er weit über sich die Sterne am Himmel sehen konnte, obwohl es doch noch heller Mittag war.
Der Prinz trank ein drittes Mal von dem Wasser und fand in seinen Händen einen kleinen Schlüssel, den er mitnahm auf seinem Weg empor.
Zufrieden betrachtete der Alte am Brunnenrand den gold glänzenden kleinen Schlüssel.
»Du bist gut gerüstet für deinen weiteren Weg«, sagte er. »Folge den Augen der *Großen Schlange* heute Nacht. Sie führen dich zum Haus der Spiegel. Darin musst du den einen finden, durch den nur du hindurchgehen kannst. Doch achte darauf, dass du das Haus verlassen hast, bevor die Sonne aufgeht. Sonst bleibst du im spiegelnden Haus gefangen bis an dein Lebensende.«
So ging der Prinz alleine weiter, und als es dunkel wurde, führten ihn die Augen der *Großen Schlange* auf seinem Weg. Die Tiere der Nacht erhoben ihre Stimmen, doch der Prinz verspürte

keine Angst. Inzwischen wusste er um ihre Herkunft und Absicht.
Als der Mond am höchsten stand, kam er zu einem sonderbaren Haus. Das war so klein, dass der Prinz Mühe hatte, sich durch die Tür zu zwängen. Im Innern jedoch öffneten sich weite Flure und große Säle, in denen unzählige Fackeln und Lampen sich in tausenden und abertausenden Spiegeln glänzend und funkelnd widerspiegelten.
Manch seltsame Gestalt blickte daraus auf den Prinzen, wenn er vor einem der Spiegel stand: Krieger mit wildem Blick und todbringenden Waffen, Jäger, die ihrer Beute nachstellten Tag und Nacht, ein leichtgläubiger Lebemann und ein dicker Tyrann. Der Prinz irrte staunend durch das verwinkelte Labyrinth der Spiegel, sah sich als edlen Ritter, großen Entdecker, kalten Ausbeuter, liebevollen Herrscher oder verstohlenen Räuber.
Doch immer wenn ihm eines dieser Bilder gefiel, und er versuchte, durch den Spiegel hindurchzugehen, schlug er sich den Kopf an. Erst als der Mond schon untergegangen war und sich vor den Fenstern die Dämmerung ankündigte, erinnerte er sich an die warnenden Worte des Alten und an die kleine Spiegelscherbe aus dem Brunnen. Er nahm sie in die Hand und be-

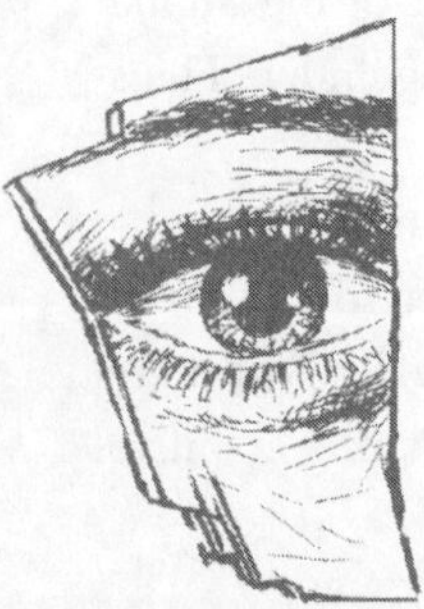

trachtete sie genau. Sie war gerade so groß, dass er sein Auge darin sehen konnte.
Nun wusste der Prinz, nach was er zu suchen hatte. Ohne innezuhalten, lief er durch das Haus der Spiegel und fand schließlich den einen, an welchem ein kleines Stück herausgesprungen war. Trüb schimmerte dieser Spiegel inmitten all der blinkenden und blitzenden anderen. Es war gerade vor Sonnenaufgang, als der Prinz die Scherbe in den Spiegel passte und ohne einen Widerstand zu spüren durch ihn hindurchging.
Er fand sich wieder im riesigen Thronsaal eines Schlosses. Vor ihm saß gebückt der König, sein Stiefvater, mit müden Augen und gramzerfurchtem Gesicht.
»Wer bist du und wo kommst du her?«, rief der König erstaunt.
»Meinen Namen weiß ich nicht«, erwiderte der Prinz und trat vor den Thron. »Aber ich bin gekommen, ihn zu erfahren.«
Da erkannte der alte König seinen Stiefsohn und kam weinend auf ihn zu. »Du bist es, nach all den Jahren.«
Er wollte den Prinzen umarmen, doch dieser wich zurück. »Sag mir den Namen, den ich bei meiner Geburt erhielt«, forderte er.
»Ich weiß ihn nicht mehr. Deine Mutter ist gestorben vor Kummer, als du nicht zurückgekommen bist aus dem Wald. Mein Sohn verließ mich

und zog in die Welt. Ich wollte alles vergessen und habe vergessen«, murmelte der alte König bekümmert und senkte sein Haupt.
Polternd fiel die Krone herab, und da erstarrte der ganze Hofstaat, die Ratgeber, der Kanzler und alle Bediensteten und Höflinge. Kein Laut war mehr zu hören, sogar die Stubenfliegen hingen fett und unbeweglich in der Luft über den Speisen auf dem Tisch.
Nur der Hofnarr grinste weiterhin und unverschämt lebendig.
»Ich zeig dir, wo du Antwort findest«, lachte er und tanzte um den Prinzen. »Mein Tritt ist leicht und deshalb sicher! Geh ich auch wirr, mich findet immer das Ziel!«
Die Kappe bimmelte lustig als er davonsprang, zwischen dem ganzen erstarrten Hofstaat hindurch. Der Prinz folgte ihm verwundert durch die langen Korridore des Schlosses, vorbei an in Stein gemeißelte Vorfahren, riesigen Gemälden, einer Unzahl von Sälen, Tanzräumen und Kaminzimmern, an deren Wänden Jagdtrophäen hingen, hin zu einer unscheinbaren Tür.
»Nun ist es an dir«, sang der lachende Narr, »zu öffnen die Tür! Ich geh, bin aber bereit, wenn du denkst, es ist für mich Zeit!«
Er verschwand so schnell, dass man glauben konnte, er hätte sich in Luft aufgelöst.
Zögernd öffnete der Prinz die Tür. Fast glaubte er

seinen Augen nicht zu trauen, aber er stand tatsächlich im Zimmer seiner Kindheit. Nichts darin hatte sich verändert in der vergangenen Zeit. Hier stand das Bettchen und dort die überquellende Spielkiste. Auf dem kleinen Tisch lagen Farbstifte und weiße Blätter, die darauf warteten, mit bunten Strichen zum Leben erweckt zu werden.

Und daneben stand eine kleine, mit schillerndem Perlmutt verzierte Kassette. Neugierig wollte der Prinz sie nehmen, denn er konnte sich nicht daran erinnern, sie jemals zuvor gesehen zu haben.

Doch da brauste aus einer dunklen Ecke des Zimmers ein schwarzes Ungeheuer auf ihn zu. Das hatte neun Köpfe und dreizehn Schwänze, die wie Peitschen schlugen. Der Prinz nahm das schartige, stumpfe Messer, das er gefunden hatte im Brunnen. Und das blinkte und blitzte mit einem Mal gleißend bunt und grell. Kreischend verschwand das Ungeheuer und nicht einmal ein düsterer Schatten blieb davon zurück.

Da stapfte aus der zweiten Ecke ein grobschlächtiger Riese auf den Prinzen zu. Aber als er das schartige Messer sah, verkümmerte er wimmernd zu einer winzigen Maus, die sich in ein Loch flüchtete.

In der dritten Ecke erschien mit Dampf und Schwefelgestank eine abscheuliche Hexe und richtete ihren Zauberstab auf den Prinzen, doch sie war ebenso machtlos gegen das bunt blinkende, gleißende Licht des schartigen Messers, wie das schleimige Monster, welches in der vierten Ecke gehaust hatte.

Als der Prinz die Kassette nun zur Hand nahm und öffnen wollte, fand er sie verschlossen. Doch der kleine, gold glänzende Schlüssel, den er im Schlick des Brunnens gefunden hatte, drehte sich leicht im kunstvoll gearbeiteten Schloss.

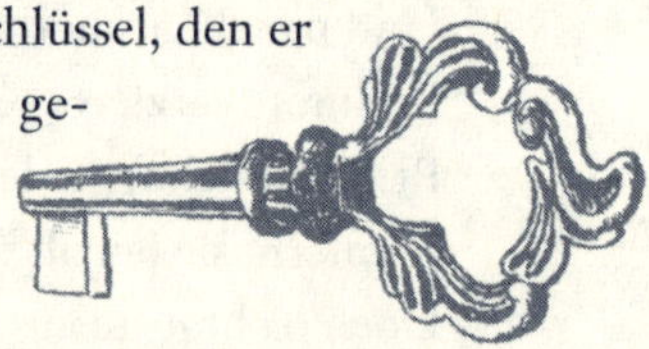

Darin fand der Prinz einen Namen, der mit goldenem Faden auf purpurnem Samt eingestickt war.

So fand der namenlose Prinz zu dem Namen, der ihm bei seiner Geburt gegeben worden war. Als er wieder zurück im Thronsaal war, stand dort noch alles in regloser Erstarrung.

Nur der Narr lüftete neben dem Thron seine Glockenkappe und begrüßte ihn mit übertriebener Verbeugung samt Kratzfuß.

Der Prinz lächelte den Narren freundlich an, setzte sich auf den Thron und rief laut seinen Namen.

Da erwachte der Hofstaat und alle Bediensteten, die Ratgeber und der alte Kanzler.

Und alle verbeugten sich vor dem neuen König, der endlich seinen Namen gefunden hatte.

Der Junge hatte während Oyanos Erzählung die Augen nicht von den Verfolgern gewandt, die inzwischen ein gutes Stück aufgeholt hatten.

»Und wie hieß er nun?«, nuschelte er undeutlich vor sich hin, ohne den Blick zu wenden.

»Spielt das eine Rolle für jemand, der seinen Namen weiß?«, gab Oyano zurück und schwieg, bis sich ihm der Junge schließlich doch zuwandte. Dann lächelte er. »Ich glaube, sein Name war Aaran!«

Erschrocken sah der Junge zur Seite.

»Woher weißt du ...«, stammelte er dann aufgeregt, bevor er sich hastig auf die Lippen biss.

»Ist das jetzt wichtig?«, gab Oyano zurück und deutete auf die näher gekommenen Kriegssegler des Königs.

»Sie suchen mich«, rief der Junge. »Sie wollen mich töten!«

»Woher sollten sie wissen, dass Aaran, der entlaufene Sohn des Königs von Nestras, hier an Bord ist?«, antwortete der alte Märchenerzähler ruhig, während er fortwährend das Ruderblatt von einer Seite auf die andere drückte. »Und weshalb sollten sie dem Erben des Reiches etwas antun wollen? Mir scheint eher, als würden sie mich suchen, oder das Buch, das ich bei mir führe.«

»Nein, nein!«, rief Aaran aufgeregt. »Schon lange hat der Kanzler den Oberbefehl über die Soldaten. Er ist hinter mir her und will mich töten. Wenn ich nicht mehr bin, wird er sich zum König ausrufen und den Thron besteigen, sobald mein Vater stirbt.« Verzweifelt sah er nach den stetig näher kommenden Verfolgern.

»Mag es das eine sein oder das andere«, gab Oyano zurück, ohne mit dem Rudern innezuhalten. »Es ist wohl besser, wenn sie uns nicht zu nahe kommen.«

»Aber was können wir tun?«, rief der Junge. »Nicht mehr lange und sie werden uns erreicht haben!«

»Schau nach vorne«, forderte Oyano ihn auf. »Solange es dort etwas gibt, was sich zu erreichen lohnt, richte deinen Blick nicht nur zurück.«

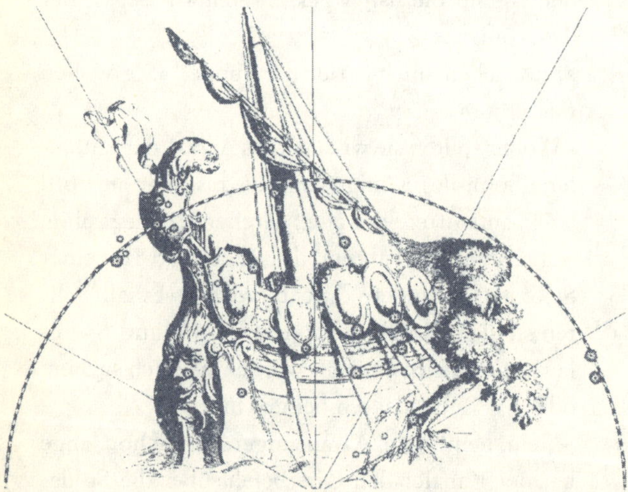

Er wartete, bis der Junge den gebannten Blick auf die Verfolger aufgegeben hatte.

»Siehst du die beiden Inseln?«, fragte er dann.

»Nur eine Insel sehe ich«, antwortete der Junge und starrte über den Bug nach vorne, dem beginnenden Tag und einem gischtumsäumten Schatten entgegen, der vor ihnen aus dem Meer wuchs.

»Ich hoffe, das ist auch das, was unsere Verfolger sehen.« Oyano lächelte und zog eine Seekarte aus weich gegerbtem Leder aus einer Tasche seines Umhangs. »Wenn wir näher kommen, wirst du bemerken, dass es in Wahrheit zwei Inseln sind. Dazwischen gibt es eine schmale Durchfahrt. Der Rachen des Drachen wird sie genannt. Du wirst sehen weshalb. Ich vertraue darauf, dass ihre Karten nicht so gut sind wie die, die ich geschenkt bekam von meinen Freunden, den Schmugglern. Wir werden sehen.«

Immer noch drückte der Märchenerzähler das Ruder des Schiffes von einer Seite auf die andere und steuerte so die Uramar hin auf das Inselband, das nun gerade vor dem Bug aus dem Meer wuchs.

Mit bloßem Auge waren die Verfolger nun gut zu erkennen und auch der Junge sah jetzt die Ruderer, die mit gleichförmigen Schlägen die Schiffe durch das Wasser trieben.

Oyano kümmerte sich nicht darum. Er saß mit weit geöffneten Augen und sah aufmerksam um sich. Lautlos bewegten sich seine Lippen, als würde er mit jemandem sprechen.

Und gerade als die Sonne mit flammendem Rand wie neugeboren aus dem Meer stieg, deutete er mit der Hand nach backbord und hatte mit wenigen Griffen die Segel so weit geöffnet, wie es die Taue zuließen. Die seidig glatte Oberfläche des Meeres begann sich leise zu kräuseln. Das leichte Tuch des Vorsegels wölbte sich der Ahnung des Windes entgegen und fing ihn ein. Die Segelrollen schlugen zwar noch locker und die Taue schlackerten unschlüssig, doch die Uramar begann schon leicht ihr Haupt zu neigen und Fahrt aufzunehmen.

Die Feuerpfeile, welche auf sie geschossen wurden, versanken zischend im Meer. Oyano lächelte, als sich die Segel blähten und sich sein Schiff in den Wind legte. Voller Hoffnung starrte der Junge nach vorne und sah, wie sich die Landmasse der Insel öffnete. Er bekam den Blick frei auf eine schmale Wasserstraße, deren türkisfarbenes Wasser in der Morgensonne wie die sagenumwobenen Juwelen von Samarkant leuchtete. Der alte Märchenerzähler hantierte währenddessen eifrig mit Tauen und dem Baum des Schiffes. Immer wieder schaute er auf die alte Karte und steuerte die Uramar vorsichtig zwischen die beiden Inseln, geradewegs hinein in den Rachen des Drachen.

Dicht neben dem Schiff ragten jetzt die Klippen aus dem Wasser und der Meeresgrund war schon bedrohlich näher gerückt. Kein Sand wartete dort. Nein, die schroffen Klippen der Küste setzten sich unter Wasser fort, heimtückische Riffe, die nur darauf warteten, einem vorüberfahrenden Schiff den Rumpf aufzureißen.

Oyano änderte den Kurs ein wenig, als er an einem vom Blitz gespaltenen Baum, der seine verkohlten Äste in hoffnungsloser Geste dem Himmel entgegenreckte, vorübersegelte, geradewegs auf einige gischtumspülte Klippen zu. Als der Junge dachte, nun würde der Rumpf der Uramar aufgerissen, stemmte sich Oyano gegen das Ruder. Nicht die kleinste Schramme hatte der Leib der Uramar davongetragen, als der Märchenerzähler sich aufatmend setzte und zurückschaute auf die Verfolger, von denen nur ein Schiff folgte zwischen den Inseln hindurch. Die anderen hatten die Ruder eingezogen, lagen still und warteten ab.

»Wird er es schaffen?«, wollte der Junge wissen.

»Nicht wenn meine Karten stimmen«, antwortete der alte Märchenerzähler. Kaum hatte er dies gesagt, bäumte sich der Kriegssegler jäh auf. Das Splittern von Holz war zu hören, das Zerreißen der Wanten und schließlich das Brechen der Masten.

»Wenn gute Schiffe scheitern, so ist es meist nahe am Ufer«, murmelte Oyano. Dann wandte er seinen Blick nach vorn. »Aber wir haben noch einen weiten Weg über das Meer vor uns.«

LOGBUCH DER URAMAR

Zwei Nächte vor Neumond. Das Chamäleon *steht hoch am Himmel und der* Wanderer *weist mir auch in dieser Nacht wieder den Weg. Ein kalter Wind aus Nord beginnt das nächtliche Meer zu wecken. Die ersten Schaumkronen werden vom Wind weggewirbelt, hinein in die Nacht. Mit halbem Wind und ächzenden Segelrollen weiter hin zur Insel zwischen den Nächten. Kap Feuerland ist in der Dunkelheit schon gut zu erkennen. Die Vulkane speien Glut und Feuer. Einen besseren Leuchtturm könnte es nicht geben.*
Zum Glück habe ich die Karte der Schmuggler bei mir. Ohne sie hätte ich den Weg nicht gefunden durch den Rachen des Drachen, heute am Morgen. Kriegssegler des Königs haben mich verfolgt. Ihre Absicht war keineswegs freundlich. Zu dicht fielen Brandpfeile neben der Uramar ins Wasser.

Der Prinz des Reiches, Aaran, hat sich auf mein Schiff geflüchtet. Was hat das zu bedeuten?
Er schläft inzwischen.
Auch ich werde jetzt ein wenig dösen.

Als die kalten Augen der *Großen Schlange* am westlichen Horizont auftauchten, hüllte sich Oyano in eine wärmende Decke und stopfte sich seine Pfeife. Dösend blies er den Rauch durch die Nase und sah den aufsteigenden Nebelgestalten zu. Manchmal erzählten sie ihm Geschichten, manchmal blieben sie verwirrend stumm. Der Märchenerzähler sah ihnen nach, den einen, wie den anderen.

Im Laufe der Nacht frischte der Wind auf und, bevor er ein kleines Nickerchen wagen konnte, hatte Oyano am Ruder mit beiden Händen zu tun, um das Stampfen und Rollen der Uramar auszugleichen.

Es war wohl schon nach Mitternacht, von *Pfeil und Bogen* war nur noch die Pfeilspitze am Horizont zu sehen, als der Junge den Niedergang emporkletterte und sich neben den alten Märchenerzähler stellte.

Eine Zeit lang beobachtete er ihn schweigend, nicht ohne immer wieder ängstlich abwägend auf das wogende nächtliche Meer geschaut zu haben.

»Halte das Schiff auf diesem Kurs. Ich muss das Segel wechseln!«, befahl Oyano und drängte den Jungen an das Ruder.

»Aber..., ich kann doch nicht ...«

Der Märchenerzähler jedoch hörte den Jungen nicht mehr. Er stand schon auf dem Vorschiff im Wind und barg die großen Segel.
Vom Sprühwasser durchnässt kam Oyano zurück. Er lehnte sich gegen die Reling und lachte, als die Uramar sich in den Wind zu legen begann und über die Wellen schwebte, wie ein großer, alter Drache.
Der Junge schwitzte am Ruder und manchmal schien die Kraft der Wellen über seine eigene zu gehen. Denn wenn die Wellen sich brachen, sprühte die Gischt wie eine Sturmflut auf den Märchenerzähler und den Jungen, und die wachsenden Wellenberge wollten die Uramar schütteln und in ihrem Griff bannen. Ein wenig bang sah Aaran zu dem Märchenerzähler, der neben ihm stand und mit geschlossenen Augen in den Wind roch.

Der schien den Blick zu fühlen, denn er öffnete die Lider und sah den Jungen schelmisch an. »Kennst du die Geschichte vom großen Weisen und dem Fischer?«
Der Junge stemmte sich gegen das Ruder, um eine quer laufende Welle auszugleichen und schüttelte den Kopf.

»Nun gut«, sagte Oyano und holte seine Pfeife aus der Tasche seines Umhangs.

Doch als die Uramar die nächste Welle hatte hoch aufschäumen lassen, steckte er sie aufseufzend wieder zurück. »Ein Freund, den ich zu treffen hoffe auf der Insel zwischen den Nächten, hat sie mir erzählt.«

Er nickte dem Jungen aufmunternd zu.

Die andere Hälfte des Lebens

Ein großer Weiser wollte einst das Meer überqueren, um dort nach noch mehr Weisheit zu suchen. Er fand einen Fischer, der mutig genug war, ihn auf sein Schiff zu nehmen und die Fahrt zu wagen. Als die beiden aus dem Hafen fuhren waren Meer und Wind so wie Seefahrer es sich wünschen, voller verlockender sehnsüchtiger Gerüche und Ahnungen, wohlwollender Winde und einer sanften Dünung.

»Nun sag mir, Fischer«, wollte der große Weise ein Gespräch beginnen, um sich das Schweigen einer langen Überfahrt zu verkürzen, »hast du auch die Gedanken des Meisters Gorat gelesen?«

Und als der Fischer gestehen musste, dass er leider niemals lesen gelernt hatte, rief der große Weise mitleidig aus: »Du Ärmster! Die Hälfte deines Lebens ist unnütz gelebt, wenn du nichts von der Weisheit der Bücher und der Worte weißt!«

Der Fischer schwieg betrübt und haderte mit sich selbst und seinem Leben, denn er war sich sicher, vieles versäumt zu haben, was er niemals würde nachholen können.

Doch noch vor dem Mittag drängten sich dunkle

Wolken über den Horizont und jagten daher wie eine entfesselte Rotte angreifender Wildschweine. Das Meer begann sich aufzubäumen und die Wellen stiegen höher und höher, bis sie schließlich über dem Boot des Fischers zu brechen begannen. Hilflos musste der Fischer mit ansehen, wie der Mast seines Schiffes zersplitterte und die Segel im Wind davonfetzten. Der große Weise klammerte sich an ein Tau des untergehenden Schiffes und rief: »Was nun, Fischer?«

Der fragte ihn: »Kannst du denn nicht schwimmen?«

Der große Weise antwortete: »Dafür blieb mir nie Zeit bei meinen Studien.«

Darauf sagte der Fischer bekümmert: »Das ist sehr schlimm, Herr, denn jetzt bleibt die andere Hälfte Eures Lebens ungelebt.«

Das Schiff ging unter und mit ihm der große Weise. Welch ein Verlust für die Menschheit sagten sich viele, die zu Trauerfeierlichkeiten zusammenkamen, als sie von dem Vorfall hörten.

Der Fischer jedoch konnte an Land schwimmen und sich retten. Später baute er sich ein neues Schiff und fuhr wieder über das Meer.

Oft zum Fischen, manches Mal mit Reisenden und ab und an auch ganz alleine in eine stille Bucht um zu lesen, denn das hatte er inzwischen erlernt.

LOGBUCH DER URAMAR

Eine Nacht vor Neumond. Mitternacht ist lang vorüber. Ungemütlich war es um Kap Feuerland. Aber das ist an einem Ort wie diesem auch nicht anders zu erwarten. Die schweren Kreuzseen am Kap haben die Uramar kräftig durchgeschüttelt, doch nun blinken schon ab und an Pfeil und Bogen *am dunklen Himmel durch auseinander brechende Wolkenbänke, und auch der* Wanderer *ist vage auszumachen. Der Wind nimmt ab.*

Wer den Weg des Wanderers *kennt, weiß, wo er sich selbst befindet, sagt eine alte Seemannsweisheit. Aber wie lange wird er noch auf seinem Weg bleiben?*

Schiffe habe ich den Tag über nicht gesichtet.

Der Junge schläft und ist recht schweigsam. Taina hatte Recht: Nicht einmal stahl sich der Funke eines Lächelns in sein Gesicht bisher.

Bei Sonnenaufgang werden wir die Wiege der Winde erreicht haben. Ich hoffe, dort einen freundlichen Wind zu wecken, der uns durch die See der Sehnsucht zur Insel zwischen den Nächten bringt.

Windstill wie vor dem ersten Atemzug der Welt lag das Meer. Einem polierten Spiegel gleich wartete es auf den kommenden Tag. Ein Morgen dämmerte herauf, so klar und blau wie das meisterhaft geschliffene Glas aus Taragon. Der alte Märchenerzähler saß still staunend, obwohl er solche Morgen schon oft erlebt hatte auf dem Meer.

Als dann die Sonne strahlend jung aus dem Wasser stieg, klopfte er seine Pfeife aus und faltete die Seekarte auseinander. Die Uramar dümpelte inmitten der Wiege der Winde. Oyano holte bedächtig die Segel ein. Nur ein kleines Sturmsegel blieb am Vorstag aufgezogen. Es hing herunter wie ein feuchter Putzlappen.

Als Oyano alle Taue sorgfältig geprüft und gesichert hatte, band er das Ruder fest, setzte sich ins Heck der Uramar und sah nach achtern. Ganz leise begann er eine Melodie zu summen. Nach einigen Takten formten sich fremdsprachige Silben. Und schließlich sang der alte Märchenerzähler mit rauer, zärtlicher Stimme in einer alten Sprache. Nicht weit entfernt begann sich die still atmende Oberfläche des Meeres leicht zu kräuseln. Oyanos Stimme wurde ein wenig lauter und das Kräuseln des Wassers zog leichte Kreise.

Da polterte es in der Uramar. Aaran stolperte den Niedergang herauf und schrie mit wirrem Schlaf in den Haaren: »Was ist? Sind sie wieder da?«

Oyano wandte sich um. »Still!«, flüsterte er eindringlich und winkte beschwichtigend mit den Händen. »Still!«
Doch es war zu spät. Die spielerischen Kreise auf dem Meer zogen sich dichter und dichter zusammen. Dann wurde das Wasser in einem gewaltigen Strudel nach unten gezogen, als ob ein Ungetüm dort seinen unermesslichen Durst zu löschen versuchte.
»Alle Luken schließen!«, befahl Oyano mit einer Stimme, die keinen Platz für Fragen ließ. Aaran verschwand mit einem Satz im Bauch der Uramar. Nach einem endlosen Augenblick vollkommener Stille, jenem Wimpernschlag, der ein Leben ändern kann, brüllte und toste es aus dem wirbelnden Schlund wieder heraus. Eine schwarz wirbelnde Wolke stieg in den Himmel und legte ihr flatternd dunkles Gewand über die aufsteigende Sonne.
»Das habe ich mir anders vorgestellt«, murmelte Oyano und stemmte sich gegen das Ruder, in welchem er die Macht der anströmenden Wellen schon spürte. Der Wind krallte sich in das Sturmsegel, und die Uramar pflügte mit gesenktem Bug durch die aufkommenden Wellen wie ein Ochsengespann den Pflug durch regenschwere Erde.
»Alles dicht«, meldete der Junge, als er den Kopf wieder aus dem Niedergang steckte. »Was ist geschehen?«

Oyano grinste grimmig. »Du hast einen Wind geweckt, für den ich nicht gesungen habe. Du konntest es nicht wissen«, beruhigte er den Jungen, »aber in der Wiege der Winde ist es gut, bescheiden und leise aufzutreten. Mächtige Gewalten ruhen hier.«

»Und nun?«, wollte Aaran wissen.

»Schließ den Niedergang und setz dich zu mir. Bis zum Nachmittag sollte sich der wilde Geselle ausgetobt haben«, anwortete Oyano und zog sich die Kapuze seines Umhangs über den Kopf, denn die achterliche Gischt begann über die Uramar zu sprühen wie Schwaden herbstlichen Nebels.

Und zwischen all dem fliegenden Wasser, der peitschenden Luft, den sich auftürmenden Wellen, der davonfetzenden Gischt, entdeckte der Junge noch vor Mittag tatsächlich die Masten der Kriegssegler des Königs. Mit schreckgeweiteten Augen deutete er sprachlos in ihre Richtung. Als Oyano sie sah, knurrte er wie ein gereizter alter Hofhund, der in seinem Mittagsschlaf gestört wird. »Gut, dass du schon geübt hast«, sagte er zu Aaran. »Komm ans Ruder und versuche, diesen Kurs zu halten. Der wird diesen großen Schiffen nicht sehr schmecken. Ich werde noch ein Segel aufziehen.“

Der alte Märchenerzähler kramte in einer Backskiste, bis er ein dünnes, buntes Tuch fand. Das zog er halb den Mast hoch und ließ es daran knallend flattern. Sobald das Tuch jedoch im Sturm am Mast hing, schnitt die Uramar wie ein Pfeil durch die sich überschlagenden Wellenberge. Der kräfteraubende Druck am Ruder ließ nach, und Aaran steuerte die Uramar leicht und voll spielerischer Ausgelassenheit auf einem Kurs, der den großen Kriegsseglern des Königs durch Spanten und Wanten ging. Sie stampften und rollten durch das tosende Meer und mehr als ein Mann ging dabei von Bord, denn ihre Schiffe gebärdeten sich wie Wildpferde, denen man zum ersten Mal den Sattel aufzulegen versucht.

»Du lernst schnell«, sagte Oyano anerkennend und ließ den Jungen am Ruder stehen, während einer der Verfolger die Segel strich und die Verfolgung aufgab.

Aaran rief mit leuchtenden Augen: »Hilft dieses Tuch bei allen Stürmen?«

»Nur dem, der es sich redlich erworben hat«, gab Oyano zurück und beobachtete den Kriegssegler, der zu viele Segel aufgezogen hatte, um in dieser See bestehen zu können. Er kam zwar näher, doch statt, wie die Uramar, auf der tosenden Flut zu schweben und von ihr getragen zu werden, musste der Kriegssegler sich mit seinem Bug eine Schneise durch die brüllende See schlagen. Es kam, wie es kommen musste. Als er wieder einmal kopfunter aus einer sich überschlagenden Welle auftauchte, hatte die wütende Kraft des Meeres den Bugspriet abgerissen. Der mannstarke Mast brach wie ein Strohhalm unter einem achtlosen Tritt, und die Segel fetzten davon im hohnlachenden Wind. Schon kurze Zeit später hatten Oyano und der Junge den Kriegssegler in der stürmischen Flut hinter sich gelassen und sahen ihn nicht mehr.

Wie der alte Märchenerzähler vermutet hatte, ging dem ungebärdigen Gesellen, den Aaran in der Wiege der Winde geweckt hatte, gegen Nachmittag der Atem aus. Die Sonne brach durch die auseinander treibenden Wolken, und der alte Märchenerzähler begann seine Pfeife zu stopfen und fröhlich zu singen. Aaran stand am Ruder, steuerte den Kurs, den Oyano ihm vorgab, schaute auf das Meer und hörte den Liedern zu.

Noch vor Sonnenuntergang trieben Regenwolken wie Nebelgespenster über das Meer. Ihre dünnen Finger griffen herab bis auf die Wellen. Als dann der Kompass verrückt spielte und durch die Windrose kreiste wie ein liebestoller Kolibri, wusste Oyano, dass sie die See der Sehnsucht erreicht hatten; nirgendwo sonst sind

die Gesetze und Grenzen der Vernunft so bedeutungslos wie in diesen Gewässern.

Die Uramar rauschte voll lebensfroher Lust durch eine schaumgekrönte Dünung, hinein in eine diesige und regnerische Dunkelheit.

»Nun übernehme ich das Ruder«, sagte der alte Märchenerzähler. »Sei du aufmerksam und schau dich um. Im Meer der Sehnsucht findet sich allerlei Treibgut, das ich nicht rammen will. Am späten Abend werden wir unser Ziel erreicht haben.«

Er reichte Aaran einen Hut, denn es hatte zu nieseln begonnen und schon bald konnte man kaum noch dreißig Schritte weit sehen.

»Was ist das für ein Buch, das du versteckt hast vor den Soldaten?«, fragte Aaran nach einiger Zeit des Schweigens, während er aufmerksam vorausschaute.

»Ein wichtiges Buch«, murmelte Oyano. »Es gibt nur noch diese eine Abschrift. Die Sprache ist uns nicht mehr vertraut. Es ist schwierig, hinter den Sinn der Worte zu kommen. Mancherlei Deutungen sind möglich, mancherlei Deutungen nötig. Ich war sein Hüter in der vergangenen Zeit. Nun bringe ich es zurück zur Gilde der Märchenerzähler, damit ein anderer es zu sich nimmt.«

»Das soll nun einer verstehen!« Der Junge stöhnte und schloss die Augen.

»Es ist das Buch der Wahren Namen«, erklärte

Oyano weiter. »In ihm stehen die Namen aller Pflanzen und Tiere, der Steine und Sterne und noch vieles mehr, in der Sprache des Ursprungs. Wer den wahren Namen weiß, erkennt und sieht die Dinge wie sie sind. Und wer weiß, wie etwas mit seinem wahren Namen gerufen wird, kann es beherrschen – oder mit ihm reden. Kann es missbrauchen für mächtige Zauberrituale – oder von seiner Weisheit lernen.«
Der alte Märchenerzähler kramte seine Pfeife aus einer der vielen Taschen seines Umhangs und zog daran. Seltsamerweise brannte sie, ohne dass er sie entzündet hatte.
»Ein Tyrann würde seine rechte Hand für dieses Buch geben. Vielleicht auch noch sein Bein dazu!«, sagte er und blies eine dicke Rauchwolke den niederkommenden Nebelwolken entgegen. Dann sah er wieder aufmerksam voraus und änderte den Kurs nach einiger Zeit um das Viertel der Windrose. Die Uramar trieb vor dem leichten achterlichen Wind wie ein Drache, der die Flügel weit ausgebreitet hatte, um in den diesig verhangenen Abend zu schweben.

»Da«, sagte der alte Märchenerzähler und deutete voraus. Knapp hundert Ellen steuerbord tauchte ein seltsames Gebilde aus dem Nieselregen auf. An Land und aufgerichtet, hätte es wohl ein Haus sein können. Doch die Balken des Dachstocks ragten unbedeckt und spitz wie Rammsporne eines Kriegsschiffes aus dem Wasser. Wenn Oyano den Kurs nicht geändert hätte, wären sie zusammengestoßen mit dem eigenartigen Gebilde, das da im Meer trieb.

»Was war denn das?«, rief der Junge erstaunt.

»Es sah aus, wie ein Haus, das sich jemand einst bauen wollte«, gab der alte Märchenerzähler ungerührt zurück, zog an seiner Pfeife und sah aufmerksam umher.

»Was ist das?«, rief Aaran und deutete nach backbord.

Ein Eisberg driftete langsam heran aus dem dämmrigen Nebel. In ihm war ein breites Bett mit seidenen Laken eingefroren. Die Decken waren so ordentlich gerichtet, wie bei einem Totenbett.

Wieder änderte Oyano den Kurs der Uramar. Er zog an seiner Pfeife und sah dem Eisberg hinterher. »Weggeworfene Träume schwimmen hier und vergessene Sehnsüchte. Daher kommt der Name dieses Meeres«, murmelte er, während er einem dahertreibenden Tisch auswich, der mit vielerlei Köstlichkeiten gedeckt war und doch trostlos wirkte, da niemand an ihm saß.

»Manche wollen geborgen werden, andere werden achtlosen Seefahrern oder schwachen Schiffen zum Verhängnis«, erklärte Oyano weiter.

Am Abend wurde der alte Märchenerzähler geschäftig. Er reffte das Segel, legte sorgfältig gerollte Taue zurecht und schaute mit erwartungsvollem Blick voraus. Noch immer regnete es gleichförmige graue Fäden, und in der Nacht sah der Junge kaum neun Schritte weit.

»Wir sind gleich da«, rief Oyano dem Jungen zu. »Geh nach steuerbord, nimm das Tau vom Vorschiff mit und halte dich bereit an Land zu springen.«

Aaran blickte angestrengt um sich, aber er konnte nichts sehen. Oyano löste die Schoten und das Segel fiel herab.

»Spring!«, hörte der Junge den alten Märchenerzähler rufen. Aaran starrte in die Dunkelheit. Aber da war nichts außer regenschwerer, gräulicher Schwärze.

»Nun mach schon! Du musst dich einfach nur trauen!«, hörte er die Stimme des alten Märchenerzählers und gleichzeitig ein Poltern, denn Oyano war mit der Heckleine vom Schiff verschwunden.

Aaran nahm das Tau fest in die Hände und mit einem gewaltigen Satz sprang er von der Uramar hinein in die Finsternis. Er landete im Wasser. Keuchend strampelte er sich empor und hörte als Erstes das prustende Lachen des alten Märchenerzählers.

»Hier!«, sagte Oyano, und Aaran spürte eine kräftige Hand, die ihn mit Schwung auf einen schwankenden Steg zog, der erst erschien, als der sprachlose Junge darauf stand.
»Das Tau«, rief Oyano ihm aufmunternd zu. »Mach es fest!«
Staunend sah Aaran um sich. Aus dem nächtlichen Grau des Regens hatten sich die Schatten einer alten Hafenstadt geschält. Fackeln brannten an der Mole, und jetzt sah er auch die Feuer der Hafeneinfahrt.
Verwundert fragte er: »Wie kommt das? Ich habe keinen Hafen gesehen und keinen Steg.«
Der alte Märchenerzähler legte einen Arm um die Schulter des Jungen: »Man sieht nur, was man weiß. Jetzt weißt du, dass es die Insel zwischen den Nächten gibt.«
Aaran runzelte verständnislos die Stirn.
»Das Schöne an dieser Insel ist, dass man glauben muss, dass es sie gibt. Dadurch wird sie wirklich. Du hast es nicht geglaubt, deshalb war sie nicht da für dich. Aber du kannst ja schwimmen zum Glück.«
Seite an Seite gingen sie über den schwankenden Anlegesteg. »Es gibt Dinge, die gibt es nur, wenn man auch daran glaubt, dass es sie gibt«, sagte Oyano zu dem Jungen. »Aber lass uns nun einen trockenen Platz suchen.«
Bei der alten Mole, an welcher die Kauffahrer

mit ihren dickbauchigen Schiffen lagen, schaute Oyano in die offenen Fenster und Türen der Hafenkneipen, aus denen vielstimmige Lieder, lautes Lachen und Erzählen drang. Wie immer wurde gefeiert in der Neumondnacht, bevor sich am Tag danach die große Versammlung traf. Der Märchenerzähler jedoch zog den Jungen weiter, obwohl er einige Male freundliche Worte rief und winkend begrüßt worden war. Nur einmal blieben sie stehen und drängten sich in einen niedrigen Raum, dessen Altersfurchen vom Ruß gezeichnet waren. Eine junge Frau stand auf einem der Tische und stampfte ruhegebietend ihre Stiefel auf die hölzerne Platte. Dabei blitzte und blinkte ein kleiner Edelstein in ihrem Bauchnabel und verzückte die Blicke der bierseeligen Männer, die um Tische saßen oder sich am Tresen drängten.

»Ich werde euch ein Rätsel stellen, ihr Märchenerzähler«, rief sie. »Wer es löst, soll essen und trinken was er will heute Abend. Wenn keiner die

richtige Antwort findet, werdet ihr mich aushalten die ganze Nacht.«
»So soll es sein!«, riefen alle und waren nicht wenig angetan vom Bauchnabel der jungen Frau.
»Dann hört gut zu«, rief die Frau. »Ich erzähle euch die Geschichte vom Pferderennen.«

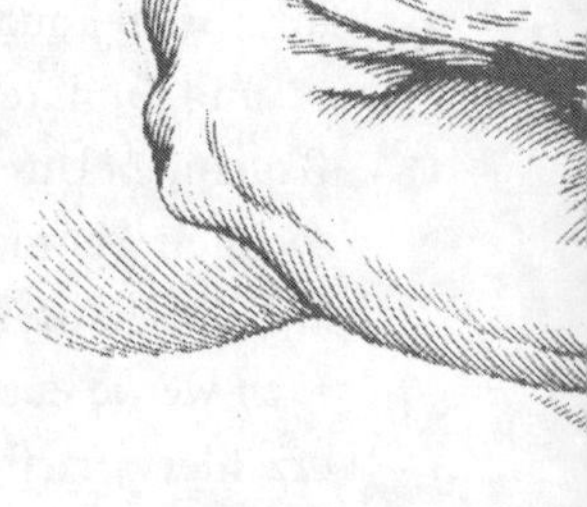

Ein rätselhaftes Pferderennen

Der alte König eines mächtigen Reitervolkes spürte, dass sein letzter Tag gekommen war und rief seine beiden Söhne zu sich. Er segnete sie und nahm ihnen das Versprechen ab, seinen Leichnam auf die geliebte Schimmelstute zu binden. Dort, wo diese zum ersten Mal stehen bleiben würde um zu grasen, sollte sein Grab errichtet werden.

Seine Söhne versprachen zu handeln, wie er es ihnen aufgetragen hatte.

Der alte König sprach weiter: »Wenn die Trauerzeit vorbei ist, nehmt eure Lieblingspferde und veranstaltet ein Rennen zu meinem Grab. Derjenige, dessen Pferd zuletzt ankommt, soll mein Nachfolger und Erbe des Reiches sein.«

Als die Söhne gelobten, auch in diesem Falle zu handeln, wie ihnen aufgetragen, schloss der alte König zufrieden seine Augen und schlief auf immer ein.

Wie versprochen banden die Söhne den Leichnam ihres Vaters auf dessen geliebte Schimmelstute. Drei Tage und drei Nächte verhielt sie nicht in ihrem Schritt. Erst am Fuß eines grünen Hügels begann sie unter einigen uralten Weiden zu grasen. Die Söhne gruben das Grab und setzten ihren Vater in die Erde. Dann suchten sie Steine und schmückten das Grab, so wie es die Tradition vorschrieb. Gemeinsam ritten sie zurück, drei Tage und drei Nächte lang.

Als die Trauerzeit vorüber war, gingen sie am Morgen in den Stall und sattelten ihre Lieblingspferde. Dann galoppierten sie gemeinsam los zum Grab ihres Vaters. Die Lust, die Haare im morgendlichen Wind wehen zu lassen trieb sie an, bis ihre Pferde schäumten und dampften. Am Abend kamen sie dicht nebeneinander zu einer einladenden Herberge.

»Lass uns hier rasten«, sagte der ältere Bruder, »gut essen und schlafen. Morgen bei Sonnenaufgang können wir unser seltsames Rennen fortsetzen.«

Der Jüngere war einverstanden, und so versorgten sie ihre Pferde in der Herberge und nahmen Quartier für eine Nacht. Sie aßen und tranken zusammen und lachten viel über die Geschichten aus ihrer Kindheit, die ihnen zu später Stunde in den Sinn kamen.

Am nächsten Morgen mühte sich keiner der beiden das Frühstück schnell zu beenden. Als sie ihre Pferde sattelten, war es schon Mittag. Gemächlich trabten sie nebeneinander her. Manchmal sahen sie sich an und zuckten mit den Schultern. Am frühen Abend erreichten sie wiederum eine Herberge.

»Lass uns rasten hier«, sagte der jüngere Bruder und der ältere nickte. Sie versorgten ihre Pferde, und dann saßen sie zusammen, aßen und tranken und sprachen über ihren Vater und ihr Leben, ihre Frauen und Kinder und spät in der Nacht auch über sich. Und sie saßen noch und sprachen miteinander, als der Morgen sich schon wieder ankündete mit dem ersten dämmrigen Licht.
Die Brüder umarmten sich lange und stiegen dann in die Sättel. Doch im Gegensatz zum gestrigen Tag trieben die beiden die Pferde zum äußersten Galopp und schonten sie nicht.«
Die Erzählerin drehte sich im Kreis, dass der Edelstein bis in die hinterste Ecke blinken konnte. »Nun sagt mir, ihr Märchenerzähler, welche Lösung haben die beiden Söhne gefunden, um das gegebene Wort zu halten?«

Es war still in dem niedrigen Raum. Still, bis auf das Tropfen des Bierhahns und das Gluckern des Weinfasses.

»Aber Sunja«, rief Oyano, nachdem er einige Augenblicke angestrengter Nachdenklichkeit hatte verstreichen lassen. »Diese Geschichte hat einen Bart, so lang wie der Weg von Taragon nach Nestras. Du kannst von Glück sagen, dass ich noch eine Verabredung habe. Sonst würde ich dir heute Abend zeigen, was ich alles essen kann.«

»Oyano«, stöhnte die Frau auf dem Tisch und verdrehte in gespieltem Entsetzen die schwarz umrandeten Augen. »Du hier? Das ist heute nicht mein Tag.«

»Vielleicht hättest du nach den Sternen sehen sollen«, schmunzelte der alte Märchenerzähler, »oder nach dem Flug der Bienen.« Er trat einen Schritt vor. »Soll ich das Rätsel nun lösen, oder bekomme ich schon für mein Schweigen etwas zu trinken?«

Kaum hatte er ausgesprochen, drückte ihm Sunja einen Becher Wein in die Hand. »Trink und geh dann weiter«, lachte sie ihm zu. »Vielleicht findet ja einer hier die richtige Lösung. Dass du sie weißt, bin ich mir gewiss.«

Der alte Märchenerzähler trank einen kleinen Schluck, verzog die Lippen und reichte den Becher zurück. »Mir scheint, das ist nicht mein Jahrgang.«

Oyano winkte Sunja freundlich zu und ging mit Aaran weiter.
»Und was ist nun des Rätsels Lösung?«, fragte der Junge den Märchenerzähler nach einiger Zeit. Unter geschäftigem Lärmen wurde ein Kauffahrer ausgeladen. Die Schauerleute sangen schaurige Lieder, Oyano schwieg und Aaran grübelte vor sich hin, bis sie einige Gassen weitergegangen waren. Fackeln warfen zuckende Lichtfiguren an alte steinerne Mauern.
Plötzlich rief der Junge laut. »Natürlich! Sie haben ihre Pferde getauscht. Das haben sie verabredet. Und damit konnten sie endlich aus dem seltsamen Rennen ein richtiges machen, denn das Pferd des Siegers kommt ja dann zuletzt ans Grab.«
»So einfach sind manche Rätsel im Leben zu lösen«, antwortete Oyano und grinste wie ein Schelm.
Doch dann wurde er ernst: »Meist hört die Geschichte damit auf, das Rätsel gelöst zu haben. Doch ich will dir erzählen, wie sie weiterging.«
Der Märchenerzähler setzte sich auf eine steinerne Bank an der Hafenmauer.
»Nun saßen also die Brüder jeweils auf dem Pferd des anderen und galoppierten ihrem Ziel entgegen«, begann er und stopfte sich seine Pfeife. »Doch gegen Mittag schäumte das Pferd des jüngeren Bruders, denn es war eine andere Gangart

gewohnt. Und das Pferd des Älteren begann zu lahmen. Ein Dorn hatte sich durch seinen Huf gebohrt. Als nun die Brüder die Tiere zügelten und abstiegen, um sie zu schonen, sprachen sie zueinander: »Wir wollen heute Nacht hier rasten. Und morgen unsere Pferde antreiben, ohne dass wir auf ihnen sitzen. Dessen Pferd zum Grabmal läuft, der soll dort eine Stadt gründen und ein neues Reich. Der andere soll das alte Reich hüten und wahren.«

Und so, wie sie es besprachen am Abend, hielten sie es am Morgen«, schloss Oyano und klopfte seine Pfeife aus. »Lass uns weitergehen.«

In einer kleinen Seitenstraße, abseits vom lärmenden Trubel am Hafen, blieb der alte Märchenerzähler vor einem einfachen Gasthaus stehen. Durch die Fenster konnte man warmen Lampenschein sehen. Als Oyano die knarrende Türe öffnete und in den niedrigen Gastraum trat, war es einen Augenblick still wie in einer Grabeskammer.

Dann sagte eine Frauenstimme: »Das wurde nun aber auch wirklich Zeit, Oyano!«

»Enea!«, rief der Junge an der Seite des Märchenerzählers und lief los, sie zu umarmen. Auch Oyano drückte Enea an sich. »Schön dich zu hören und zu sehen. Es scheint dir gut zu gehen. Das freut mich! Ich dachte, wir seien auf Neumond verabredet. Bin ich nicht sogar vor der Zeit?«

»Du bist ein Haarspalter, Oyano«, entgegnete Enea und gab dem alten Märchenerzähler einen Kuss. »Ich bin froh, dass ihr endlich da seid. Schlechte Nachrichten hört man aus allen Provinzen des Reiches.«

Oyano nickte in die kleine Runde und seine Augen lächelten voll freudvoller Erinnerungen. Dann wandte er sich wieder Enea zu: »Was ist geschehen in Taragon? Dein Haus habe ich zerstört gefunden. Taina erzählte mir, es seien Soldaten des Königs gewesen!«

»Aaran hatte sich zu mir geflüchtet«, sagte Enea und streichelte über die Haare des Jungen, obgleich dieser schon fast einen Kopf größer gewachsen war als die Hüterin der Träume. »Es gibt immer jemanden, der seinen Mund nicht halten kann, wann es denn an der Zeit wäre. Ich hatte deutliche Träume, die Nächte zuvor. Deshalb machte ich mich auf den Weg. Und Aaran erklärte ich, wie er am besten auf die Uramar kommt und wie lange er sich versteckt halten soll, damit du ihn nicht über Bord wirfst.«

Scheinbar grimmig schnalzte der alte Märchenerzähler mit der Zunge: »Ja, da hat er wirklich Glück gehabt«, brummte er und gab dem Jungen einen kleinen Stoß mit der Faust. Dann fuhr er mit düsterer Stimme fort: »Wir wurden von Kriegsseglern verfolgt. Und Taina sagte mir, dass sie auch nach einem alten Buch gesucht hätten.«

»Das Buch...?«, riefen alle entsetzt.
»... ist in Sicherheit«, beruhigte Oyano die Runde. »Aber woher wissen sie ...?« Ogabu strich über seine dunkel glänzenende Glatze und sah beunruhigt von einem zum anderen.
»Sind wir eine Geheimgesellschaft?«, gab der Weise Akita zurück. »Und dass dieses Buch Begehrlichkeiten weckt, wundert es euch?«
Matetou, der Lederhäutige mit den zahllosen Lachfalten, Genscha, die Heilerin, Harena, die Tänzerin und Lisura, die Sternenäugige nickten zustimmend.
Tallus, der stiernackige Wirt, kam mit einer dampfenden Schüssel an den Tisch. Er stellte sie ab und bellte knappe Anweisungen an die Gehilfen, die mit Tellern, Brot, Gewürzen, Gläsern und Wein herbeieilten. Als alles zu seiner Zufriedenheit gerichtet war, umarmte er Oyano.
»Lang ist es her, dass wir uns zuletzt sahen«, sagte er ein wenig vorwurfsvoll.
»Und doch konnte ich den Geschmack deiner Fischsuppe auf meiner Zunge spüren, wann immer ich an dich dachte«, gab Oyano lachend zurück und versuchte, dem Wirt zur Begrüßung auf den Rücken zu klopfen, doch seine Arme reichten nur bis zu dessen Schulter.
Während sie aßen erzählte Oyano, weshalb er zur Zusammenkunft geladen hatte, und was er morgen Abend der großen Versammlung sagen

wollte. Er berichtete von seinen Entdeckungen im Buch der Wahren Namen und davon, was die Seuche der Kinderlosigkeit mit dem Erlöschen der Sterne gemeinsam hatte: »Die Elemente selbst verweigern uns das Leben und unser Himmel stirbt mit uns. In Nestras hatte die Seuche ihren Ursprung. Dort gilt es, nach einer Antwort zu suchen«, schloss er und strich nachdenklich mit einem Brotstück durch die längst leer gegessene Schüssel. »Alle müssen davon wissen und berichten in ihrer Heimat.«

Bis lange in die Nacht saßen sie, aßen, tranken dunklen Wein und beratschlagten, was man tun könnte und müsste. Dann aber redeten sie über das, was wirklich getan werden kann und muss.

Schließlich nickte Oyano.

»Ihr habt Recht, Freunde. Es ist an mir, nach Nestras zu gehen. Ich bin dort aufgewachsen, mein alter Lehrer lebte dort und mit der Uramar kann ich am Abend schon dort sein, während ihr in meinem Namen sprecht auf der großen Versammlung.«

»Ich werde mitgehen«, sagte Aaran bestimmt.

Enea wollte Einwände dagegen erheben, doch der alte Märchenerzähler nahm sie in den Arm, drückte sie und nickte dem Jungen zu.

»Lauf hinunter zum Segelmacher«, befahl er. »Du findest ihn neben der Lachmöwe, dort, wo Sunja ihre Geschichte erzählte. Weck ihn auf, falls er schon schläft. Grüße ihn von mir und bitte ihn, die Nähte der Segel zu prüfen. Schau nach den Wasserfässern und fülle sie. Am frühen Morgen werden wir ablegen.«

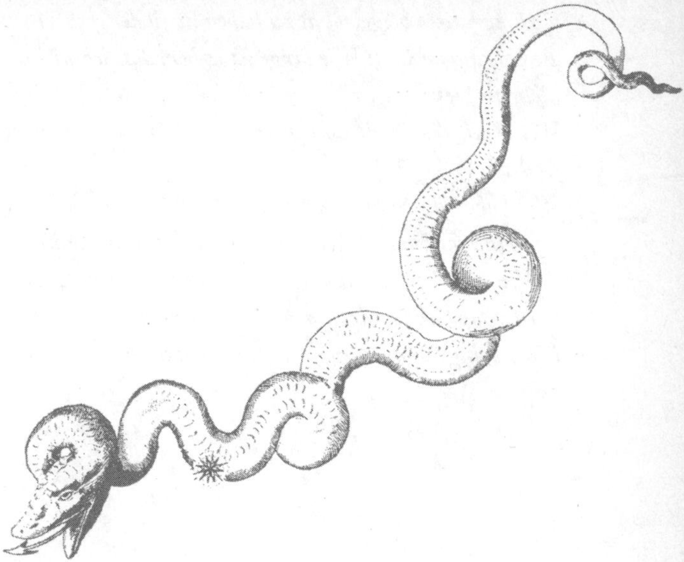

LOGBUCH DER URAMAR

Nachmittag nach Neumond

Nach einem ausgedehnten Frühstück in der »Lachmöwe« doch erst gegen Mittag ausgelaufen. Der Wind steht günstig und wenn mich Wellen, Wolken und Wind nicht täuschen werden wir am späten Abend in Nestras sein. Aaran steht am Ruder und starrt voraus, als ob er uns allein durch seinen Blick dem Ziel näher bringen könnte.

Sobald die Sonne untergegangen ist, wird sich die große Versammlung treffen. Ich kann mich kaum erin-

nern, ihr nicht beigewohnt zu haben in all den Jahren, die vergangen sind. Wie lange ist es her, dass ich nicht mehr in Nestras war?
Werde ich die Stadt noch kennen und die alten Orte finden?
Wir haben die Sonne im Rücken, Kurs Ost liegt an.
Noch immer habe ich kein Lachen gefunden im Gesicht des Jungen, nicht einmal, als er so unverhofft Enea wieder sah. Ich werde ihm ein Märchen erzählen, vielleicht bringt ihn das auf andere Gedanken.

Das verlorene Lachen

In jener Zeit – die es wohl auch heute noch gibt, für den der es versteht, sie zu sehen – in welcher das Wünschen noch geholfen hat, wurde einem Königspaar nach langen Jahren vergeblichen Hoffens endlich eine Prinzessin geboren.

Die stolzen Eltern freuten sich und luden die Ahnen, Freunde und Verwandten zu einem großen Fest. Alle, die eingeladen waren, kamen, brachten die besten Wünsche und die ausgesuchtesten Geschenke.

Kurz vor Mitternacht, als gegessen, getrunken, getanzt und gelacht worden war, öffnete sich mit lautem Getöse die breite Tür des Festsaales. Herein trat eine alte Frau mit grauem Umhang und böse verkniffenem Mund.

»Ich war euch wohl nicht fein genug für diese Gesellschaft!«, fuhr sie das Königspaar an. Die wichen erschrocken zurück, denn das Weib kam drohend auf sie zu. »So hört denn, was ich eurer frischen Brut für diesen Frevel nehmen will.«

»Nein«, flüsterte die Königin entsetzt und wollte die schlafende Prinzessin aus ihrem Bettchen holen. Doch sie kam zu spät. Die Alte hatte sich über das Kind gebeugt und fuhr ihr mit der linken

Hand über den Mund. Als sie die Hand öffnete, lag darin ein makelloser Bergkristall.

»Kein Lachen wird dir über die Lippen kommen in deinem Leben«, rief die Alte dem schlafenden Kind ins Gesicht, »denn nun ist es mein!« Dabei lachte sie so grässlich, dass alle im Saal froren, als würden sie mit Eiswasser übergossen.

Ehe sich jemand regen konnte, war die Alte verschwunden. Durch die offen stehenden Türen fauchte ein unwirscher Nachtwind in den Saal und löschte alle Fackeln bis auf eine, die im hintersten Winkel des Festsaals flackerte.

»Die Dunkelmär«, dem König stockte noch immer der Atem vor Grauen. »Wir haben vergessen, sie einzuladen.«

Die Königin war in eine bleiche Ohnmacht gefallen.

Was die Dunkelmär dem Kind an der Wiege prophezeit hatte, erfüllte sich und wurde Wirklichkeit. Die Prinzessin wuchs heran, doch in ihrem Leben gab es kein Lachen, kein Kichern oder mädchenhaftes Gickeln, nicht einmal ein kleines Schmunzeln oder Augenzwinkern.

Was hatten die besorgten Eltern nicht alles versucht. Heilkundige waren ins Schloss gekommen und Kräuterhexen, Beschwörer und Fluchbesprecher, Weise und weniger Weise. Keiner hatte etwas bewirken können.

Längst schon war die Prinzessin zu einer klugen

jungen Frau herangewachsen, deren Schönheit weit über die Grenzen des Landes hinaus gerühmt und besungen wurde. Eines Tages nun ließ sie verkünden, denjenigen zum Manne zu nehmen, der sie zum Lachen bringen könnte. Bei einem großen Fest im Schloss sollten die Bewerber ihr Glück versuchen.

Viele Prinzen und Fürstensöhne, aber auch einfache junge Männer kamen, und es gab allerhand zu staunen für alle im Schloss, denn die jungen Männer kamen auf die absonderlichsten Gedanken und Ideen, um der Prinzessin ein Lachen zu entlocken. Doch die saß auf ihrem Thron vor der Tribüne, und ihr Gesicht war ernster als bei einer Beerdigung und kein noch so kleines Funkeln fand einen Weg in ihre moosgrünen, traurigen Augen.

Alle Bewerber zogen davon, wie sie gekommen waren, und die Prinzessin blieb zurück, ohne ein einziges Lachen.

Faremi, ein junger Sänger mit krausen Wirbeln in den schwarzen Haaren, war gekommen, um der Prinzessin ein lustiges Lied zu singen zu seiner Harfe, die er einst bekommen hatte von seinem Großvater. Er hatte den fruchtlosen Bemühun-

gen der Prinzen und fein herausgeputzten Fürstensöhne zugesehen und dabei das Gesicht der Prinzessin gesehen. Fast wollte ihm das Herz zerspringen bei diesem Anblick, und er vergaß all seine Lieder.

Drei Tage und Nächte konnte er nicht essen und auch nicht schlafen. Der Sänger sah das traurige Gesicht der Prinzessin vor sich, wusste um die Schönheit, die darin verborgen lag, wenn nur der Strahl eines Lächelns diesen Augen das Licht des Lebens gegeben hätte.

Faremi blieb in der Stadt und ging zu den Ständen der Händler und Kräuterweiber auf dem Markt und fragte, was der Grund sein könnte für die Krankheit der Prinzessin. Er ging zu den Sterndeutern und in die Kneipen mit dem billigen Wein. Er trieb sich bei manch seltsamem Magier herum, und auch bei den Märchenerzählern konnte man ihn sehen. Und jede Nacht schlich Faremi zur Mauer des Schlosses und spielte auf seiner alten Harfe, bis die Wachen kamen und er fliehen musste. Ein Lied jedoch wollte ihm nicht mehr über die Lippen kommen, seit er die Prinzessin gesehen hatte.

Schließlich dachte der Sänger genug gehört und erfahren zu haben. Er wusste um die Vorkommnisse bei der Geburtstagsfeier der Prinzessin und beschloss, die Dunkelmär zu finden, um das geraubte Lachen zurückzuholen. Denn der Sänger

wollte nicht weiterleben ohne die Prinzessin an seiner Seite.
So machte sich Faremi auf den langen Weg zum Dunkelwald, in welchem die Dunkelmär hauste. Sieben Tage musste er gehen, hinaus aus dem Reich, über den Grenzfluss, hin zur Steppe bis zum Gebirge des ewigen Eises. Zu dessen Füßen lag der Dunkelwald. Ein Ort, den Menschen mieden, denn die Geschichten über ihn waren wie sein Name, düster und dunkel.
Doch der Sänger ohne Lied ließ sich davon nicht abhalten. Er nahm seine Harfe vom Rücken und spielte eine beherzte Melodie während er in den Dunkelwald hineinging. Bald schon war es so finster wie in einer Grabkammer. Schemen huschten zwischen den dunklen Schatten der Baumstämme. Flüstern und Knistern, Wispern und Raunen begleiteten seine Schritte. Dann wurde es mit einem Male totenstill. Ein furchtbarer Dämon stellte sich dem jungen Sänger in den Weg. Doch der zuckte nicht einmal zusammen.
Verwundert rief der Dämon: »Warum erschrickst du nicht vor mir und nimmst Reißaus?«
Der Sänger antwortete: »Ich habe ein Gesicht gesehen, das noch niemals gelacht hat. Wie sollte mich da dein Anblick schrecken?« Und dabei hielt er nicht inne, auf seiner Harfe zu spielen.
Da sank der Dämon zusammen, schrumpelte und

schrumpfte, bis er schließlich ganz verschwunden war. Wenig später stellte sich dem Sänger ein zweiter Dämon in den Weg, größer und schrecklicher, als ihn jemals zuvor ein Mensch erblickt hatte. Doch wieder ging Faremi ruhigen Schrittes weiter.

»Wer bist du, dass dir nicht die Zähne klappern vor Entsetzen?«, brüllte der Dämon so laut, dass sich die Wipfel der Bäume bis auf den Waldboden bogen.

»Ich habe einen Mund gesehen, der noch nie gelacht hat«, antwortete Faremi. »Wie sollte mich da dein Anblick schrecken?« Und dazu spielte er auf seiner Harfe.

Da verpuffte auch dieser Dämon mit einem Seufzen, wurde durchsichtig, verschwand und gab den Weg frei.

Schlag Mitternacht jedoch erschien ein dritter Dämon. So Furcht erregend und schrecklich war der anzuschauen, dass die meisten Menschen wohl lieber erblindet wären, als diesen Anblick auszuhalten.

Wieder zuckte Faremi nicht zusammen, und der Dämon rief erstaunt: »Wer bist du, dass du nicht niederfällst bei meinem Anblick?«

»Ich habe in Augen gesehen, in denen noch nie der Funke der Freude leuchtete«, antwortete der Sänger. »Wie sollte mich dein Anblick schrecken?«

Und wieder unterbrach Faremi sein Harfenspiel nicht.
Da verschwand auch der dritte Dämon, und der Sänger stand vor dem Haus der Dunkelmär. Aus dem Innern drang Lichtschein und so klopfte Faremi an die schwarze Tür, in welche seltsame Ornamente und Figuren geschnitzt waren.
»Komm nur herein«, rief eine dunkle Stimme. »Musikanten sind hier immer willkommen.«
Vorsichtig öffnete Faremi die Tür. Als er in das Haus trat, schaute er erstaunt. Ihm war berichtet worden, die Dunkelmär sei eine alte, abgrundtief hässliche Hexe. Doch ihm stand eine junge Frau gegenüber, deren düstere Augen nicht in ein solch junges Gesicht passten.
Der Sänger grüßte höflich und nannte seinen Namen. Dann sprach er: »Ich suche die Dunkelmär. Kannst du mir sagen, wo sie ist?«
»Ich bin die Dunkelmär«, bekam er zur Antwort, und die Stimme der so jung scheinenden Frau klang alt, wie die Zeit selbst. »Wie hast du meine Wächter überwunden?«
Faremi wunderte sich zwar nicht wenig über das Aussehen der Dunkelmär, doch er erzählte sein Woher und Weshalb.
Die Dunkelmär schüttelte den Kopf, als er geendet hatte: »Selbst wenn ich wollte, könnte ich dir das Lachen der Prinzessin nicht geben, denn ich

habe es eingetauscht. Wenn ich diesen Handel nur rückgängig machen könnte!«

»Aber, wo ist das Lachen der Prinzessin nun?«, drängte der Sänger aufgeregt.

»Ich habe es dem Drachen gegeben«, bekam er Auskunft. »Im Tausch dafür erhielt ich die ewige Jugend, die ich nun nicht länger ertragen will und kann.«

Der Sänger blieb bei der Dunkelmär über die Nacht. Nach dem gemeinsamen Mahl spielte er ihr auf seiner Harfe und erzählte, er habe all seine Lieder verloren, seit er das Gesicht der Prinzessin gesehen hätte.

»Du wirst deine Lieder wieder finden, sobald du das Lachen gefunden hast«, beruhigte die Dunkelmär den Sänger. »Und wenn du es dem Drachen genommen hast, wird die Last der ewigen Jugend endlich wieder von mir fallen.«

Sie beschrieb Faremi den Weg zum Drachenhorst, enthüllte ihm, dass das Lachen der Prinzessin in einem Bergkristall gefangen sei, und ermahnte ihn, sich zu beeilen. Denn wie auf allen Edelsteinen, die er raubt, brütet der Drachen auch auf dem Bergkristall, in welchem das Lachen der Prinzessin gefangen ist. Irgendwann wird er aufspringen. Dann kann der Drachen das Lachen der Prinzessin fressen und niemand wird es jemals wieder gewinnen können.

»Du darfst ihm erst in die Augen sehen, wenn

du ihn bei seinem wahren Namen gerufen hast«, warnte die Dunkelmär den Sänger beim Abschied, »denn sonst ist es um dich geschehen.«
Den wahren Namen des Drachen aber hatte die Dunkelmär dem Sänger anvertraut.
Der Sänger nickte und dankte der Dunkelmär. Dann stieg er in das eisige Gebirge. Den ganzen Tag und eine lange Nacht. Als der Morgen graute, war er am Drachenhorst. Das Untier darin war riesig. Unter seinem schuppigen Leib konnte der Sänger unzählige Achate, Smaragde, Diamanten, Lapislazuli, Sternsteine, Mondsteine, Märchenringe und viele andere Edelsteine und Schätze sehen. Wie die ungelebten Funken unzähliger Leben blinkte, glitzerte und funkelte es unter dem Drachen.
»Welch ein Schatz in dieser eisigen Einöde«, murmelte Faremi erschöpft vom langen, kalten Aufstieg. »Wie soll ich da das Lachen der Prinzessin finden?«
Schon dieses Flüstern ließ den Drachen erwachen, und das Gebirge bebte, als er sich regte und den Sänger anfauchte mit versengendem Atem.
Auf den guten Rat der Dunkelmär hin vermied er den Blick des Drachen.
Mit niedergeschlagenen Augen rief Faremi den Namen des Drachen, wie er in der Sprache des Ursprungs lautet.

Der Drachen begann zu schnauben und dicke schwarze Rauchwolken strömten aus seinen Nüstern. Kraftlos sank er wieder nieder in seinen Horst.

»Ich muss dir nun gehorchen. Aber in der Neumondnacht wirst du meinen Ruf hören«, grollte er mit heißem Atem. »Sag was du verlangst.«

»Gib mir das Lachen der Prinzessin«, forderte der Sänger. Und der Drache war ihm zu Willen, denn Faremi hatte ihn mit seinem wahren Namen gerufen. Er reichte dem Sänger einen makellosen Bergkristall, der sich warm anfühlte in seiner Hand und zerbrechlich schien.

»Wir werden uns wieder sehen, und dann werde ich den Kampf gewinnen!«, grollte der Drache dem davoneilenden Faremi nach.

Den Sänger schauderte, als er dies hörte. Doch er ließ seine Angst hinter sich und lief so schnell er konnte. Er fand seinen Weg durch den Dunkelwald und eilte über die heiße Steppe, hin zum Grenzfluss.

Nach fünf Tagen stand er am Abend endlich vor der Mauer des Schlosses. Sein Herz pochte in auf-

geregtem Takt und sein Mund war durch das angestrengte Laufen ganz trocken.
Vorsichtig legte er den Bergkristall auf einen Stein, nahm seine Harfe und spielte wie in den Nächten, bevor er sich auf den Weg zur Dunkelmär gemacht hatte. Es dauerte nicht lange, bis ein kleines Fenster geöffnet wurde. Auch das sanfte Licht des Mondes konnte nicht verbergen, dass Augen und Mund in diesem Gesicht noch niemals gelacht hatten.
»Ich habe dich lange nicht gehört«, sagte die Prinzessin. Und es schien Faremi fast, als ob ein kleiner Vorwurf in ihrer Stimme lag.
»Ich habe nach deinem Lachen gesucht und es gefunden«, antwortete der Sänger und seine Finger strichen wie von selbst über die Harfe, während sich in seinem Innern ein Lied seinen Weg zu suchen begann.
Da lief die Prinzessin so schnell sie konnte, drückte die Zofen und Lakeien beiseite, die versuchten, ihr einzureden, sie sei nicht schicklich gekleidet. Sie hastete die vielen Treppen hinunter, über den großen Schlosshof durch das Tor. Schrie dort die Wachen an, die versuchten sich ihr in den Weg zu stellen, eilte dann über die Zugbrücke des Schlossgrabens hin zu dem kleinen, verwilderten Weg, der zu dem jungen Sänger führte und zu dem Kristall, in welchem ihr gefangenes Lachen laut nach ihr gerufen hatte.

Als die Prinzessin den Bergkristall behutsam in ihre Hände nahm, brach dieser mit leisem Kna-

cken auseinander. Wie ein nasstauer, bunter Schmetterling breitete das Lachen der Prinzessin seine Flügel aus und begann aus dem Kristall zu wachsen. Es schwebte empor und ein ums andere Mal um die verdutzte Prinzessin herum, bis es sie umschwirrte, wie seidiger Samen von Löwenzahn im Sommer.

Im Bauch der Prinzessin begann es ungewohnt zu glucksen. Sie war sich sicher, dass sie auf der Stelle einen schrecklichen Schluckauf bekommen würde. Doch was sie nicht unterdrücken konnte, war ein emporquellendes Gickeln und Kichern, das von einer kreisenden Pfauenfeder in ihrem Bauchnabel herrührte, ein strahlender Regenbogen, der in ihren verdutzten Augen glänzte. Und dann prustete die Prinzessin lachend los, dass die atemlosen Wächter, die ihr nachgerannt waren, erschrocken zurückstolperten. Und mit dem Lachen der Prinzessin hatte der Sänger seine vergessenen Lieder wieder gefunden. Er sang, und die Prinzessin tanzte und lachte, bis das ganze Schloss, König und Königin staunend zusammengelaufen waren.

»In drei Wochen soll die Hochzeit sein!«, rief der

König laut vor Freude, seine Tochter endlich lachend zu sehen. »Schreibt die Einladungen und bereitet alles vor!«

Wie der König es befohlen hatte, geschah es. Doch wenn Faremi nicht darauf bestanden hätte, wäre die Dunkelmär nicht eingeladen worden zur Hochzeit.

»Sie hat meiner Tochter das Lachen genommen«, grollte der König mit zusammengepressten Lippen.

»Aber mir hat sie gesagt, wie ich es wieder erringen kann!«, gab Faremi so bestimmt zurück, dass der König schließlich doch einwilligte.

So wurde auch die Dunkelmär in geziemender Art und Weise eingeladen zu der Hochzeit. Wie die meisten anderen Gäste auch, kam sie schon am Abend zuvor ins Schloss, denn die Zeremonie sollte am nächsten Morgen bei Sonnenaufgang beginnen.

Der König und die Königin vermieden es, der Dunkelmär zu begegnen. Sie klagten über Kopfschmerzen und waren zeitig zu Bett gegangen. Aber Faremi empfing die Dunkelmär mit allen Ehren, bat sie an den Tisch, wo er mit der Prinzessin saß. Er reichte ihr die Speisen und schenkte ihr vom besten Wein ein, den der Kellermeister in seinen Fässern hütete. Als sie gegessen und getrunken hatten, sagte er: »Heute, in der Neumondnacht, wird der Drache über dem Schloss schweben und mich rufen. Was soll ich tun? Weißt du mir Rat?«

Die Dunkelmär schaute mit faltigem Blick nach der Prinzessin, die ihr gegenübersaß. »Einst habe ich dir das Lachen genommen, weil ich nicht eingeladen wurde zur Feier deiner Geburt«, murmelte sie mit einem Blick, der trüber war als der undurchsichtigste Morgen im Spätherbst. »Doch wer mir Ehre erweist, dem gebe ich gerne guten Rat.«

Sie nahm die linke Hand Faremis und die der Prinzessin und legte sie zusammen. »Wenn der Drache kommt, heute Nacht«, sprach sie, »vereint die Hälften des Kristalls. Wenn er sich zusammenfügt in euren Händen, wird der Drache fliehen.«

So wie die Dunkelmär geraten hatte, saßen die Prinzessin und Faremi in der dunkelsten Stunde der Neumondnacht nebeneinander auf dem höchsten Turm des Schlosses. Dunkle Wolken jagten über den Himmel und die *Große Schlange* schien giftzahnfletschend darüber hinzujagen. Doch als der Drache erschien, löschten seine mächtigen dunklen Schwingen auch das letzte Funkeln der Sterne.

Der Ruf des Drachen war mächtig und voll unerfüllter Sehnsucht, und in dem Sänger erwachte der Wunsch, ihm zu folgen, wohin er ihn auch führen möge. Doch da schloss sich die Hand der

Prinzessin um die seine. Und sie hielt eine Hälfte des Bergkristalls in Händen und er die andere. Als der Sänger und die Prinzessin ihre Hände aneinander drückten, knackte es laut und es wurde so heiß, dass sie ihre Hände öffneten. Darin lag ein leuchtend klarer Bergkristall, der seine Blitze dem angreifenden Drachen entgegenschleuderte. Der floh mit feurigem Atem und flog in einer trudelnden Spirale davon zu seinem Horst im eisigen Gebirge über dem Dunkelwald.

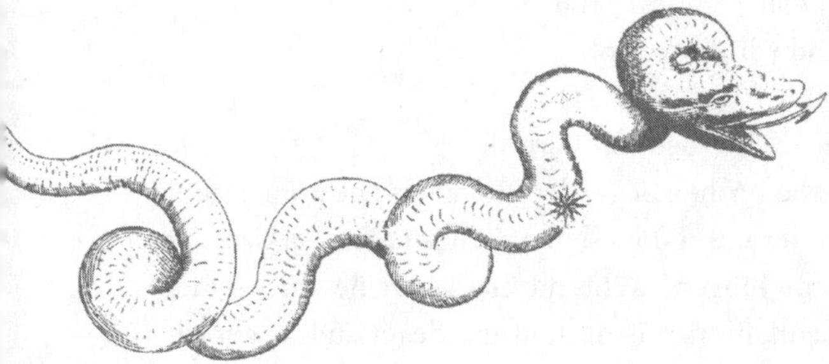

Die dunklen Wolken brachen auf und die Augen der *Großen Schlange* leuchteten wieder voller Weisheit.
Und der *Wanderer* schritt festen Trittes weiter und ließ seine Hunde an langer Leine spielen.

Kaum hatte Oyano das Ende seines Märchens gefunden, tauchten vor ihnen, gerade über der Kimm, wohlvertraute Mastspitzen aus dem Meer.

»Da scheint es noch jemand eilig zu haben, nach Nestras zu kommen«, murmelte Oyano. »Doch dieses Mal sind wir die Verfolger.«

Er drehte bei und barg die farbenfrohen Segel der Uramar. »Die Sonne steht hinter uns. Noch sehen sie uns nicht«, erklärte er dem Jungen, während er das weiße Tuch eines Kauffahrers aufzog und die Segel anders anordnete und vertäute. »So werden sie uns erst sehr spät erkennen.«

Aaran stand am Ruder, das Fernrohr am Auge. Mit angespannter Stimme rief er: »Nach dem Wimpel am Mast ist es der Seefalke, das Schiff des Admirals. Er ist der treueste Soldat des Kanzlers.«

Nach einiger Zeit hatte der Ausguck des Seefalken wohl die Uramar bemerkt, denn von dort blitzten die Signale eines Spiegels.

»Aber ja doch«, lächelte Oyano vor sich hin, als sie endeten. Er nahm einen vielfarbigen Wimpel aus einem zugeschnürten Beutel, das Zeichen der Kaufleute von Coréon und zog ihn neben dem Mast in die Höhe. »Den habe ich mir redlich erworben«, sagte Oyano, als er das erstaunte Gesicht Aarans sah.

Wieder blinkte der Spiegel in einer schnellen Folge im Licht der Sonne.

»Sie wollen unsere Ladung überprüfen. Wir sollen längsseits festmachen«, übersetzte der alte Märchenerzähler die Spiegelsignale.

»Ich verstehe diese Zeichen sehr wohl«, gab Aaran beunruhigt zurück. »Was sollen wir nun tun?«

»Wir lassen sie glauben, dass wir ihrem Befehl folgen«, sagte Oyano und stieg den Niedergang hinunter in den Bauch der Uramar. Mit einem zusammengerollten Tau kam er wieder zurück. Nachdem er ein Ende an der Uramar befestigt hatte, warf er den Rest ins Meer, sodass es in einer langen Linie hinter ihnen hergezogen wurde. Verständnislos beobachtete der Junge das Tun des alten Märchenerzählers.

Oyano nickte zufrieden und sagte dann: »Ich habe dieses Tau von den Kaufleuten Coréons. Es ist sehr nützlich bei schwierigen Anlegemanövern, da sich sein loses Ende immer um das Nächstbeste knotet, das ihm Widerstand bietet.

Nun will ich sehen, ob sein Zauber auch im Wasser wirkt.«
Aaran runzelte wortlos die Stirn und wartete auf weitere Erklärungen.
»Wenn wir dicht genug hinter dem Seefalken vorbeifahren, ist das Nächstbeste für das Tau das Ruderblatt des Kriegsseglers. Wenn der Zauber wirkt, wird es sich fest um es knoten. Und wir werden es mit der Kraft des Windes in unseren Segeln abbrechen. Sie werden Tage zu tun haben, den Schaden zu beheben.«
Gelassen beobachtete der alte Märchenerzähler das Schiff des Admirals, das beigedreht auf die unter vollen Segeln heranfliegende Uramar wartete. Die Soldaten johlten, als sie das Schiff des alten Märchenerzählers schließlich erkannten. Doch sie schrien wütend auf, als sie bemerkten, dass die Uramar keineswegs gewillt war, längsseits am Seefalken festzumachen. Der Admiral brüllte aufgeregte Befehle, aber es war zu spät, sie zu befolgen.
Ein heftiger Ruck ließ die Uramar bis hinauf zur Mastspitze zittern. Der Wind jedoch hatte ihre Segel zum Äußersten gebläht und seine Kraft zwang die Uramar weiter. Die Besatzung des Seefalken torkelte über das plötzlich schiefe Deck. Holz splitterte, das abgerissene Ruderblatt tauchte schäumend aus den Wellen und wurde von der Uramar fortgezogen.
Der alte Märchenerzähler lächelte grimmig und

meinte verschmitzt. »Ein Schiff ohne Ruder, ist so viel wert, wie ein Wagen ohne Rad.«
Und endlich stieg die angespannte Erregung Aarans in einem befreienden Lachen über das Meer: »Es hat geklappt!«, rief er erleichtert, tanzte auf dem Achterdeck der Uramar, schnitt Grimassen in Richtung des zurückbleibenden Seefalken und lachte laut.
Die Segel der Uramar blähten sich mächtig und schon bald war der Kriegssegler nicht mehr zu sehen. Als es dunkel geworden war, konnte man weit in der Ferne den Schein des Hafenfeuers von Nestras erahnen. Oyano hatte das Ruder festgebunden, lehnte sich zurück und begann, seine Pfeife zu stopfen. Alle hatten sich versammelt am wolkenlosen Himmel: Der *Wanderer* stieg empor, hinauf in die Nacht, die *Große Schlange* verfolgt von *Pfeil und Bogen*, die schief hängende *Waage*, das *Chamäleon* und viele mehr.
»Woher kommt das alles?«, murmelte Aaran, der neben dem alten Märchenerzähler saß und seinem Blick folgte. »Die Sterne, der Himmel, das Meer, Berge, Flüsse, das Leben?«
Oyano entzündete seine Pfeife, zog bedächtig, bis sich die Glut eingenistet hatte im dunklen Tabak. »Finde heraus, woher deine Frage kommt«, sagte er, »dann hast du die Antwort.«
Während den verbleibenden Stunden bis Nestras dösten der alte Märchenerzähler und der Junge im

Rhythmus des Meeres und sahen hinauf zu den Sternen, deren Leuchten an Kraft verlor. Nacht um Nacht. Der *Wanderer* schritt schon wieder den Himmel hinab, als der alte Märchenerzähler und Aaran die Uramar im Hafen von Nestras vertäuten und dann erschöpft schliefen, froh im sicheren Hafen zu sein.

Der Kreis des Lebens

Eine Stille lag über Nestras, der alten Königsstadt und all den umliegenden Ländereien. Eine Stille, so tief und ohne Widerspruch, als würde ein Herrschergeschlecht zu Grabe getragen. Die Stille aber kam aus den Herzen der Menschen, denn seit vielen Jahren war in Nestras kein Kind mehr geboren worden.

Wie Heuschrecken waren Schwärme von Wunderheilern, Hexen, Magier und Quacksalber, deren Versprechen gerade so lange hielten, bis sie die Stadttore wieder hinter sich hatten, in die Stadt eingefallen, um ihre Beschwörungsdienste anzubieten. Sie verbrannten Mistelzweige auf den Türmen der Stadt und den umliegenden Bergen, empfahlen das alte Hausmittel der Jungfrauenverbrennung ebenso wie die Schöße aller gebärfähigen Frauen in Rosenwasser zu baden.

Allein der erlösende Schrei, der Schrei eines Neugeborenen, erklang nicht. Aus keiner Hütte und aus keinem Palast.

Selbst das fahrende Volk, dessen Kindersegen sprichwörtlich war, beklagte seine Kinderlosigkeit inzwischen mehr als seine Armut.

Als nun die Zeit dafür reif war, ließ der König

den Prinzen zu sich kommen und sprach: »Aaran, mein Sohn, vergiss die Spiele deiner Kindheit, nimm mein Schwert und lass dir vom Kanzler zeigen, was du brauchst, um König zu sein.«

Zu früheren Zeiten, so war dem Prinzen erzählt worden, war sein Vater ein großer Held gewesen und hatte die Nachbarreiche in Schutt und Asche gelegt. Das eigene leider auch. Davon jedoch wurde nur hinter vorgehaltener Hand geflüstert. Der Vater seines Vaters war ein noch größerer Held gewesen, denn er hatte nicht geruht, bis die guten wie die bösen Geister aus den Herzen der Menschen gebrannt waren, mit einem magischen Kreuz aus kaltem Metall.

Und dessen Vater hatte noch nicht einmal ein Schwert benötigt, um riesige Drachen wie Blindschleichen zu erwürgen und die dazugehörenden Jungfrauen zu befreien.

Aaran sah auf seinen Vater und den Kanzler, der in gespielter Höflichkeit neben dem Thron stand, den er gerne selbst bestiegen hätte.

Laut rief der Prinz dann: »Ich mag dein Schwert nicht führen. Und von diesem Kanzler will ich nichts lernen!«

Er war aus dem Saal gelaufen und seither nicht mehr gesehen worden, obwohl Soldaten ihn suchten im ganzen Reich.

Einige Monde nach diesem Zwischenfall legte Oyano im Hafen von Nestras an. Mit auf dem Schiff fuhr ein Junge, auf dessen Wangen sich der erste Flaum seinen stoppeligen Weg bahnte. Es war Aaran, der Prinz. Als blinder Passagier hatte er sich an Bord der Uramar geschmuggelt, um den Soldaten des Königs zu entkommen. Doch dies ist eine andere Geschichte, die an anderer Stelle erzählt werden soll.

Der Junge blieb auf dem Schiff im Hafen, während Oyano zu den Wachen an der Stadtmauer ging.

»Wer bist du und was hast du hier zu tun?«, wollten diese wissen.

Oyano gab Auskunft.

»Märchen brauchen wir schon lange nicht mehr hier! Und alte Männer haben wir mehr als genug!«, meinten sie.

»Ich will euch eine kleine Geschichte erzählen«, sagte Oyano.

Das Vorbild

Es war einmal ein reicher Kaufmann, dessen Vater in einer schäbigen Hütte nahe des Abwasserkanals wohnte und nicht wusste, ob er etwas zu essen haben würde am nächsten Tag.
Als die bittere Faust des Winters die Stadt in ihrem Bann hielt, ging der Sohn des reichen Mannes zum Schlittschuhlaufen und kam an der schäbigen Hütte seines Großvaters vorbei. Dünner Rauch kringelte sich dürftig aus dem zusammengeflickten Kamin der Hütte. Der Junge ging hinein und sah seinen Großvater frierend am alten Ofen sitzen. Kaum dass die Lumpen seine Blößen bedeckten. Da lief der Junge so schnell er konnte heim zu seinem Vater und erzählte ihm, was er gesehen hatte.
Der reiche Kaufmann war mitten in Geschäften. Er deutete auf einen alten, schon löchrigen Umhang, der in einer Ecke auf dem Boden lag. »Nimm den«, rief er, »und bring ihn deinem Großvater, damit er sich wärmen kann.«
Da nahm der Junge sein Messer und schnitt den Umhang in der Mitte durch.
»Was tust du da?«, rief sein Vater.
»Ich teile den Umhang«, sagte der Junge. »Die

eine Hälfte will ich deinem frierenden Vater geben und die andere aufbewahren für dich, wenn du einmal alt bist und frierst.«

Der alte Märchenerzähler sah ernst in die verdutzten Gesichter der Wächter, die zur Seite getreten waren. »Denkt daran, wenn ihr einmal Zeit zum Denken findet«, sagte er und ging hinein in die alte Königsstadt.
In den Handwerksbetrieben hämmerte, rasselte und klopfte es, und die Essen der Schmiede verpesteten mit keuchendem Atem die Luft. Doch schon bald spürte Oyano trotz all des geschäftigen Lärmens eine eigenartige Stille.
Zwar war der große Platz vor dem Schloss von hin und her hastenden Menschen gefüllt, aber man hörte kaum Stimmen, nicht das Gezeter der Marktweiber, nicht den durchdringenden Ruf von Händlern.
Vor allem aber keine Kinderstimmen.
Als Oyano eine Weile den eigenartigen Eindrücken nachgespürt und unter all den Menschen lange allein gesessen hatte, kletterte ein Herold des Königs auf ein Podest und verkündete, dass der alte König krank sei und sich entschlossen habe, demjenigen das Reich zu geben, der ihm den besten Rat wüsste gegen die Seuche der Kinderlosigkeit. In der nächsten Vollmondnacht soll-

ten hier auf dem Königsplatz alle gehört werden, die etwas dazu zu sagen hätten.

Der alte Märchenerzähler verließ die Königsstadt nach Osten hin, in Richtung der Waldberge. Über dem Meer war der Himmel kobaltblau. Hoch oben standen die großen Kreuze der Seeadler. Oyano versuchte aus ihrer Stellung zueinander etwas zu lesen, aber die Botschaft war verworren. Der Fluss, dem er folgte, sprach schon deutlicher, wenngleich mit schwerer Zunge, wie nach großer Erschöpfung. Oyano sah dunkles, übel riechendes Wasser, das aus den Hütten und Häusern in den Fluss sickerte.

»Man ist nicht gut zu dem Fluss«, murmelte er und betrachtete einen Fischreiher, dem das Schmutzwasser das Gefieder verklebt hatte.

Die Blätter der Bäume neben den Schmieden waren kränklich zusammengerollt, als wollten sie sich vor der Unbill des Lebens schützen.

Erst als der Fluss zum Bach wurde, in den oberen Regionen der Waldberge, wurde das Wasser klarer und der Murmelstimme des Wassers fehlte der schwere, leidende Ton.

Oyano legte sein Gewand ab und ließ seinen Leib von dem prickelnd frischen Wasser überrieseln. Dann tauchte er unter, sodass die Flut sein nebelgraues Haar verwirbelte als wären es Wasserlilien. Und unter Wasser sprach er, dass nur die Fische ihn hätten verstehen können:

»Sprich zu mir Element
Wasser, das die Wahrheit kennt.
Spreche mir von jener Last,
die nach der Menschen Herzen fasst.«

Prustend tauchte der alte Märchenerzähler wieder auf, warf seine klatschnasse Mähne in den Nacken und rieb sich das Wasser aus den Augen. »Ich werde allmählich zu alt für diese Übung«, hustete er.

Aber ehe er noch weitere Gedanken an die Schärfe des Zahns der Zeit vergeuden konnte, vernahm er ein Brausen im Bach, als hätte das Wasser einen großen Schluck Luft getrunken. Eine grünhäutige, spitzbrüstige Wassernymphe erhob sich aus dem Nass. In ihr Haar war Igelkolben, Kalla und Wasserstern geflochten, sonst trug sie nichts als eine unbestimmte Zahl von Wassertropfen.

Halt, nein!

Oyano entging nicht, dass das Wasserwesen wohl an die drei Dutzend Häuschen kleiner Posthornschnecken in das silberweiße Dreieck unter ihrem Nabel geflochten hatte.

(Auch alte Märchenerzähler bleiben Männer)

»Du willst wissen, warum die Menschen in den Tälern mit Kummer und Kinderlosigkeit geschlagen sind?«, zirpte die Nymphe und bespritzte sich dabei unablässig mit Wasser.

»Ja«, gab Oyano zurück und lächelte seinen aufblühenden Gedanken nachsichtig hinterher.

»Wer nicht mehr sieht, woher das Leben kommt, dem vertrocknen die Lenden und seine Sterne erlöschen«, bekam er zur Antwort.

»Was kann man tun, wer kann es wenden?«, rief Oyano der schon wieder versinkenden Nymphe nach.

»Ich hörte, einer müsste kommen und in den Kreis des Lebens treten. Dort bekommt er Rat.«

Wo noch eben die Stupsnase der Nymphe über den Wasserspiegel ragte, waren nurmehr silbrige Ringe.

»Nicht eben erschöpfend die Auskunft«, murmelte Oyano und lenkte seine Schritte wieder talwärts. Vorbei an den Mühlen und Schmieden, den schmutzigen Sickerströmen und Feuern der Bauern, die neues Land gewinnen wollten.

Auf dem Platz vor dem Schloss hatte man einen Berg aus Früchten, Fleisch und Korn zusammengetragen, um alles unter Gesang und schwermütigem Getanze den Göttern der Fruchtbarkeit zu opfern. Der alte Märchenerzähler schaute sich das Treiben, dem jede Fröhlichkeit fehlte, eine Weile an.

»Toren!«, murmelte er, »von all dem haben doch die Götter im Überfluss.«

Regen hatte eingesetzt und der Mittag verschwand unter schmutzig grauem Wolkengekröse. Regenwolken schleiften mit dicken Bäuchen über die Erde. Oyano ging nach Westen, hin zum Meer. Er sah die unzähligen Kamine der Häuser, die fauchenden Schmiedefeuer und den schwarz wirbelnden Qualm, der in den verhangenen Himmel stieg. Auf der äußersten Spitze der Klippen prüfte er mit dem Zeigefinger den Wind und sprach leise, fast tonlos:

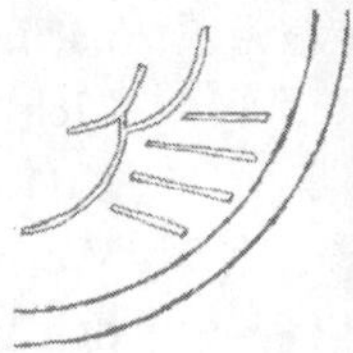

»Sprich zu mir Element
Luft, die alle Wahrheit kennt,
spreche mir von jener Last,
die nach der Menschen Herzen fasst.«

Und ehe Oyano den Spruch noch ganz zu Ende gesagt hatte, wirbelte eine Wolke zu ihm vom Meer heran, regenschwer und schwarzblau. Unablässig wandelte sich das Bild, so wie aufschlagende Sahne sich gegenseitig ständig neue Formen überstülpt. Schließlich schälte sich aus dem Gebrodel das Haupt eines Riesen, dessen Augen Oyano anblitzten, während seine Haare die Bergspitzen verhängten und gleichzeitig über die davonfliegenden Wellenfetzen flatterten.

»Wer den Atem der Winde vergiftet, dessen Leben erstickt und seine Sterne auch! Braucht die Luft den Menschen?«, grollte der Riese und dann verwirbelte sich schon wieder seine Form.

»Was kann man tun, wer kann es wenden?«, rief Oyano hastig.

»Ich hörte, einer müsste wagen, in den Kreis des Lebens zu treten. Dort gibt es Rat.«

Bei den letzten Worten hatte sich der Riese in

einen dampfenden Wolkenbrei aufgelöst und Oyano stand allein, frierend, klamm und nachdenklich auf der Klippe.

Die Begegnung mit den Erdgeistern fiel undramatischer aus. Im Wurzelwerk einer sehr alten Eiche ließ sich Oyano von einem graubärtigen Gnom berichten, dass Mutter Erde sich zurückgezogen habe in ihre Tiefen, vor all der Missachtung der Menschen.

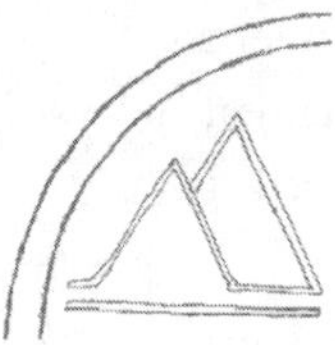

»Weiß noch einer, was ihn täglich nährt und auch geboren hat? Schaut noch einer nach dem Großen Gleichgewicht?«, rief der alterslose Gnom entrüstet.

Der Retter, wenn es denn noch etwas zu retten gäbe, müsste in den Kreis des Lebens treten, um dort Rat zu bekommen.

Der alte Märchenerzähler ging am Abend auf die Lichtung eines kleinen Waldes, sammelte dort trockenes Holz und schichtete im Schein der untergehenden Sonne ein kleines Feuer auf. Er griff sich zwei brennende Zweige und schrieb leuchtende Kreise mit ihnen in die Nacht.

»Sprich zu mir Element
Feuer, das alle Wahrheit kennt,
spreche mir von jener Last,
die nach der Menschen Herzen fasst.«

Als Oyano die brennenden Zweige gekreuzt in die Erde steckte, wirbelte ein rot gleißender Funke

empor und daraus sprach eine heißere Stimme: »Nicht viele sprechen diese Sprache. Die meisten verbrennen beim Versuch, sich darin zu üben.«
»Auch ich habe Brandwunden davongetragen«, gab der Märchenerzähler zurück. »Sprich zu mir.«
»Die Flammen brennen zu heiß, die Feuer lodern zu hoch«, knisterte und knackte es in glostenden Ästen und Zweigen. »Wer schon will sich selbst verbrennen? So wie es die Menschen tun?«
Der feurige Funke begann in sich selbst zu versinken und im beginnenden Schwarz zu verlöschen.
»Was kann man tun, wer kann es wenden?«, rief Oyano schnell.
»Im Kreis des Lebens gibt es Rat«, flüsterte es mit einem verzischenden Seufzen. Fauchend stoben einige Funken aus den brennenden Zweigen.
Doch bevor sie Löcher in Oyanos Umhang brennen konnten, hatte der Märchenerzähler sie mit einer beiläufigen Handbewegung weggewedelt.
Aus dem verlöschenden Feuer erklang ein leises Lachen.
Auch Oyano lächelte, als er zurückging und Aaran, dem Prinzen, erzählte, was der Herold verkündet hatte, und was er in Erfahrung gebracht hatte bei den Elementen.
»Meine Lehrer erzählten mir, dass nur weise Männer und Frauen den Kreis des Lebens betreten dürfen, denn wer ihn betritt, ohne das geheime Wissen zu haben, wird keine Antwort fin-

den, sondern sich darin verlieren und seinen Geist verwirren«, sagte der Junge.
»So, so«, brummte Oyano, »sagten sie das.« Er kramte nach seiner Pfeife.
»Bist du vielleicht anderer Ansicht?«, brauste Aaran auf.
Der alte Märchenerzähler schwieg, bis sein Tabakbeutel wieder in einer der Taschen des Umhangs verschwunden war.
»Ja«, nickte er dann. »Es wird ein gewaltiger Zauber darum gemacht«, brummte er, während er seine Pfeife entzündete. »Der Kreis des Lebens ist ein alter Platz der Weisheit. Wer hingeht wird dort finden, was das Leben für ihn bereithält. Nicht mehr und nicht weniger.«
»Aber das geheime Wissen?«, wandte Aaran ein.
»Wenn dir einer was von geheimem Wissen erzählen will, dreh dich um und lass ihn damit allein. Alles, was er will, ist sich großzutun vor dir. Wird Wissen geheim gehalten, wird es immer missbraucht zu üblen Dingen!«, grollte Oyano, zog heftig an seiner Pfeife und schwieg.
»Wie kann man nur Pfeife rauchen?«, brach der Junge schließlich das Schweigen.
»O ja, das ist nicht einfach«, antwortete Oyano, ohne die Augen zu öffnen. »Wichtig ist die richtige Glut und die braucht den rechten Atem …«
»Das habe ich nicht gemeint«, unterbrach Aaran den Märchenerzähler. »Der Tabak stinkt!«

»Das kommt wohl darauf an, an welchem Ende der Pfeife man sitzt«, gab Oyano zurück, und darauf paffte er schweigend weiter. Und alte Märchenerzähler können schweigen wie moosbewachsene Steine, denn auch das Schweigen erzählt ihnen Geschichten.
Fast unmerklich schlängelte sich die *Große Schlange*, von *Pfeil und Bogen* verfolgt, über den nächtlichen Himmel. Blind war die *Große Schlange* auf einem Auge inzwischen, und wenn den alten Märchenerzähler nicht alles täuschte, begann sich der *Pfeil* auf der Sehne des *Bogens* zu lockern.
Schließlich brach Aaran das Schweigen: »Dies alles hat sich der Kanzler ausgeheckt. Er wird alle Ratschläge ablehnen und kein Mittel gelten lassen, um endlich selbst den Thron zu besteigen.«
Noch immer schwieg der alte Märchenerzähler.
»Das Schwert meines Vaters wollte ich nicht zu meinem machen. Aber was wird sein, wenn es der Kanzler nimmt?« Aaran versank in nachdenklichem Grübeln. Schließlich richtete er sich auf und sagte: »Ich werde gehen, um im Kreis des Lebens Rat zu finden.«
Der alte Märchenerzähler nickte stumme Zustimmung.
»Was brauche ich, um Rat zu bekommen im Kreis des Lebens?«, wollte der Junge wissen.
»Was du brauchst, findest du in dir«, gab Oyano zurück und nahm den Jungen in den Arm. »Geh,

sprich mit den Elementen und bitte sie um Rat. Aber achte auf den Mond. Du musst auf dem Königsplatz sein, wenn er sich rundet. Verliere dich nicht.«

Bis lange in die Nacht erzählte der alte Märchenerzähler dem Jungen von Sternen und dunklen Mächten, von Hexen und Feuer speienden Drachen, von Gnomen und Trollen, von Elfen und Alben und heiligen Hainen und Plätzen.

Als der neue Morgen graute, ging Aaran, der davongelaufene Prinz, hin zum Kreis des Lebens.

Drei Tage und drei Nächte lief er, bis er zur äußersten Klippe des Reiches gelangte. Dort waren die ersten Menschen gestrandet und ans Land gestiegen, hatten den Kreis des Lebens errichtet und das Reich gegründet.

Vier aufgerichtete Felsen, in jeden war das Zeichen eines Elements eingeschlagen, begrenzten den Kreis, in dem eine uralte Buche wurzelte. Der alte Feuerplatz war sauber gewaschen vom Regen und leer gefegt vom Wind. Hier hatte schon lange niemand mehr ein Feuer entzündet. Aaran zögerte nur kurz, dann trat er hinein.

Vom Meer her sang der Wind um die Steine wie in den Saiten einer Harfe. Die Äste der alten Buche beugten sich. Der Prinz sammelte trockenes Holz und entzündete ein kleines Feuer, das schon bald wohlig wärmte. Dann sprach er, wie er es von dem alten Märchenerzähler gehört hatte:

»Sprich zu mir Element
Wasser, das die Wahrheit kennt,
weise mir mit deinem Rat,
den Weg zur rechten Tat.«

Aus den Augenwinkeln sah sich der Prinz um. Doch da war nichts, was sich geändert hatte. Die Wellen des Meeres schäumten an die Klippe wie zuvor, die Sonne war einen Schritt weitergegangen auf ihrem Weg hin zum westlichen Horizont. Sonst war nichts geschehen.

Enttäuscht richtete er sich auf und sprach mit der Luft. Der Abendwind kümmerte sich einen Deut um seinen Spruch. Sein Wispern in den Buchenblättern hörte Aaran wohl, doch einen Sinn konnte er darin nicht entdecken.

Genauso wenig Glück hatte der Prinz beim Versuch einen Erdgeist herbeizulocken.

Schnell schichtete er mehr Holz auf das Feuer. Dann setzte er sich so dicht, dass er es gerade noch aushalten konnte, an die aufprasselnden Flammen.

»Sprich zu mir Element
Feuer, das die Wahrheit kennt,
weise mir mit deinem Rat,
den Weg zur rechten Tat.«

Aber außer dass Funken ihm Löcher in den Umhang brannten und die Haare ansengten, geschah nichts, was dem Prinzen weitergeholfen hätte.

Er lehnte sich an den Stamm der alte Buche. Hatte er nicht alles so gemacht, wie er es gehört hatte von dem alten Märchenerzähler? Warum bekam er keinen Rat?

Niedergeschlagen sah er in den Nachthimmel. Die Sichel des wiederkehrenden Mondes war dünner als die Klinge eines Sarazenenschwertes. Der *Wanderer* stieg empor, und am östlichen Horizont versank *Pfeil und Bogen*.

Erschöpft schlief Aaran ein.

Als er am Morgen erwachte, war er bedeckt von Buchenblättern, die in der Nacht auf ihn gefallen waren.

Achtlos wollte er sie in die Glut des niedergebrannten Feuers werfen, um es neu zu entfachen. Doch als er die Blätter in der Hand hielt, entdeckte er Buchstaben und Worte auf ihrer Rückseite. Den ganzen Tag verbrachte Aaran damit, die Buchenblätter zu ordnen und einen Sinn in dem Geschriebenen zu finden.

Im Schein des Feuers las er dann von den ersten Siedlern, die an dieser Stelle vom Meer ans Land gekommen waren. Er erfuhr, dass sie den Kreis des Lebens errichteten, um Rat von den Elementen zu bekommen, und wie sie Nestras gegründet hatten. Ihm wurde berichtet von den Taten seiner Vorfahren, bis hin zur Geschichte des jetzigen Königs. Und auf den letzten Blättern las er aufgeregt von seiner eigenen Geburt und seiner Reise hin zum Kreis des Lebens.

»Finde das Auge aus Licht im Feuer und pflanze es auf dem Platz vor dem Schloss. Ein Baum wird wachsen über Nacht. Lichtaugen werden seine Früchte sein. Darin sind die Kräfte der Erde und der Luft, des Feuers und des Wassers im Gleichgewicht. Wer ein Lichtauge bei sich trägt, wird selbst ins Gleichgewicht gebracht. Das wird die Unfruchtbarkeit besiegen«, las Aaran auf dem letzten Blatt.

Sorgfältig verwahrte er die Blätter der Buche in seiner Tasche und wollte sich dann daranmachen, die Glut des Feuers auseinander zu ziehen, um nach dem Auge aus Licht darin zu suchen. Doch die Glut war viel zu heiß. Müde lehnte sich Aaran gegen den moosgepolsterten Stamm und starrte in die Glut, bis ihm die Augen brannten. Ein Auge aus Licht allerdings hatte er darin nicht entdecken können.

Als er müde die Augen schloss war ihm, als hätte sich am Nachthimmel der *Pfeil* vom *Bogen* gelöst und würde geradewegs auf ihn zufliegen. Dann fiel er in einen tiefen Schlaf.

Aaran erwachte, noch bevor der Mond unter den Horizont gefallen war. Groß und fast vollständig

rund glänzte er am Himmel zwischen scheidender Nacht und erwachendem Tag. Vergangene Nacht war doch noch die schmale Sichel des zunehmenden Mondes am Nachthimmel gestanden.
Was war geschehen, wie viel Zeit war verstrichen? Erschrocken richtete der Prinz sich auf. In der Mitte der Feuerstelle steckte ein glänzender Pfeil. Aaran sah zum Himmel. Aber *Pfeil und Bogen* waren schon längst der Dämmerung gewichen. Achtsam sah er sich um. Doch hier war niemand, außer ihm selbst.
Die Glut des Feuers war noch warm. Vorsichtig zog Aaran den Pfeil aus der Feuerstelle. Seine Spitze steckte in einem moosgrünen Edelstein.
Als der Prinz ihn vom Pfeil zog, stieg die wiedergeborene Sonne am fernen Horizont aus unbekannten Meeren.
Aaran nahm den Stein und lief, so schnell er konnte, hin nach Nestras. Denn der volle Mond würde am Himmel stehen, schon in dieser Nacht.

In der Vollmondnacht war der Königsplatz von vielen Fackeln hell erleuchtet und die Menschen drängten sich dicht an dicht. Jeder, der gehen

konnte in Nestras, hatte sich aufgemacht, um zu sehen, ob vielleicht doch einer ein Mittel gegen die Kinderlosigkeit und eine Erklärung für das Verschwinden der Sterne gefunden hätte.
Eine erwartungsvolle Stille breitete sich aus, als der Zeremonienmeister des Hofes mit seinem langen Stock den alten König ankündigte, der auf einer Bahre hereingetragen wurde. Es stand wirklich nicht gut um ihn, und des Kanzlers besorgtes Gesicht gab allerlei Anlass zu vielfältigem Gerede.
Auf einer eilig zusammengezimmerten, hölzernen Tribüne hatte sich ein buntes Völkchen versammelt. Der alte König gab das Zeichen zum Beginn und der erste Bewerber trat vor.
»Wir brauchen mehr Nahrungsmittel und bessere Nahrungsmittel. Wenn wir mehr Wälder verbrennen, bekommen wir bessere und fruchtbarere Äcker. Dann werden auch wieder Kinder geboren werden.«
Der alte König schüttelte müde mit der Hand. »Den Rat bekam ich schon vor Jahren und nichts hat sich geändert.«
»Diese Stadt ist auf schlechtem Grund gebaut«, beschwor der Nächste den alten König. »Wir müssen sie abreißen und anderswo neu errichten. Dann wird unser Leben wieder fruchtbar werden!«
»Auch das haben wir bereits vor langer Zeit über-

prüfen lassen«, sagte der Kanzler gelangweilt. Wie immer stand er zur Rechten des Königs.
»Wir müssen uns Flügel bauen und zum Mond fliegen. Er ist zuständig für die Fruchtbarkeit«, erklärte der Dritte. »Dort finden wir den wahren Grund für unser Leiden.«
»Nein! Nein!«, unterbrach ihn ein anderer. »Die Sonne ist es! Die Sonne! Verhängt die Fenster und geht nur noch bei Nacht aus dem Haus und euren Geschäften nach.«
»Hört auf Fleisch zu essen!«
»... Wein zu trinken!«
»... Milch zu verschütten!«
»... mit dem linken Fuß aufzustehen!«
»Schützt die Stechmücken!«
Es ging drunter und drüber. Und kreuz und quer.
Die Versammelten hatten begonnen, lautstark demjenigen zuzustimmen, der ihnen, aus welchem Grund auch immer, Recht zu haben schien. Doch des Kanzlers markerschütternde Stimme sorgte für Stille auf dem Königsplatz: »Kein Rat scheint mir besser, als das, was ich schon die letzten Jahre vernommen habe, und ...«
»Ich möchte meine Stimme noch erheben«, wurde der Kanzler unterbrochen. Dem Zeremonienmeister blieb der Mund offen stehen vor solcherlei ungebührlicher Tat, und auch dem Kanzler fehlten die Worte.
Der alte König war schon lange eingeschlafen.

Ein junger Mann drängte sich atemlos durch die Menge nach vorne. Sein Umhang war löchrig und rußgeschwärzt. Die Haare waren angesengt und sicherlich schon lange nicht mehr gewaschen oder gekämmt worden. Niemand erkannte in dem jungen Mann den davongelaufenen Prinzen.

»Mir wurde gesagt, dass in diesem Stein das Mittel gegen die Kinderlosigkeit verborgen ist«, rief Aaran und hielt das Lichtauge in die Höhe.

»In einem Stein?!« Der Zeremonienmeister war sehr verärgert über den ungehörigen Auftritt dieses Rüpels und donnerte seinen Stab auf den Boden, dass es nur so dröhnte. Das schreckte den alten König aus seinem Schlaf. In seinen altersträben Augen blitzte ein kleiner Funke, als er den jungen Mann sah.

»Rede weiter«, gebot er.

»Im Kreis des Lebens fand ich diesen Edelstein«, berichtete Aaran. »Ich bekam den Rat, ihn einzupflanzen auf dem Königsplatz. Schon am folgenden Tag würde er Früchte tragen, Steine wie diesen, Lichtaugen genannt. Wer ihn über dem Herzen trägt, wird den Grund der Kinderlosigkeit erkennen.«

»Fauler Zauber«, höhnten einige auf der Tribüne. Doch der alte König beachtete sie nicht. »Tu, was dir geraten. Wir haben Zeit bis morgen. Um die Mittagszeit will ich dich wieder hier sehen«, befahl er mit harscher Stimme.

Grimmig blickte der Kanzler, als der Prinz sein Lichtauge auf dem Königsplatz pflanzte und die Stelle begoss mit frischem Wasser aus dem königlichen Brunnen.

Schon früh am Morgen hatte sich in Nestras herumgesprochen, dass ein Baum wuchs aus dem Stein des jungen Mannes. So schnell, dass man dabei zuschauen konnte. Wundersame Früchte aus Edelsteinen würde er tragen.

Jeder, der danach verlange, bekäme solch ein Lichtauge.

Als der alte König am Mittag herbeigetragen wurde und das Wunder sah, sagte er: »Gib mir eine Frucht des Baumes.«

Aaran ging zu dem Baum und pflückte ein Lichtauge. Er reichte es dem alten König, und dieser befühlte es ausführlich und betrachtete es genau. Als er es dann emporhob und hindurchschaute, erkannte er in dem jungen Mann, der da vor ihm stand, seinen Sohn Aaran.

Tränen der Freude rannen über die Wangen des

alten Königs. »Nun kann ich beruhigt die Augen schließen«, sagte er. »Du bist zurückgekommen und hast Rat erhalten im Kreis des Lebens. Auch ich war dort, vor langer Zeit.«

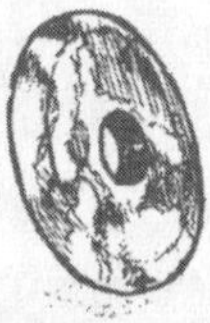

Alle Menschen aber, die ein Lichtauge bei sich trugen, sahen die Welt schon nach kurzer Zeit mit anderen Augen. Die Kraft der Elemente in dem Edelstein ließ die Menschen erkennen, wie sehr sie die Welt aus dem Großen Gleichgewicht gebracht hatten mit ihrem Tun.

Die Feuer brannten kleiner ab jener Zeit und die Flüsse erzählten mit klarer Zunge ihre Geschichte, der Atem der Winde wurde frischer und Mutter Erde kehrte aus ihren tiefsten Tiefen wieder zurück.

Bald schon hieß es, neues Leben sei im Wachsen.

LOGBUCH DER URAMAR

Neumondnacht.
Seit Tagen treibt uns ein warmer Wind nach Süden. Hin zu den Inseln unterm Horizont. Enea, die Hüterin der Träume, begleitet mich auf dieser Fahrt.
Die meisten hatten schon gehört von Aaran und den Lichtaugen, als ich Enea abholte auf der Insel zwischen den Nächten. Aber, die Freude war groß, als ich allen ein wirkliches Lichtauge zeigen konnte.
Seit langem sah ich nicht mehr so viele Sternschnuppen. Sie fallen vom Himmel wie Schnee in einer friedvollen Winternacht.
Am westlichen Horizont ist die Waage *aufgestiegen. Sie hat ihr Gleichgewicht wieder gefunden.*

Juliette Marillier

Die Tochter der Wälder

Ein epischer Roman in der Tradition
von
Die Nebel von Avalon!

Im 9. Jahrhundert nach Christus müssen die keltischen Fürsten ihr Land gegen den Ansturm der Briten verteidigen. Fern der Schlachtfelder wächst die junge Sorcha gemeinsam mit ihren sechs Brüdern auf – doch ihr behütetes Leben findet ein jähes Ende, als ein Fluch die Familie trifft. Allein auf sich gestellt, muss das Mädchen nach einem Gegenzauber suchen und mehr als einmal sein Leben riskieren!

Knaur

Catherine O'Donell

Der verbotene See

Die Trilogie der Streitenden Reiche

Band 1

Seit langer Zeit herrscht Krieg zwischen den Königreichen Fiann und Caernadon. Eine uralte Prophezeiung besagt, dass nur eine Tochter aus dem mystischen Schwanenvolk, das versteckt auf einer nebelverhangenen Insel lebt, den Menschen Frieden schenken kann, indem sie die Streitenden Reiche eint. Auch Eirion, die Adoptivtochter des Königs von Caernadon, kennt diese Geschichte – aber *sie* ahnt nicht, dass sie die Heilsbringerin ist und grausame Feinde seit langem darauf warten, sie vernichten zu können!

Catherine O'Donell – die neue Königin der phantastischen Literatur!

Knaur